KB127719

한흑구문학연구서 1

한흑구의 삶과 문학

일제강점기
한국문학의 등불

아시아

한흑구의 삶과 문학

발행일	2022년 8월 20일 초판 1쇄 발행 2023년 4월 3일 2쇄 발행
발행처	한흑구문학기념사업추진위원회
지은이	방민호 이경재 한명수 박현수 안미영 안서현
펴낸이	김재범
관리	홍희표 박수연
인쇄·제책	굿에그커뮤니케이션
종이	한솔PNS
펴낸곳	(주)아시아
출판등록	2006년 1월 27일 제406-2006-000004호
주소	경기도 파주시 회동길 445
전화	031.955.7958
팩스	031.955.7956
홈페이지	www.bookasia.org

ISBN 979-11-5662-603-9
값 18,000원

1970년 가을 어느 날
한흑구 선생

한흑구의 문학세계를 한국의 정신사에 우뚝 새기는 소중한 계기

수필은 물론이고 시와 소설, 평론, 논문, 번역 등 다방면에서 활동한 한흑구(본명 한세광韓世光, 1909~1979)의 삶은 일제강점기의 평양시대와 해방이 분단으로 고착된 후의 포항시대로 크게 양분할 수 있다. 평양에서 태어나 성장하고 1948년부터는 거의 반대쪽 동해 남단 포항에 정주하여 1979년 별세할 때까지 포항을 떠나지 않았던 것이다.

그러나 한흑구의 삶과 문학이 한국현대문학사에서 귀중한 의미를 생성한 시기는 1929년 2월부터 1934년 3월까지 5년 동안의 미국 유학과 방랑, 그 기간에 창작한 문학작품과 행동 자취, 그때의 공부와 체험을 바탕으로 귀국 후 평양에서 남겨둔 문학작품과 문학적 활약이다. 그리고 포항에 정착한 뒤로는 무엇보다 수필문학의 독특한 양식을 창발하고 그 안에 깊은 사유를 시적 문장으로 담아냈다는 사실이 한흑구를 기억하게 만드는 또 하나의 돋보이는 문학적 성취로 남아 있다.

엄혹한 암흑시대에 주목 받는 불령선인(不逞鮮人)의 문학인, 지식인, 흥사단 맹원으로 살아가면서도 뒷날에 친일문학 연구가 임종국 선생으로부터 "단 한 편의 친일문장을 쓰지 않은 영광된 작가"라는 헌사를 받은 한흑구의 삶과 문학은 일제강점기 한국문학의 등불과 같은 존재였다. 그가 평양에서 주재했던 문학지 제호 『백광』을 빌려오면 일제강점기 한국문학의 백광(白光)이었다고 불러도 좋겠다.

그런데 해방공간의 미군정시대에 통역관으로 근무하며 이른바 월남작가로서 서울의 가난한 문인들에게 곧잘 술을 대접하며 영시 번역에도 공을 들이던 한흑구는 1948년 어느 날부터 불현듯 서울에서 자취를 감춰버렸다. 푸른 바다와 하얀 백사장, 해를 맞는 고장 영일만 포항에 박혀 도무지 서울문단 출입을 하지 않았던 것이다.

명리를 쳐다보지 않는 문학과 작가정신 그 자체를 삶의 기둥으로 삼으며 포항에서 살아가는 한흑구는 "온후하고 은둔적인 사색가"(서정주), "겸허와 달관으로 인생을 값있게 보내신 분"(수필가 빈남수), "겸허와 진실이 체질화된 사람"(손춘익) 등으로 불린다. 이러한 평가는 동양에서 가장 이상적인 인간상 중 하나인 은자(隱者)를 떠올리게 한다. 한흑구는 부귀공명에 집착하여 자신의 지조와 정신을 헐값에 팔아버리는 속인들과는 근본적으로 다른 인간형이었던 것이다. 끝없이 펼쳐진 푸른 바다를 유유자적하는 갈매기와 명리를 초월한 한흑구의 모습은 자연스럽게 어울린다.

해방 이전 한흑구는 필명 흑구(黑鷗: 검은 갈매기)가 조금도 부끄럽지 않은 삶을 산 열혈청년이었다. 흥사단 이념에 충실하여 민족독립운동에 매진하던 한흑구의 모습은 일제 시기 창작된 글에 잘 나타나 있다. 식민지 시기 한흑구는 참으로 단단한 정신과 해박한 지성으로 민족의 고단한 현실을 누구보다 깊이 있게 통찰하였다. 시대의 아픔을 탁월한 글로 승화시킨 한흑구는, 어두워져 가는 하늘 아래 고고하게 떠올라 날카롭게 지상을 응시한 탁월한 문인이었던 것이다. 해방 이후 한흑구는 월남하여 서울에서 미군정의 통역을 맡으면서 살아간다. 그러다가 1948년 경주로 여행하러 가는 길에 우연히 포항 바닷가에 들렀다가 그 아름다운 풍경에 반하여, 아예 그곳에 정착한다. 포항에 정착한 이유가 보여주듯이, 이후 그의 문학세계는 자연의 아름다움에 깊이 천착하는 모습을 보여준다.

해방 이후 필명 '흑구'는 새로운 의미를 지니게 된다. 일제 시대 '흑구'가 죽어도 변치 않는 애국심을 지닌 청년을 형상화한 것이었다면, 해방 이후 포항에 정착한 이후의 '흑구'는 한가롭게 동해 바다를 떠다니는 지족의 현인을 떠올리게 한다. 「나의 필명의 유래」에도 마지막 부분에 유유자적하는 갈매기의 모습을 재미있게 언급하는 대목이 나온다. "우리가 조국의 광복을 찾은 뒤에, 검은 갈매기들이 사라호 태풍에 밀리어서 동해에까지 날아와 살게 되었"으며, 그들은 "제비와 같은 철새는 아닌지 그대로 남아서, 푸르고 고요한 동해를 즐기면서 살아가고 있다."는 것이다. 조국의 광복 뒤에 동해에 와서 "푸르고 고요한 동해를 즐기면서 살아가"는 검은 갈매기야말로 한흑구의 해방 이후 모습에 그대로 대응한다.

한국문학사의 기념비적인 존재인 한흑구의 문학세계를 살펴보기 위해, 이 저서에서는 모두 7편의 글을 모았다. 이 글들은 작가론, 소설론, 시인론, 시론, 비평론, 수필론 등에 해당하는 글들로서, 한흑구를 이해하는 데 있어 중요한 참조점이 될 것으로 자신한다.

방민호는 논문「한흑구 문학의 특질과 한국현대문학사에서의 의미」에서 문인 한흑구의 총체적인 면모를 한국문학사의 맥락에서 충실하게 조명하고 있다. 이를 통해 한흑구가 한국현대문학사의 빈 공간을 채웠던 소중한 시인이자, 소설가이자, 평론가였음을, 그리고 수필가였음을 설득력 있게 조명하고 있다. 이를 통해 한흑구는 각각의 구분된 장르의 문학들을 각기 실험한 '쪽모이'의 문학인이 아니라, 한국현대문학사상 가장 드넓은 하나의 세계를 가진 뜻깊은 존재였음을 밝혀내고 있다. 흥사단과 동우회 활동, 민족주의적 지향, 미국생활의 맥락과 의미, 월트 휘트먼과의 관계성 등이 방민호에 의해 종횡으로 연결되어 한흑구라는 한 인간의 전면적인 초상으로 이어진다. 특히 마지막에 한흑구와 관련하여 연구과제를 제시하고 있는 것은, 한흑구 연구의 좋은 출발지점이 될 것으로 판단된다.

이경재의「불멸의 민족혼 한흑구와 그의 소설에 나타난 미국」은 미국을 다룬 한흑구의 모든 소설을 대상으로 하여, 당대의 미국에 대한 다양한 담론들을 참조하여 그의 소설에 드러난 미국 표상의 양상과 의미를 살펴본 논문이다. 특히 이 글에서는 장편소설「젊은 예술가」(『새길』, 1961.6.-10.)를 처음으로 학계에 소개하고 있다. 이번에 원문을 입수한 결과「젊은 예술가」는 법무부에서 발행하는『새길』에 총 4번 연재되었으며, 각각 1961년 6월호, 1961년 7월 · 8월 합병호, 1961년 9월호, 1961년 10월호에 발표되었음을 확인할 수 있다. 이 작품은 안익태(평양 출생, 애국가를 작곡한 음악인, 1906~1965)와 한흑구가 미국에서 겪었던 실화를 바탕으로 하여 쓰여진 장편소설이다.「젊은 예술가」를 통하여 해방 이전 한흑구 소설의 미국 표상이 지닌 의미도 보다 선명하게 드러날 수 있을 것으로 기대한다.

한명수의「흑구 한세광은 민족시인이었다」는 한흑구가 일제의 압박과 박해를 견디며, 꿋꿋하게 민족의 자존심과 자리를 지킨 민족시인이었다는 사실을 밝힌 기념비적인 글이다. 치밀한 논증과 엄격한 해석을 통하여, 민족의식과 당당한 지조가 한흑구의 시뿐만 아니라 수많은 산문에도 나타난다는 것을 보여주고 있다. 비록 그의 전체 작품을 확보할 수 없는 상황이지만 신문과 잡지에서 발견되는 그의 작품 가운데 많은 것이 고국에 대한 사랑과 독립을 기원하며 쓴 것이라고 한다. 이를 바탕으로 필자는 끝까지 지조를 지키며 단 한 편의 친일 문장도 남기지 않은 영광된 작가인 한흑구를 자신이 고백하였던 것처럼 한 줄 시에도 나라를 생각했던 우국시인이요 민족시인으로 자리매김하고 있다. 특히 이 글은 한흑구와 관련된 실증적 자료들이 가득해서, 앞으로 쓰여질 수많은 한흑구론의 중요한 기본자료가 될 것으로 예상된다.

박현수의 「한흑구 초기시의 모더니즘 경향과 칼 샌드버그의 도시 민중시학」은 우리에게 낯선 시인 한흑구의 모습을 입체적으로 조명한 글이다. 한흑구는 문인으로서의 삶을 시작하던 처음부터 시를 발표하였으며, 이후에도 시를 지속적으로 써온 시인이다. 박현수는 한흑구 시 중에 재미 기간과 그 이전의 시를 초기시라 규정하고 이들 시에 특징적으로 드러나는 도시성과 민중 지향성을 분석하고 있다. 이런 특징을 보이는 시를 '모더니즘 경향의 민중시'라 호칭하며, 이 논문에서는 이런 특성이 나타나게 된 기원을 그의 초기 평론에서 찾고 있다. 이러한 과정을 통해 지금까지 거의 주목되지 않은 그의 산문과 평론들(대부분 기존 선집이나 목록에 나오지 않는)까지 구체적으로 검토하는 수고로움을 아끼지 않은 역작이다. 특히 한흑구의 '모더니즘 경향의 민중시'의 기원이 칼 샌드버그의 도시 민중시학에 있음을 밝힌 것은 이 논문의 백미에 해당한다.

안미영의 「한흑구의 영미문학 수용과 문학관 정립」은 한흑구의 문학과 그가 수용한 영미문학의 관련성을 치밀하게 파헤친 문제적 논문이다. 한흑구처럼 오랜 기간 미국에 머무르며 적극적으로 영미문학을 한국에 소개한 문인은 드물다. 안미영은 바로 이 점에 착안하여 여러 분야에 걸쳐 한흑구가 영미문학을 수용한 양상에 대하여 치밀하게 정리하였다. 새롭게 발굴한 자료를 통해, 한흑구가 미국의 흑인 시 번역을 통해 인권 문제에 관심을 가지고 있었다는 점, 동시대 영미 작가와 그들의 작품에 관심을 가졌을 뿐 아니라 동시대에 부각되는 세계문제에 관심을 가졌다는 점, 사회과학연구회를 조직하는 등 현실 문제에 관심이 많았다는 점 등을 밝혀내었다. 또한 미국에 머물며 어빙 배빗(Irving Babbitt, 1865~1933)의 인본주의에 깊이 매료되었으며, 한흑구가 영미 소설 번역을 통해 흑인의 인권뿐 아니라 노동자의 인권 문제에 주목했음을 밝혀내고 있다.

안서현의 「해방 이후 한흑구 수필과 민족적 장소애」는 그동안 미발굴되었던 한흑구의 수필 수십 편을 새롭게 발견하여 학계에 공개하고 있다. 이 논문은 수필가로 널리 알려진 한흑구의 수필관은 물론이고, 그의 수필세계의 전반적인 경향을 해명하고 있다. 이를 통해 수필 양식의 첫 도입부터 수필 창작의 전문화에 이르기까지 한국 수필사에서 큰 역할을 도맡아 했던 한흑구가 1970년대에 이르기까지 예술적 형식과 철학적 깊이를 지닌 수필들을 쉬지 않고 발표했음을 밝히고 있다. 특히 자연애의 관점에서 주로 논의된 한흑구 수필을 새롭게 민족적 장소애의 개념으로 다룬 것은 크게 돋보이는 부분이다. 결론적으로 안서현은 한흑구가 본래의 고향과 중첩되고 연결되는 장소 이미지를 통해 제2의 고향인 포항의 장소성을 구체화하는 한편, 해방 이후 고향의 회복과 평화로운 정주를 경험하는 민족적 자아에 의해 일제강점기 문학에 나타난 민족적 장소애의 '이후'를 보여준다고 평가하였다.

이 책에 수록된 마지막 글인 한명수의 「인터넷 게시 사전류에 나타난 한흑구의 이력에 관하여」는 제목 그대로 인터넷에서 널리 유통되는 사전류에 등재된 한흑구의 이력에 관한 오류들을 치밀하게 밝히고 있는 글이다. 인터넷 포털 사이트에서 검색되는 그의 이력에 관한 정보가 잘못된 것들이 있는데, 많은 이들이 이런 사실을 모른 채 그것을 반복 인용한다는 문제의식에 바탕해 치밀하게 그 오류들을 잡아내고 있다. 특히 한흑구가 조선과 미국에서 수학한 학교 관련, 처음 작품 활동 시기와 지면 관련, 그의 부친 망명과 도미 관련, 흥사단(수양동우회) 사건 관련, 그가 귀국 후 참여한 잡지 관련, 그리고 포항에서 지낸 교수 생활 관련 등에 대한 오류들을 치밀하게 수정한 것이 돋보인다. 모든 연구가 정확한 자료에서 시작한다는 것을 생각한다면, 이러한 작업은 한흑구 연구의 토대가 된다고 해도 과언이 아닐 것이다.

여기에 수록된 글들은 그야말로 노작에 해당한다. 대강의 설명에서도 드러나는 것처럼, 한흑구의 삶과 문학을 해명하는 데 그 길목을 참으로 집요하고 성실하게 살펴보았다고 감히 자부할 수 있는 논문들이다. 그럼에도 한흑구라는 거목이 차지하는 한국현대문학사의 위상을 생각한다면, 그에 대한 본격적인 논의는 이제 시작이라고 해도 결코 겸사만은 아닐 것이다. 한흑구가 그토록 사랑했던 공간인 포항에서 그의 문학을 기리는 것은 너무나 당연한 일이자, 포항의 영광이라고 할 수 있다. 오늘의 이 정성된 논문들이 작은 출발이 되어, 한흑구의 문학세계를 한국의 정신사에 우뚝 새기는 소중한 계기가 되기를 빌어 본다.

하지만 우리가 다 알다시피 세상의 일이란 발원의 진정성만으로 성취되지는 않는다. 서로 뜻과 재능과 힘을 모아 행동에 나설 때 그 실현의 길은 열리게 된다. 이번 연구를 통해 비로소 한흑구의 진면모에 눈을 뜨게 되었다며 후학의 도리를 스스로 다그치는 방민호 교수의 다음과 같은 제언을 옮겨 놓는다.

> 이제 한흑구 정본전집을 만드는 일부터 시작해서 그와 함께 이 모든 조사와 연구에 충실을 기함으로써 우리가 잊고 있던 한 귀한 문학적 존재를 우리들의 집에 새로이 영접해 들여야 할 것이다.

본격적인 한흑구문학 연구의 첫 기획에는 포항시민부터 한흑구 선생을 제대로 알고 바르게 기려야 마땅한 도리라는 이강덕 포항시장의 의기가 서려 있다는 것을 밝혀두며, 선생의 장남 한동웅 님, 선생의 체취를 기억하는 포항의 원로 이대공 · 박이득 님, 한흑구문학기념사업추진위원회의 류영재 · 김일광 · 서숙희 · 최복룡 · 김도형 · 추경욱 님을 비롯한 포항지역 여러 작가들의 연대, 포항시 문화예술과의 아낌없는 협력이 함께했다는 것을 명기해둔다.

2022년 광복절 즈음에

한흑구문학기념사업추진위원회

소설가 이대환

차례

한흑구 문학의 특질과 한국현대문학사에서의 의미

방민호

방민호

- 1965년 충남 예산 출생. 문학평론가, 서울대학교 국문학과 교수.
- 서울대학교 대학원 국문학 박사. 1994년 제1회 『창작과비평』 신인평론상 수상.
- 『실천문학』, 『아시아』, 『서정시학』 편집위원 역임, 한국현대문학회 회장.
- 저서로는 평론집 『문학사의 비평적 탐구』, 『감각과 언어의 크레바스』, 『행인의 독법』, 『문명의 감각』, 『납함 아래의 침묵』, 『비평의 도그마를 넘어』, 『한국비평에 다시 묻는다』 등, 국문학 연구서 『탈북문학의 도전과 실험』(공저), 『최인훈, 오디세우스의 항해』(공저), 『이상 문학의 방법론적 독해』, 『일제말기 한국문학의 담론과 텍스트』, 『한국 전후문학과 세대』, 『채만식과 조선적 근대문학의 구상』 등, 시집 『숨은 벽』, 『나는 당신이 하고 싶은 말을 하고』 등, 장편소설 및 소설집 『대전스토리, 겨울』, 『연인 심청』, 『무라카미 하루키에게 답함』 등, 산문집 『경원선 따라 산문여행』, 『통증의 언어』, 『서울문학기행』, 『명주』 등 다수.

한흑구 문학의 특질과 한국현대문학사에서의 의미

방민호 (서울대학교 국문학과 교수, 문학평론가)

1. 들어가면서 - 문학사를 위한 새로운 발견

어떤 문학인이 얼마나 한 가치를 지니고 있는가를 헤아린다는 것은 결코 쉽지 않다. 일례로, 한국문학계는 오랫동안 박인환에 대해 김수영의 우위를 논의해 왔지만 동어반복적인 김수영 변호 일변도의 연구는 그보다 5년이나 뒤에 이 땅에 왔으되 시인으로서의 문학 활동 면에서는 오히려 앞섰고 이상에서 김기림을 거쳐 연결되는 문학적 계보학의 담지자였던 박인환에 대한 과소평가를 낳아왔다.

우리는 문학사에 대해 많은 것을 알고 있다고 생각하기 쉽지만 한편으로 우리가 극복하고 있다고 믿은 것은 그 극복한 것의 실체에 대해 무지하기 때문이거나 아니면 관심사가 변해서 무엇을 극복해야 하는지 모르게 되었을 뿐인 경우도 적지 않다.

뿐만 아니라 우리는 아직 생애의 과정이나 문학 작품의 총량이나 분포조차 제대로 연구하지 못한 많은 작가와 시인들을 갖고 있기도 하다. 예를 들어, 안석영 같은 경우라면 어떤가? 만문만화를 그린 풍자만화의 선구자였을 뿐 아니라 장편연재소설의 삽화가였고 그 이전에 무성영화 감독으로 여러 편의 영화작품을 남긴 그에 대해서 우리는 무엇을 얼마나 알고 있을까?

해외의 가장 비근한 사례로는 허먼 멜빌이 있다. 그는 현재는 미국 소설사의 가장 중요한 작가로 자리매김되어 있다. 그러나 생전의 그는 호손의 빛에 가려 그다지 눈에 띄지 않았던 것으로 유명하다. 너새니얼 호손은 다 알듯이 『주홍글씨』의 작가다. 멜빌은 그의 탄생 100주년이던 1919년을 계기로 극적으로 재발견되였으며 이를 가리켜 Melville Revival이라고도 한다.

필자는 일찍이 “나를 이슈마엘이라고 불러다오”라는 문장으로 시작되는 『모비딕』의 혁명적인 플롯 스타일과 구약성경의 메시지를 활용한 서구세계에 대한 웅원한 성찰력에 깊은 감명을 받았다. 그는 실제로 고래잡이배를 타고 수년 동안 바다를 떠돈 밑바닥 인생의 깊고 다양한 체험을 바탕으로 신화적인 대작을 창조해 냈다. 그러나 그는 문학 사회와 독자 대중으로부터 외면받았으며 자신이 존경해 마지않았던 너새니얼 호손에게서도 그다지 인정받지 못했다. 그런 그가 탄생 100주년을 계기로 미국문학사의 가장 중요한 작가의 한 사람으로서 호손과 쌍벽을 이루는 존재로 부상하는 '장면'은 필자에게 어떤 안도감을 선사한다. 세상은 끝까지 불공평하지는 않을 수가 있다.

현대문학사에서 멜빌처럼 당대에 발견되지 않은 중요 작가가 시간이 오래 흐른 후 아주 새롭게 부각될 수 있는 가능성은 얼마나 되는 것일까? 그런 가능성이 있기는 있는 것일까?

적어도 한국현대문학사에 관해서라면 필자는 오랫동안 쉽지 않을 것이라고 생각해 왔다. '불과' 160년의 본격적 현대문학사, 그것도 연구에 열정적인 연구자들을 많이도 거느린 한국문학이다. 이런 한국현대문학사가 당대에 그 중요성을 인정받지 못했지만 숨겨진 '荊山의 玉'이었을 가능성을 필자는 확신할 수 없었고, 한국 현대문학 연구 쪽에서 일해온 30년 가까운 세월을 그러한 인식에 별다른 문제를 느끼지 못했다.

한흑구 문학선집을 펴낸 민충환 교수, 그리고 한흑구 재조명 연구를 역설해온 이대환 작가, 논문「한흑구는 민족시인이다」(『포항문학』46, 2019)에서 한흑구의 생애를 집중적으로 밝힌 한명수 같은 이들의 노력을 통하여 비로소 새롭게 드러나기 시작한 한흑구의 존재는 필자의 인식을 완전히 뒤바꾸어 놓고도 남음이 있다.

이제 필자는 탄생 100주년을 훨씬 넘어 새로운 조명의 기회를 갖게 된 문학인 한흑구를 새로운 눈으로 살펴봄으로써 그가 한국현대문학사의 빈 공간을 채우고 있었던 중요한 시인이자, 소설가이자, 평론가였음을, 그리고 수필가였음을 논의하고자 한다. 그는 각각의 구분된 장르의 문학들을 각기 실험한 '쪽모이'의 문학인이 아니었으니, 그는 한국현대문학사상 가장 드넓은 하나의 세계를 가진 뜻깊은 존재였던 것이며, 그가 일군 그 하나의 세계가 무엇인지를 이해함으로써만 우리는 그가 어떻게나 '위대한' 정신의 소유자였는지, 한국현대문학사가 어떻게나 그를 절실히 필요로 하는지 알 수 있게 될 것이다.

2. 한흑구의 미국 유학생활과 귀국 이후에 나타나는 흥사단, 동우회 활동

문학인 한흑구를 논의하고자 할 때 그의 미국 체류 5년을 간과한다면 그에 관한 어떤 것도 우리는 알 수 없게 될 것이다. 그의 미국행은 부친 한승곤이 시카고 교회 목사로 재직했던 데 직접 연결된다. 『신한민보』는 한흑구의 1929년 2월 4일 미대륙 진입을 처음부터 타전한다.[1)]

부친이 있는 시카고로 향한 한흑구 세광이 처음에 입학한 곳

1) 「삼학생 미주 류학을 목뎍하고」, 『신한민보』, 1929.2.7.

은 시카고의 노스파크대학 이전에 루이스 인스티튜트였다.[2] 그러나 같은 해 9월에는 벌써 그는 노스파크대학 소속이 되어 고려학우회 웅변대회에 참가하여 '자주의 의식에서 출발하자'는 주제로 연설을 하고 있음이 확인된다.[3] 1931년의 기록들은 그가 북미 유학생회 중서부 위원회 소속으로 활동하고 있음을 보여주며[4] 1931년 8월에는 방학을 이용하여 캐나다에 다녀온다.[5] 그는 이즈음에 신한민보의 지국 기자로 활동하고 있다.[6] 『신한민보』는 네이버 지식백과 설명에 따르면 "1909년 2월 10일 미주 지역의 한인단체들이 통합하여 결성한 국민회의 기관지"다. 그의 문필활동은 재미 학생 잡지인 『우라키』 5호에 「미국대중시인연구」를 발표하는 것으로 이어지고 있다.[7] 한흑구는 1932년에 영문학을 공부하던 노스파크대학에서 필라델피아의 템플대학으로 옮겨 신문학을 전공한다. 자전적 소설 「어떤 젊은 예술가」에서 '나'는 "N대학을 나와 미국 동부의 도시를 순례한다는 생각으로 와싱톤으로 뽀스톤으로 뉴욕으로 돌아다니던 나

2) 「한세광 군이 입학하여」, 『신한민보』, 1929.2.21 및 「삼학생 미주 류학을 목뎍하고」, 『신한민보』, 1929.2.7.

3) 「고려학우회 웅변대회」, 『신한민보』, 1929.9.12.

4) 「중서부 학생연회 준비」, 『신한민보』, 1931.4.30.

5) 「한세광씨 캐나다에 전왕하여」, 『신한민보』, 1931.8.6.

6) 위의 신문, 같은 날짜.

7) 「류미학생잡지 우라키 제5호」, 『신한민보』, 1931.10.29.

는 다시 대학에 학적을 두고 필라델피아시에 멈을게 되었다"[8] 고 술회하고 있다. 1932년 6월 30일의 『신한민보』 기사는 그가 뉴욕 한인연합회 임시총회 날에 즈음하여 뉴욕에 와 있음을 알리고 있다.[9] 필라델피아에서의 한흑구는 적극적인 활약상을 보인다. 그는 필라델피아대학 코스모폴리탄 클럽의 초청으로 인터내셔널 인스티튜트에서 '코리안 나이트'를 열어 조선 음악을 소개하는 역할을 하기도 한다. 이 모임은 '조선의 정치 급 문화사', '조선인이 본 만주 문제' 등 무거운 주제를 다루는데, 여기서 한세광은 조선 민요를 소개한다.[10] 이 즈음에 한세광은 시카고의 김태선, 뉴욕의 강용흘 등과 함께 북미 조선인 문단을 형성하고 있는 것으로 이미 지목되고 있다.[11] 『신한민보』의 「비부학생동정」은 「어떤 젊은 예술가」에 등장하는 첼로 전공 음악학도 A의 모델에 관한 정보도 제공한다.

> 새 임원으로 한세광 씨를 지방회의 회장으로 추천하였다. 새로이 이곳을 온 이는 씬씨내티 음악학교에서 공부하든 안익태 씨이며 그는 템플대학 음악과에 전학하고 커티스 음악학교에서

8) 한흑구, 「어떤 젊은 예술가」, 『신인문학』, 1935.4, 176~177쪽.

9) 「뉴욕 학생 일속」, 『신한민보』, 1932.6.30.

10) 「한세광 군 비부에서 '코리안 나이트'를 열어」, 『신한민보』, 1932.12.8.

11) 「북미 조선인 문단 형성」, 『신한민보』, 1933.3.9.

첼로를 연구하기로 되엿다. 또 한분 우스터 대학 음악과에서 공부하든 윤성현 씨도 당지로 전학하야 템플대학 음학과에서 공부를 게속하게 되엿다.[12]

이와 관련하여 「어떤 젊은 예술가」의 A 역시 신시내티 음악학교에서 첼로를 전공하며 '씬 심포니' 오케스트라의 첼리스트로 연주하며 고학하다 한흑구의 템플대학으로 적을 옮기고 있다. 소설에 나타나는 A의 첼로 연주와 신문 기사에 등장하는 안익태의 첼로 연주에 대한 반응은 흥미로운 유사점이 나타난다.

(가)

나는 음악을 좋아하나 음악을 평할 줄을 모른다. 다못 내가 지금까지 귀에 남기여 있는 그의 첼로소리는 꼭 '조선심(朝鮮心)', '조선의 설음', '조선의 애소(哀訴)'를 말하는 음색(音色)을 그가 가졌고나 하는 감각을 전하고 있다고 생각한다. 미국 신문의 평들도 역시 'A는 독특한 음색을 가진 연주가이다. 아마 그것은 동양적 감성인가 보다' 이러한 의미의 비평을 하였다.[13]

12) 「최근 비부학생 동정」, 『신한민보』, 1933.3.16.

13) 한흑구, 「어떤 젊은 예술가」, 『신인문학』, 청조사, 1935.4, 183쪽.

(나)

조션의 젊은 천지 첼리스트 안익태 씨는 당지 템플 대학 음악과로 전학한 지 반년이 못되엿스나 그의 연주는 벌셔 여러 곳에서 환영 밧고 잇다. 지난 五월 十八일 저녁에는 시늬 탕카 교회당늬에서 그의 첼로 독주회가 셩황리에 개최 되엿는데 조션혼을 울여 늬는 듯 구슯흔 그의 멜로디는 열광적 박수 갈치의 인고-를 밧엇다. 음악의 센터를 차저 동부로 온 그는 쟝차 뉴욕시에서 대연주회를 개최하려고 뉴욝의 리철원 시와 구체적 준비를 진힝하는 즁이라고 한다.[14)]

이 무렵 한흑구는 필라델피아 지방 학생회 회장으로 추천받고 대학 코스모폴리탄 클럽의 부회장으로 선임되는 등 유학생 사회에서 괄목할 만한 존재로 부각되고 있다.

이후 한흑구는 필라델피아 템플대학에서의 신문학 전공 공부에 이어 로스앤젤레스의 사우스캘리포니아대학(남가주대학)으로 전학하여 공부를 계속하고자 한다.[15)] 1933년 여름에 개최된 시카고 국민회 주최의 졸업생 축하연에 참석한 졸업생 명

---

14)「안익태 씨 첼로 독주회」,『신한민보』, 1933.6.1.

15)「한세광 군 라셩으로 젼학」,『신한민보』, 1933.9.28.

단에 한세광은 없고 다만 연회 참석자로 기록되어 있다.[16] 사우스캘리포니아대학에서 학업을 계속해 나가려던 한흑구의 생각은 갑작스러운 어머니의 병보를 받음으로써 중단된다. 그는 『신한민보』에 '흑구시집 편초' 시리즈를 발표하는 것으로 미국 유학생활을 마무리하고 귀국한다.

흑구시집편초

한세광

저미 五년간 써 두엇든 시 가운데서 수十편 뽑아서 저미 동포 여러분께 드림니다.

—작자

이것이 미국 대륙우에서 신한민보를 통하야 쓰는 나의 마즈막 글이 될듯하다. 나는 신한민보의 지면을 통하야 나의 글을 발표할 기회를 늘 가진것을 많이 감사 한다.

저미 五년간 고학 생활을 한 여가에 나는 약二백편의 시와 백편의 영문 시를 써섯다. 이것 들을 모아서 「저미의 날의 시편」이라고 대치고, 「사향 시편」, 「방랑 시편」, 「남의 도시의 시편」, 「이성 시편」, 「영문 시편」들의 오부로 분류하야 편찬하야 나의 젊은 날의 초기 작품을 반포하기로 생각하고 잇다.

어머님의 병보를 밧고 귀국 하기로 준비하는 나는 미국에 두한 여러 동포 들을 생각한다. 나는 만흔 동포 들의 사랑을 밧엇스나 아직 수가지 나는 그들에게 줄것을 주지 못하엿다. 미국을 떠나려는 나는 나의 「시편」에서 수三十편을 삽니어 여러 동포에게 주고 가기로 생각한다. 잡되엿스건 못되엿스건 이것은 모다 저미간 나의 젊은 날을 노래한것들이다.

그 첫 회에 실린 한흑구의 술회는 미국에서의 한흑구의 시창작 활동의 전모를 밝혀주는 것으로 매우 중요한 자료 역할을 한다. 이에 따르면 그는 미국에서 약 200편의 시와 100편에 달하는 영시를 썼던 것으로 스스로 밝히고 있다.17) 『신한민보』는 1934년 3월 4일 밤에 있었던 한흑구 전별의 행사를 간략히

16) 「중서부 학생연회」, 『신한민보』, 1933.7.13.

17) 한흑구, 「흑구 시집 편초」, 『신한민보』, 1933.12.14.

전달하고 있다.[18] 한흑구는 1934년 3월 23일, 반년간 머무르던 로스앤젤레스를 떠나 샌프란시스코 산페드로 항을 출발, 하와이를 거쳐 조선으로 향한다.[19]

이러한 한흑구의 미국 유학 생활이 보여주는 그의 면모를 살펴보면 몇 가지 특징적인 시사점이 나타난다. 하나는 그가 노스파크대학에서 템플대학을 거쳐 사우스캘리포니아 대학으로 나아가 전공을 바꾸어가며 폭넓은 학문적 여정을 쌓아 나갔다는 것이다. 두 번째는 그는 미국 입국부터 이미 관심 대상이었으며 시카고와 필라델피아에서 주목할 만한 활동으로 한인 유학생 사회, 문단사회의 주도적 인물로 부상했다는 것이다. 셋째, 이 시기의 한흑구의 창작활동은 무엇보다 시창작에 집중되어 있음이 우선적으로 확인되지만, 우리에게는 여기에 한정되지 않는 한흑구 문학의 전모에 대한 탐구가 필요하다.

5년여에 걸친 그의 미국생활은 유학이라는 점에서는 완성되었다고 할 수 없을 듯도 한데, 그러나 이러한 사실에서 우리는 한흑구의 미국에서의 삶과 학업 과정을 더 깊이 이해해야 할 필요를 느끼지 않으면 안 된다. 이 글의 다음 장들에서 필자는 이를 한흑구의 두 가지 다소 대조적인 측면에서 검토해 보고자 한다.

---

18) 「량씨 환영과 량씨 전별」, 『신한민보』, 1934.3.8.

19) 「인사란」, 『신한민보』, 1934.3.22.

3. 한흑구의 민족주의 지향적 면모

연구자 한명수에 의하면 한흑구는 “일제의 압박과 박해를 견디며, 꿋꿋하게 민족의 자존심과 자리를 지킨 민족시인”[20]으로 평가된다. “그가 민족과 고국을 걱정한 애국시인이요 우국시인이며, 우리 민족의 얼을 지킨 민족시인이라는 사실”[21]은 하나의 정당한 평가이며, 이 논자는 주밀한 추적을 통하여 평양 숭덕학교 시절 3·1운동에 가담하고, 그 10주년에 미국에 당도하여 고향에 대한 그리움과 조국 상실의 비애를 노래하며, 흥사단에 가입, 단우로서 활동하며 이승훈과 안창호 등 민족 지사들을 기리는 시를 쓰기도 한 한흑구의 여정을 구체적으로 서술, 분석한다. 이 연구를 통하여 우리가 얻을 수 있는 한흑구의 삶은 또한 귀국 이후 안창호, 이광수, 부친 한승곤 등과 함께 피체되어 옥고를 치른 것, 1934년 11월 전영택과 함께 종합지 『대평양』을 창간하여 편집 주간을 맡고, 1936년 10월에는 안일성의 『백광』 창간에 참여하여 편집 책임을 맡은 것 등 한흑구의 민족 지사적, 민족주의 문학인으로서의 면모를 여실히 확인할 수 있다.

---

20) 한명수, 「한흑구는 민족시인이다」, 『포항문학』, 46호, 2019, 11쪽.

21) 위의 논문, 12쪽.

이와 같은 맥락에서 소위 수양동우회 사건에 연루된 그는 1937년 6월 28일 안창호, 조만식, 김동원, 한승곤 등 동우회 지도자들과 함께 치안유지법 위반 피의자 신분이 되었음이 확인된다.

;미체포;기소중지; ;평양부(平壤府) 이하 부정확함 평양부 하수리구(下水口里) 이하 부정확함;목사;상민;한승곤(韓承坤);60세;

;미체포;기소중지; ;평북 선천군(平北宣川郡) 이하 부정확함 평양부 신양리 176-119(平壤府新陽里一七六-一一九);교원;상민;황희찬(黃熙贊);40세;

;미체포;기소중지; ;평양부 기림리(平壤府箕林里) 이하 부정확함 ;교원;상민;김항복(金恒福);40세 전후;

;미체포;기소중지; ;평양부(平壤府) 이하 부정확함 신의주부(新義州府) ;자동차업;상민;한세광(韓世光);32세 전후;[22]

이 사건으로 1938년 3월에 이르기까지 관련자 181명이 치안유지법 위반으로 송치되었고, 그들이 구류를 살면서 정식 기

22)「興士團(동우회) 사건 검거에 관한 건」,『京鍾警高秘 제7735호』, 1937.10.28.(https://search.i815.or.kr/contents/independenceFighter/detail.do?isTotalSearch=Y&independenceFighterId=9-AH0967-000&sortNo=4).

소와 기소유예, 기소중지 처분 등을 받았던 바, 한흑구도 이때 기소중지 처분을 받은 데 이어 일제의 강압적인 조치의 탄압을 피하여 평양을 떠나야만 했다.

주지하다시피 한흑구의 부친 한승곤 목사가 1936년 6월 귀국하여 평양 인근의 경창문교회와 안주교회에서 목회 활동을 하였고, 한흑구는 잡지 『대평양』과 『백광』을 발행하며 부자는 함께 수양동우회 활동을 하고 있었다. 이 사건으로 인하여 부자는 모두 구속되었고, 미국 흥사단의 의사장을 지냈던 한승곤 목사는 더 심한 고문을 받았고, 한흑구 역시 오랜 시간 감금되어 조사와 탄압을 받게 되었다. 몇 개월 간 곤혹을 치른 한흑구는 가산을 정리하고 신의주를 오가며 종사했던 자동차 관련업도 그만두고, 편집 주간으로 있던 『백광』도 발간하지 못한 채 그는 가산을 모두 정리한 후 평양에서 60여 리 떨어진 평안남도 강서군 성대면 연곡리로 이주하였다. 그의 아버지 한승곤은 정식 기소가 되어 재판을 받는 중이었고, 그는 일경의 면밀한 감시 속에서 지내야만 했다. 연곡리로 이주한 한흑구는 자택을 성대장이라 이름 붙이고, 손수 주변의 넓은 밭과 과수원을 일구며 지냈다. 신혼생활과 함께 다가온 시련 앞에서 그는 조금도 흔들림없이 더욱 당당

한 모습으로 살았다.[23)]

미국 유학생활과 귀국 이후의 활동을 통하여 한흑구가 민족 운동을 위해 장래가 촉망되는 인물로 존중되었음은 그가 귀국과 함께 평양의 동우회에 가입하여 활동하고 있는 데서도 나타난다. 이미 미국의 시카고에서 1930년 3월 11일 흥사단에 가입하여 258번이라는 단번을 가졌던 한세광의 흥사단원의 지위는 국내에 들어와서도 그대로 인정된다. 이와 관련하여 수양동우회와 흥사단의 관계에 대한 일본 특고의 기술은 참고할 만하다.

동우회는 단순한 수양단체가 아니라 흥사단 운동으로서 동우회라는 명칭은 당국을「위장, カムフラージユ(camouflage)」하는 수단이다. 그 흥사단에서 정해진 일반단원, 예비단원, 특별단원 등 자격은 동우회의 일반회원, 예비회원, 특별회원 등의 자격에 각각 해당되며 흥사단원이 조선에 귀국하면 아무런 수속도 필요 없이 그 자격에 맞게 동우회원으로 된다. 또한 동우회원으로서 상해 및 미국에 건너가면 마찬가지로 자격에 응하

23) 한명수, 앞의 논문, 41~42쪽.

여 흥사단원으로 된다는 제도가 있다.[24]

흥사단과 수양동우회는 일종의 연속성을 가진 단체이자 조직이었던 것이다. 한세광의 몇몇 편지에 나타난 생각과 견해는 미주 흥사단 학생단원들의 생활이 매우 긴장에 차 있는 것이었음을 말해준다. 여기서 한세광은 아직까지 논란이 있는 이광수의 「민족개조론」을 안창호 흥사단 조직 사상의 맥락에서 이해하고 있음을 보여준다. 미국에서의 한흑구는 흥사단의 단원으로서 그 정신을 적극적으로 흡수할 뿐 아니라 생활이나 경제적 의무 면에서도 흥사단 조직에 일종의 보고 관계를 맺고 있다.

(가)

團報를 낡을 때마다 좀더 공개적 사회적으로 해서, 例하면 신법식, 일반사회적 흥사단 정신을 표현하며, 동지를 규합할 것이 어떠할까 하는 생각을 해봅니다. 춘원의 「민족개조론」 가운데도 동지를 가속도로 규합하여 단결한 후여야 엇든 일이든지 할 수 있다고 말을 한 것을 낡은 생각이 납니다. 역시 일고를 들입니

24) 「興士團(동우회) 사건 검거에 관한 건」, 『京鍾警高秘 제7735호』, 1937.10.28. (https://search.i815.or.kr/contents/independenceFighter/detail.do?isTotalSearch=Y&independenceFighterId=9-AH0967-000&sortNo=4).

다. 요사이에는 수양에 치중하기로 생각합니다.[25]

(나)

작년도 의무금을 내지 몯하였으나 입단 즉년에는 면제되는 듯 하와 묵과 중에 잇슴니다. 하시하시기를 바람니다. 그러고 금년도 의무금 십원에 대하야서는 반감하여주시도록 理事府에 청함니다. 역시 결의하시고 하시하심을 바라나이다.

돈으로 하여금 인간의 존재가 조그만 스페이스를 차지하게 되는 것은 매우 현대인으로써 우려할 바라고 생각함니다. 물자적, 유형적 의무는 불충분할지라도 정신적 의무만은 늘 충분하도록 힘씀니다.[26]

(다)

단무로 다망하신 중에도 안과이겟지요? 제는 去夏休 市加古를 떠나 부친과 같이, 加奈駄로 상업 겸 여행을 하고 去十月 초순에 환미해서 이곳저곳 방랑하다 Washington을 것처 이곳 Baltimore까지 왓읍니다. 부친은 Philadelphia로 가시어 상업을 준비하시는 중이신 거 같고, 제는 이곳서 반일 노동을 하

---

25)「한세광이 최희송에게 보낸 편지」, 1931.5.8.

26)「한세광이 최희송에게 보낸 편지」, 1931.5.8. 독립기념관에서는 이 편지를 위의 편지와 같은 날짜로 소개되고 있으나, 내용으로 보아 다른 날짜의 편지다.

고 U. of Baltimore에 몇 시간式 야학을 하나 불안정한 것이 외다.

이곳서 이월 초에는 NewYork 구경이나 가서 하고 다시 市加古로 갓다가 내학기에는 복교위계이웨다.[27)]

(라)

團弟는 Baltimore를 떠나 이곳 비성으로 이교하고 家親主와 동거함니다.

얼마 전부터 Temple University의 school of journalism에 입학하야, 과거 이 년간 학득한 영문과를 중지하고 신문학을 시작햇읍니다. 다행히 학비면제의 scholarship을 얻어서 고학을 근근 계속하게 된 형편이외다.[28)]

이와 같은 서간 내용들은 한흑구의 흥사단원 활동이 매우 조직적인 것이었음을 말해준다. 그는 부친과 함께 거주하거나 같이 또는 따로 여행을 하면서 이를 흥사단에 보고하고 있고 의무금을 바치고 있었으며 자신의 학사일정에 대해서도 긴요한 내용을 알리고 있다. 이와 같은 글을 통하여 한흑구는 루이스 인

27) 「한세광이 김병연에게 보낸 편지」, 1931.11.21.

28) 「한세광이 김병연에게 보낸 편지」, 1932.2.12.

스티튜트에서 노스파크대학으로, 그리고 볼티모어대학 야간 학습을 거쳐 템플대학으로 나아갔고, 여기서 다시 로스앤젤레스의 사우스캘리포니아대학으로 옮겨간 것이 확인된다.

한편으로 한흑구의 미주 흥사단 활동은 국내에 들어와서 곧바로 평양에서의 동우회 활동으로 연결됨이 확인된다. 1934년 9월 1일 밤 8시 30분에 열린 동우회의 「평양반우회록」에는 미주에서 온 한세광이 참석하여 미국 체류 경험을 이야기하고 있다. 1936년 1월 3일 오후 5시의 간찬회 기록에는 한세광의 모친이 별세한 사실이 나타나고, 1936년 12월 1일 오후 7시의 월례회에서는 한세광의 부친 한승곤 목사가 수양에 대한 강연을 행하고 있기도 하다.[29] 이는 흥사단에 가입, 단우로서 활동한 한세광의 흥사단원의 지위가 국내에 들어와서도 그대로 인정되고 있었음을 의미할 것이다. 이와 관련하여 수양동우회와 흥사단의 관계에 대한 일본 특고의 기술은 참고할 만하다.

> 창립된 당시부터 이번 사건 검거에 이르기까지 표면적으로 단순한 수양단체인 것으로 하고 있지만 후기(後記)와 같이 안창호(安昌浩)를 중심으로 하는 온전한 흥사단(興士團)으로서 그들은

29) 「동우회 平壤班友會錄」, https://search.i815.or.kr/contents/independenceFighter/detail.do?isTotalSearch=Y&independenceFighterId=9-AH1075-000&sortNo=4).

교묘한 전술에 의하여 조선사회에 있어서의 중견(中堅)인물인 박사, 학사, 전문학교 및 중등학교 교사, 대 실업가(實業家), 변호사, 목사, 신문관계자 ……(원본판독불가)…… 획득하고 조선독립의 기초준비 운동을 하고 있었다는 것으로 그 진상은 쉽게 판명되지 않는다. 그들은 늘 합법수단을 통하여 내선융화(內鮮融和)를 반대하고 민족자결주의를 주장함으로써 단순한 민족주의 경향뿐인 단체가 아니라고 인식하여 엄격한 시찰을 한 결과, 때마침 이번 해 5월 중순경 기독청년면려회(基督靑年勉勵會) 서기 이량변(李良變)의 불온인쇄물 배포사건이 있었다. 조선에서의 동우회는 즉 흥사단임에 틀림 없고 기독교 내부에서도 세력을 갖고 있으며 흥사단원이 아니면 기독교 내부에서도 세력이 없는 상태이다. 동우회라는 명칭은 당국(當局)을「위장, カムフラージユ(camouflage)」하는 수단으로 사용되는 것인데 그들의 단결은 아주 공고하며 단원이 아니면 그 내막을 알 수 없다는 것이 판명되었다. 당시 그 불온인쇄물 배포사건에 의하여 이번 해 5월 17일부터 검속(檢束) 관계자로서 검속 중인 이원규(李元奎) 및 이원규(李元奎)와 밀접한 관계를 갖고 있는 정인과(鄭仁果)를 임의로 취조하였는데 동우회는 단순한 수양단체가 아니라 흥사단 운동으로서 동우회라는 명칭은 당국을「위장, カムフラージユ

(camouflage)」하는 수단이다.[30)]

이와 관련하여, 국문학계에서는 이광수의 대일협력 문제를 둘러싼 논의가 아직도 결말을 명쾌하게 보고 있다고는 할 수 없다. 주지하듯이 이광수는 상하이에서의 흥사단 원동지부 가입, 임시정부『독립신문』 편집 등 도산 안창호의 독립운동 노선을 따르던 시대를 뒤로 하고 조선에 귀환, 별다른 사법적 제재를 받지 않고 문필 활동을 재개할 수 있었으며, 이 과정에서 쓴 논설적인 글이 바로「민족개조론」(『개벽』, 1922.5)이었다. 이 논설은 발표되자마자『조선지광』등 좌익 계열의 논자들로부터 날카로운 비판에 직면했던 바, 민족을 개조한다는 제명부터 문명과 민족의 등급을 나눈 위계와 차별의 민족학 논리들과의 친연성으로 인해 지금껏 이광수의 정신적 '변절'을 강력히 시사하는 것으로 논의되곤 한다. 특히 이광수의 사상을 국내 선배 지식인들과는 절연된, 서구와 일본의 현대적인 문학 담론과 경향, 사회진화론적인 제국주의적 논리들의 영향권 내에 있었던 것으로 파악하려는 시도는 비교적 근년에까지 일부 국문학자들 사이에서 계속되어 왔다.

30)「興士團(동우회) 사건 검거에 관한 건」,『京鍾警高秘 제7735호』, 1937.10.28. (https://search.i815.or.kr/contents/independenceFighter/detail.do?-isTotalSearch=Y&independenceFighterId=9-AH0967-000&sortNo=4).

필자는 이와 같은 일방향적 해석을 경계하고자 했고, 그 하나의 시도로서 이광수와 안창호의 관계를 새롭게 조명하고자 했다. 이광수가 안창호를 처음 만난 것은 그가 일본에 일차 유학해 있던 1907년 2월 3일이다. 당시에 안창호는 풍전등화 신세가 된 조국을 구하려 귀국했고 비밀 결사 신민회를 조직하게 되는데, 바로 이 귀환 여행 중에 안창호는 이광수 등 유학생 앞에서 연설을 한다.[31] 이러한 두 사람의 만남은 1908년 여름 이광수가 여름방학을 이용하여 황해도 안악으로 야학활동을 하는 것으로 이어지는데, 이 안악의 교육운동, 사회운동은 안창호의 사상의 영향을 받은 지식인들에 의해 주도되고 있었을 뿐 아니라, 안악은 특히 동학당에서 교육운동가로 '변신'한 김구가 교사로 활동한 곳이기도 하다.[32] 이광수가 '한일합방'이 나던 1910년 3월에 메이지중학을 졸업하고 귀국하여 서울에서 비밀리에 안창호를 만난 후 오산학교 교사로 간 것도 예사롭지만은 않으니, 오산학교주 남강 이승훈 역시 안창호의 논리에 감화되어 교육운동에 헌신한 것으로 알려져 있다.

무엇보다 이광수의 대표작『무정』과 뒤에 이어진『유정』,『사

31) 방민호,「장편소설『흙』에 이르는 길 – 안창호의 이상촌 담론과 관련하여」,『춘원연구학보』13, 2018, 4쪽.

32) 방민호,「김구 자서전『백범일지』와 이광수 '윤문'의 의미」,『춘원연구학보』17, 2020, 121~122쪽.

랑』 등에 나타나는 '무정 유정'의 사상은 안창호의 구술을 이광수가 받아 옮긴 「무정한 사회와 유정한 사회 – 정의돈수의 의의와 요소」(『동광』, 1926.1)에서 드러나듯이 본디 안창호의 독자적인 사상적 담론이었을 가능성이 유력하다. 그렇다면 비록 상하이에서의 임시정부 활동을 뒤로 하고 허영숙과 함께 귀국, 이혼과 재혼을 선택하고 『동아일보』 편집장이자 세속적 작가로서의 길로 나아간 이광수이지만 그에 대한 안창호의 사상적, 실천적 영향력은 거의 '절대적이었다' 고 보는 것도 지나치지만은 않을 것이다.

또, 일본의 유학생 잡지인 『학지광』을 살펴보면 1915~1917년경과 그 이후의 논조가 확연히 달라짐을 볼 수 있다. 이 시기의 중요 논자인 이광수 등은 사회진화론을 맹종하는 데서 벗어나 니체의 '힘에의 의지'론이나 운명론의 극복 등으로 '진화해' 나가는 양상을 보이고 있음을 볼 수 있다.[33] 이는 제국주의적 지배 논리의 근거를 이루는 사회진화론적 사상을 이광수의 그것으로 단순 환원하는 것은 일반화의 오류를 범하는 일이 될 수 있음을 의미한다. 아마도 이광수는 일생을 통하여 민족이나 문명의 등급의 논리에서 완전히 벗어나지 못했는지 몰라도 동시에 이를 극복하고자 한 안창호, 김구, 안중근, 신채호 등 자

33) 이광수, 「숙명론적 인생관에서 자력론적 인생관에」, 『학지광』17, 1918.8, 19~20쪽.

본주의적, 제국주의적 현대를 초극하고자 한 선배 지식인들의 논리에 의해 깊은 감화를 받았다고 할 수 있다.

한흑구의 서간에 나타나는 「민족개조론」은 바로 그러한 의미에서 새로운 민족적 역량을 구축하고자 한 안창호의 논리가 이광수라는 번민 많은 제자의 변용을 거쳐 그 다음 세대의 독립사상에 이어지는 독특한 양상을 보여주는 것이다.

이와 같은 맥락에서, 우리는 선행 연구자 한명수의 성실하고도 구체적인 논의를 '추인'하면서 한흑구의 사상의 한 특질로서 민족주의적인 이상을 거론치 않을 수 없으며, 이러한 양상을 그 구체적인 수순과 범위에서 연구할 필요성을 가진다고 하지 않을 수 없다.

그리고 이 연장선상에서 대한민국 임시정부 여당 기관지 『韓民』에 실린 한흑구의 글은 그 논쟁적 성격에 비추어 면밀히 검토할 필요가 있다는 점을 기억해 둔다.[34] 이 장을 마무리하면서 필자는 한세광이 쓴 민족주의적 명시들 가운데 한 편을 가려 그

---

34) 한세광, 「告楊綠君—南華通訊을 일고서」, 『韓民』 2, 1936.4.29. 이 글은 대한민국 임시정부에 대해 무정부주의적인 견지에서 비판을 가한 양록이라는 논자의 주장을 날카롭게 비판한 것이다. 백범 김구에 의해 주도된 대한민국 임시정부가 도산 안창호의 정신적 지도 아래 있었던 점, 안창호와 김구 사이에 1919년 3·1 혁명과 임시정부 수립 이전에 이미 사상적 교호 관계가 성립되어 있었던 점, 한세광 흑구가 이 안창호의 지도 노선을 충실히 따르는 흥사단원이었던 점 등에서 이 글의 필자 한세광이 한흑구 세광일 가능성이 높다. 다만 논설로서의 문체적 특징을 감안하더라도 "우리 혁명선" 운운 등의 서두 내용 등에 비추어 동명이인일 가능성을 아예 배제할 수 없는 것으로 사료된다.

의 민족주의 시인적 특성을 명백히 하고자 한다. 미국의 '인디펜던스데이'에 쓴 것으로 보이는 시다. 시대의 분위기를 살리기 위해 캡쳐로 옮긴다.

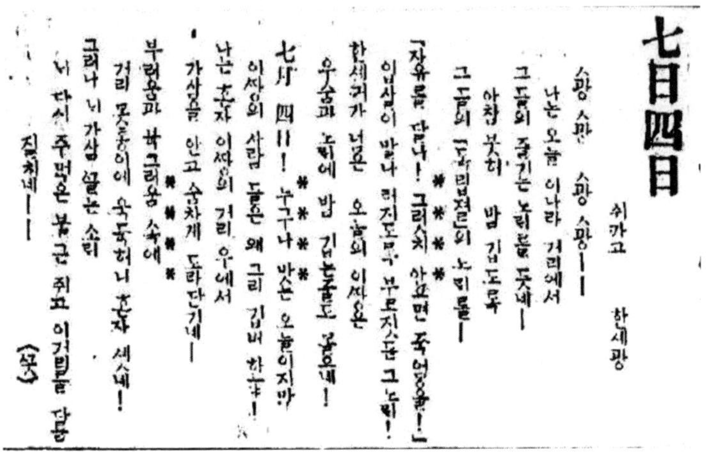

七月四日

취가고　한세광

쾅 쾅 쾅 쾅 쾅——
나는 오늘 이나라 거리에서
그들의 즐기는 노래를 듯네—
아참 붓허 밤 깁도록
그들의 「독립절」의 노래를—
＊ ＊ ＊
「자유를 달나! 그러치 안으면 죽엄을!」
이납삼이 발나 러진도록 부르지〃던 그 노래!
한세기가 넘은 오늘의 이싸은
우숨과 노래에 밤 깁도록 즐겁네!
＊ ＊ ＊
七月 四日! 누구나 밧는 오늘이지만
이싸의 사람 들은 왜 그리 깁버 하누!
나는 혼자 이싸의 거리 우에서
가삼을 안고 숨차게 도라단기네—
＊ ＊ ＊
부러움과 부그러움 속에
거리 모롱이에 우둑허니 혼자 섯네!
그러나 니 가삼 쓸는 소리
니 다시 주먹은 불근 쥐고 이거리를 다름질치네——
〈끗〉

4. 혼혈적 다양체로서의 미국과 그 부조리함

이 장에서 필자는 한흑구 문학의 기여가 그가 비단 '민족시인'인 데 있을 뿐 아니라 자칫 '정체성주의'의 함정에 빠지기 쉬운 한국어와 한국문학의 특질을 뒤바꾼 의식과 이상의 소유자였던 데 있다고 논의하고자 한다.

한흑구는 어째서 5년이 넘는 유학생활에도 불구하고 대학 졸업장을 손에 넣지 않았던가? 그것은 1남 3녀의 외아들로서 어머니의 병보를 접한 것이 직접적 이유지만 그보다 더 깊은 연유를 찾아볼 필요가 있다.

무엇보다, 미국 유학생활을 통하여 그가 끊임없이 여행을 다녔으며, 그것은 여행이라기보다 차라리 방랑에 가까운 것이었다. 그의 방랑적 여행은 부친이 사업상의 이유로 여러 곳을 전전했던 데서 기인하기도 하지만, 고학생으로서 학비를 충당하고자 일할 수 있는 곳을 찾아 다닌 때문이기도 하며, 그보다 더욱, 그 자신 그와 같은 여행과 방랑, 낯선 곳에서의 노동을 통하여 넓고도 넓은 세계 그 자체를 체험하고, 그로부터 새로운 세계인식을 얻고 수립하고자 한 강렬한 의지의 산물이었다. 이러한 한흑구의 해외 경험, 특히 미국 체류의 경험은 안창호, 이광수의 그것과 비교해볼 만하다.

일찍이 1878년생 안창호는 고향에서의 십 년 한문 공부를 뒤로 하고 언더우드가 설립한 서울의 구세학당 수학과 독립협회 운동을 거쳐 태평양 너머 미국으로 건너가 샌프란시스코와 리버사이드 등에서 노동 일을 하며 새로운 세계에 눈뜨고 자신의 사상을 세워나갔다. 일본을 넘어 미국을 직접 경험하고 거기서 한인 공동체 운동을 시작한 안창호의 사상은 단순히 조선을 근대화하자는 것이 아니요, 자본주의적, 제국주의적 근대를 넘어, 정의와 친애, 동정과 연민에 바탕을 둔, 유정한, 공동체적 이상사회를 건설하고자 하는 것이었고, 그는 일생을 두고 변함

없이 실행적 삶을 지켜나갔다. 그의 이상사회론은 일본적 근대를 뛰어넘어 미국과 같은 서양적 근대를 모델로 삼으면서도 그러한 현실태에 얽매이지 않는 것이었다.

이광수는 안창호의 사상에 감심된 사람이었으나 그는 한 세대 뒤의 사람이었고, 이미 국운이 확실히 기운 때에, 그것도 일진회 관계로 일본에 유학한 사람이었으며, 제2차 유학 시절에『매일신보』1면에『무정』을 연재할 수 있었던 데서도 드러나듯이 조선총독부가 후원한 청년 지식인이었다. 그렇기에 그가 상하이에서의 망명 독립운동 노선에서 벗어나 귀국하여「민족개조론」을 쓰고 수양동우회 사건으로 도산이 세상을 떠나는 와중에 대일협력의 포즈를 확고히 한 것은 그 자신의 태생적 한계를 끝내 떨쳐버리지 못한 소이였다고 할 것이다. 바로 이런 까닭인지는 알 수 없으나 그의 작품들에 나타나는 이상사회론은 비록 평안도의 오산이나 황해도 김촌을 모델로 삼아 전개한 담론들, 장편소설『재생』,『흙』등에 나타난 개척과 계몽의 포즈에도 불구하고 지극히 불명료한 형태에 그치는 감이 없지 않다. 또 같은 맥락에서 이광수는 두 차례에 걸친 긴 일본 체류, 중앙아시아 치타에서의 장기 체류, 상하이와 베이징 등 짧다고만은 할 수 없는 중국 체류의 경험들을 이상사회론을 위한 시준점으로 삼은 흔적들은 잘 나타나지 않는다. 이 점에서 이광수 소설은 그 시공간적 넓이에도 불구하고 지극히 조선적인,

그러면서 동아시아의 경험 세계에 갇힌 듯한 인상을 남긴다.

한흑구의 문학은 안창호, 이광수 등 흥사단 사상을 이어간 새 세대의 진폭을 보여주는 살아있는 사례라 할 것이다. 숭덕보통학교, 숭인상입학교, 보성전문 등을 거쳐 태평양을 건너간 그는 서양 사회를 직접 체험한 가장 중요한 한국문학인의 한 사람이었다. 이 점에서 그는 3·1운동 직후 상하이로 망명했다 유럽과 미국으로 나아간 이미륵, 서영해, 강용흘의 직접적인 후배 문학인으로서도 조명되지 않으면 안 된다.

> 나는『초당』을 읽으며 강씨의 영문 지식에 몇 번이나 감탄하였다. 그러나 조선의 아름다운 고시조를 역인한 것 이외에 그의 문구에서는 얼굴이 붉힐 만큼 조선 사람 된 것이 부끄러운 생각이 남을 금할 수 없었다. 그것은 조선의 악습이며 옛 풍습을 부끄러운 줄 모르고 웃음 섞어 서술해 놓은 때문이었다.
>
> 강씨의『초당』을 주관적으로 평하기를 피하나 나는 그 후에 강씨에게 나의 감상을 적어서 편지 하였드니 '나는 민족적 배경이나 어떤 사상의 이데올로기 등을 예술에 내포시켜야 한다는 것을 부인하오. 나는 다못 예술을 위한 예술을 신봉하오.'라는 회서를 받고 나는 먹먹하여지었었다.[35)]

---

35) 이와 관련하여 한흑구의 강용흘 비판은 깊이 음미해 볼 만하다. 한흑구,「재미 육 년간 추억 편편」,『신인문학』, 1936.3, 118~119쪽.

강용흘의 『초당』을 둘러싼 한흑구의 사유, 그리고 강용흘과의 서신 대화 내용 등은 앞으로 3·1 운동 이후 해외로 간 문학인들의 삶과 문학이라는 맥락, 그리고 한국 디아스포라 문학의 면면과 관련하여 논의할 것이 많다. 그러나 이 글에서의 관심은 다른 데 있다. 과연 한흑구가 미국에서 만난 것은, 탐구한 것은, 그리하여 자신의 것으로 만든 것은 무엇이었던가? 이를 보다 구체화하기 위해서는 그가 남긴 문학 작품들 속으로 직접 들어가 보지 않을 수 없다. 그 하나의 출발점으로서 먼저 그의 시 한 편, 소설 한 편에서 일부를 가져온다.

(가)

子正이 넘어서

홀스테드 電車를 탓네.

車안에는

일터로부터 돌아오는 勞動者들,

껌둥이, 波蘭 녀자, 愛蘭 색시.

奴隸에서 해방된 껌둥이

오늘은 다시 돈의 鐵鎖에……

러시아서 해방된 파란 녀자

오늘은 다시 돈의 束縛에……[36]

(하략)

(나)

쓸쓸한 사막의 밤 같은 조선에 육 년이라는 길다면 긴 세월을 외국에서 보내다 돌아온 나에게는 아직도 미국에서 지나든 옛 기억과 미련이 남어 있는 것을 어찌할 수 없다.

「몬지 나는 아스팔트……석냥갑만한 백화점…… 젊은 사원들의 지팽이(스데키)……」

이러한 것을 눈으로 보고 속으로 생각하는 나는 무심중에 미국에서 보고 듣든 것과 비교해서 생각하게 된다. 그러나 그것은 한낮 나에게 있어 부지럽고 미련한 생각일 것뿐이다.

세상이 사실 그리 넓은 것은 아니지만 공간(空間)의 차이(差異)라는 것은 꽤 큰 듯하다. 이 때문에 나는 미국에서 지나던 것과 여기서 지나는 생활의 큰 차이를 감격할 때마다 늘 미국 생각을 하지 않을 수 없다.[37]

필자는 한흑구가 미국에서 처음 맞닥뜨린 것은 조선과는 다

36) 한흑구, 「밤 전차 안에서」, 『동광』 28, 1931년 12월호.

37) 한흑구, 「어떤 젊은 예술가」, 『신인문학』, 1935.4, 176쪽.

른 미국이라는 세계를 이루고 있는 다양체로서의 삶이었다고 생각된다. 그는 자신의 조선인 됨을 믿어 의심치 않았고 또 미국 체류 내내 민족주의자로서의 신조를 버리지 않았음에도 불구하고 다른 차원에서 동시에 미국이라는 놀라운 "혼혈아"[38]적 세계에 눈 떴으며 그 놀라운 세계에서 벌어지는 인간극의 또 다른 소용돌이에 마음을 '빼앗겨 버렸다'. 문제는 비단 일제에 강점된 조선에 있는 것만이 아니었으며, 그 아무것도 가진 것 없는 세계로부터 멀리 떨어진 이상향같이 그릴 수 있을 만한 대륙에도 불경기(디플레이션)에 몸부림치는 노동자들, 하층민들과 노예로부터의 해방을 갈구하는 흑인들의 생생한 고통이 임재해 있었으며, 또한 동시에 동서양을 가르는 차별과 배제의 논리가 미국을 살아가는 한국인들의 삶을 짓누르고 있었다. 이러한 현실, 조선과 미국이라는 "공간의 차이"와 그럼에도 불구하고 공통적으로 존재하는 다양한 실존들의 고통을 한흑구는 그의 빼어난 단편소설들을 통하여 핍진하게 그려냈다. 위에 인용한 시에 등장하는 자정 넘은 전차에 탄 빈민가의 "노동자들", "껌둥이, 波蘭 녀자, 愛蘭 색시"들은 미국이라는 세계를 낭만이 씻긴 새로운 눈으로 보게 하는 살아있는 존재들이었다.

38) 한흑구, 「문학상으로 본 미국인의 성격」, 『조광』, 1942.4, 민충환 편, 『한흑구 선집』, 아시아, 2009, 484쪽.

그러한 존재의 발견으로부터 한흑구는 민족주의적 이상을 품은 유학도라는 규정만으로는 충족될 수 없는, 일종의 세계시민적 존재를 향해 나아가고자 하는 의욕을 품었던 것으로 추론되며, 이를 위한 실행의 과정이 곧 앞에서 언급한 그의 갖가지 방랑적 여행, 그 순례길이었다.

> 남들은 최고의 학위를 얻기 위하야 기숙사로 들어가서 책상만 부단고 싸호고 귀국 이후에 근무할 기관을 위하야 일정한 목표가 있어 그곳에만 전심 학구하는 분들이 많으나 나는 어쩐지 빠이론이나 꾀테의 생활이 그리웠고 또한 그러한 시적 생활을 실행할 수 있는 곳이 미국대륙이라는 것을 생각하였었다.
>
> 이 때문에 나의 육 년간의 고학생활이라는 것은 나의 낭만 시절을 쓰라린 방랑의 생활로써 나의 체험사 우에 남아 있을 뿐이다. 미국 대륙 우에 방랑의 족적을 남긴 막심 꼴키며 북구의 중견작가 햄슨이며 인도의 시성 타고어며 미국의 방랑시인 휫트맨 샌벍 린세이 등을 추적하는 의미로써 나는 방랑의 생활을 즐기여 하였다.[39]

흑인들에 대한 그의 관심, 흑인문제와 흑인문학에 대한 그의

39) 한흑구, 「재미 육 년간 추억 편편」, 『신인문학』, 1936.3, 117~118쪽.

탐구는 그와 같은 세계 경험을 통해 얻은 가장 중요한 수확물이었다고 할 수 있다.

> 미국 사람들이 동양 사람들을 배척하여 동양인의 이민(移民)을 법률로써 막게 된 지도 四년.
>
> 그동안 서양사람들은 얼마나 동양 사람을 업수히 보았고 수모하려고 하였고 동양 사람은 얼마나 서양사람을 미워하였고 분개하였나!
>
> 「동은 동이요 서는 서이다.
>
> 이 두 쌍동이는 결코 서로 맞날 수 없다.」
>
> 시인(詩人) 키플링은 왜 이러한 절대의 사상을 인류에게 노래하였을까?
>
> 동양과 서양은 과연 밤과 낮과 같은 절대의 대립을 의미하는 것은 않이겠지.[40)]

이 작품에 인용되어 있는 러디어드 키플링은 근년에 들어서는 에드워드 사이드의『오리엔탈리즘』,『문화와 제국주의』등에 자주 인용되고 있는 데서 알 수 있듯이 오리엔탈리즘적 태도를 지닌 대표적 작가로 인구에 회자된다. 그러나 이 작가

---

40) 한흑구,「황혼의 비가」,『백광』5, 백광사, 1937.5, 222쪽.

가 일제 강점기의 한국 작가들에 의해 어떻게 인식되었는가에는 차이가 있다. 이효석과 백석은 모두 키플링의 최초 소설집 『Plain tales from the hills』(1888)에 수록된 마흔 개의 이야기 가운데 한두 편을 뽑아 번역을 하기도 했다.[41] 또한 필자가 읽고 판단하기에도 초기 소설집 『Plain tales from the hills』 시대의 키플링의 소설 세계는 제국주의적 시선에 사로잡힌 상태는 아니었던 것으로 판단되기도 한다. 반면에 한흑구는 「제국주의의 시인 루드야드 키플링론」(『조선중앙일보』, 1936.1.25.~26)을 발표하여, 이렇게 썼다.

> 키플링은 그의 천재를 원만히 발휘함으로써 그의 영국을 위한 애국적 - 제국주의적 사상을 다른 어느 문학가보다도 위대하게 공헌함에 성공하였다. 실로 키플링은 영국을 위하야 낫섰고 제국주의를 위하야 죽었다.
>
> 나는 지금 이 위대한 영국의 시인 키플링의 죽엄을 듣자 한낫 불쾌한 사감이 일어남을 금할 수가 없다. 내가 영문학을 공부하든 중에 제일 불쾌하였든 것은 키플링의 작품을 배우든 그때이였든 때문이다.
>
> 그의 작품속에 표현된 영국인주의(쌕손이즘), 영국의 제국주

41) 이효석 옮김, 「기원 후의 비너스」, 『신흥』, 1930.7. 및 백석, 「리스페스」, 『만선일보』, 1940.12.24.~26. 및 「헛새벽」, 『만선일보』, 1940.12.27~1941.1.9.

의, 인종차별주의, 영국민의 우월관 등을 노골적으로 서술한 그의 시나 소설을 읽다가 불쾌하여지든 기억이 남을 금할 수 없다.[42]

이 글에서 한흑구가 백석과는 달리 같은 작품「리스페스」를 두고 불쾌감을 느꼈다고 표현하는 대목은 해석의 묘미를 생각하게 한다. 키플링을 동양과 서양에 관한 서로 절대로 만날 수 없는 이항대립적 세계인식의 소유자로 본 한흑구의 평가가 얼마나 올바르냐는 여기서 문제가 될 수 없을 것이다. 요점은 위 인용 대목을 포함하고 있는「황혼의 비가」를 위시하여「호텔 콘(Hotel Cone)」(『동광』, 1932.6),「죽은 동모의 편지」(『사해공론』, 1937.11~12) 등 세 작품에 일관되게 흐르는 문제의식, 즉 흑백의 인종적 차별 문제를 동서양의 차별 문제에 얹어 연속선상에서 파악하고자 하고, 이를 다시 미국적인 경제 문제, 계급 문제에 연동시켜 이해하고자 하는 종합적 사고 지향이다.

이러한 맥락에서「황혼의 비가」는 흑인 노예를 동원한 면화 생산으로 널리 알려진 텍사스를 배경으로 목화 농장에서 고학일을 하는 '나'='김'과 '박'이 겪은 이야기를 그린 것이다. '나'에 비해 7년이나 나이가 젊은 박은 농장주 존스의 조카딸 금발머

42) 한흑구,「제국주의의 시인 루드야드 키플링론」,『조선중앙일보』, 1936.1.25

리의 이사벨과 연애 관계에 놓이는데, '니그로' 처녀인 아이다 역시 그를 깊이 짝사랑하고 있다. 박은 여러 면에서 서양인 부럽지 않은 신체적 조건을 갖추고 있지만 두 사람은 동양인에 대한 편견과 차별 때문에 비밀리에 사랑할 수밖에 없다. 멕시코인 아버지와 흑인 어머니 사이에서 난 아이다는 그런 박과의 결합을 간절히 원하지만 끝내 이를 이룰 수 없어 유서를 남기고 자살해 버린다. 또 그러자 존스는 동양인이라 해도 대학생인 것을, "체면"도 지키지 않고 "니그로의 계집"과 "사랑"을 했다며 박을 향해 떠날 것을 명한다. 이에 격분한 '나'는 박과 함께 존스의 농장을 떠나버리고 만다. 이 작품의 마지막 장면은 자못 의미심장하다.

> 말없이 가방 하나 식을 들고서 허둥지둥 박과 같이 하이웨이를 걸어가면서도 이 존스의 말이 나의 귀ㅅ가에 되푸리 되어서 한없이 불쾌 하였었다.
>
> 박은 오랜 병에서 신음하다가 깨여난 사람처럼 힘이 없고 얼골이 창백해지였으나 그는 아모 말도 없고 빛나는 두 눈과 힘있게 닮은 두 입살로써 나를 이따금 처다보며 걸어가고 있었다.
>
> 텍사스의 벌판은 넓었으나 해는 어느듯 그 넓은 벌판 저 끝을 넘어 가고 있었다.
>
> 하이웨이의 아스팔트는 검프르고 붉었다.

머-ㄴ 데서는 저녁마다 늘 듣는 그 노래가 또 들려 왔었다. 낮고 굵은 소리.

「텍사스 벌판 욯에
목화나무 키도 높고나!
무-연한 벌판녁에
해두 길고나!
헤에-요
에헤-요
×
이 세상에 검둥이는
무엇이나 하려 낳나?
목화 딸 사람이 없어서
우리 검둥이가 낳다네!
에헤-요
헤에-요

박과 나는 어데를 걸어가고 있었는지 의식이 없이 작고 걷고 있었다.

우리는 아모 데도 가지 않고 다못 지구(地球)의 식어가는 표면(表面) 우흐를 걸어가고 있었다.

점점 멀어지는 그 황혼의 엘레지를 귀담으면서.[43)]

이 장면에서 노예적인 흑인 노동의 고통을 대가로 번성하는 존스 농장과 텍사스는 미국의 '암흑의 심연'과도 같은 곳이겠지만 그 광활한 곳도 끝내는 지구의 한 일부에 지나지 않으며, 그러면서도 작중 인물들은 그 끝나지 않는 '암흑 지대'의 '표면 위'를 반복해서 걷고 있을 뿐이다. 이 장면에 삽입된 흑인들의 노래는 이 끝나지 않는 고통을 감내해야 하는 운명에 바치는 조사 같은 것이다.

이 작품 속에서 박을 연모하는 아이다의 고뇌를 접한 '나', 곧 김의 다음과 같은 생각은 한흑구 자신의 것이라고 생각된다. "사람은 필경 다 같은 것이였만 시간과 공간과 자연의 모든 법측 안에서 생리적 심리적으로 변화하고 퇴화하고 진화하는 것이라면—사람은 얼마나 우서운 존재이며 또한 비참한 존재이랴!"[44)]

43) 한흑구, 「황혼의 비가」, 『백광』 5, 백광사, 1937.5, 229쪽.

44) 한흑구, 「황혼의 비가」, 『백광』 5, 백광사, 1937.5, 226쪽.

5. 방랑 시인 월트 휘트먼,
그리고 한흑구의 열린 세계인식과 생명애

여기서 장을 옮겨 나머지 두 편의 소설에 대한 언급을 하는 것은 소설을 논의할 논자를 위하여 축약된 논의로써 필자가 말하고자 하는 바로 서둘러 옮겨가기 위함이다.

「호텔 콘」과 「죽은 동모의 편지」는 「황혼의 비가」와 마찬가지로 미국에서 고학을 하는 조선인 청년들의 이야기를 그린 것이다. 「호텔 콘」의 위스콘신 주 매디슨의 호텔 콘에서 호텔보이로 일하고 있는 '토마스 리'의 사연을 중심으로, 이를 시카고에서 미네소타로 공부하러 가는 '체스터 김'이 살펴보는 구성을 보인다. 디플레이션이 '창궐하는' 미국 사회의 풍속도를 배경으로 조선인 청년들의 사상적 추이를 보여주던 이 작품의 이야기는 토마스가 호텔의 흑인 웨이트리스를 임신케 했다는 오해를 받으며 떠나버리는 것으로 결말 지어진다.

「죽은 동모의 편지」에서도 이 '오해'의 모티프는 중요한 역할을 한다. 온갖 어려움에도 불구하고 백인 중심의 대학 사회 속에서의 경쟁에서 승리를 거두고자 사투를 벌인 '이춘성'은 흑인들에 대한 깊은 연민을 품고 있다. 테네시 주의 C대학에서 비평문학 공부에 열중하던 그는 뜻하지 않은 사건에 휘말려 그곳을 떠나 H라는 작은 도시의 한 여관방에 머무르게 된다. 그가

하숙하고 있던 집의 과부가 아이를 뱄는데 바로 그가 장본인이라는 오해와 비난에 휘말리게 된 것이다. '나'에게 보낸 편지에서 그는 "머리 검은 동양 사람 –그 중에서도 세상에 아무런 권리도 없는 조선 사람이 된" 자신의 비애를 말한다. "인생의 비애"라는 것은 "한 사람과 한 사람 사이에 또한 한 민족과 한 민족 사이에 서로이 남을 멸시하고 천대하고 차별하는 데에서 가장 많이 이러나는 것"이라 하는데 이는 이 작품의 화자로 나타나는 한흑구 자신의 생각을 담고 있는 것이라 할 수 있다.[45] 춘성은 이런 시련에도 불구하고 굳센 의지로 H대학을 졸업하고 시카고의 연구원으로까지 나아가지만 끝내 불의에 찾아온 병을 이기지 못하고 세상을 떠나고 만다.

결국 미국이라는 세계는 우리가 흔히 휘말려 있는 아메리카니즘과는 달리 경제적 불균형과 불경기, 백인들의 동양인과 흑인들에 대한 편견과 차별을 품고 있는 또 하나의 불합리 공간에 지나지 않는다. 미국에서의 조선인, 특히 고학하는 유학생들은 이 모든 부조리에 직접 노출된 삶을 영위하지 않으면 안 된다. 한흑구는 대학이라는 학문적 제도를 뛰어넘은 방랑적 여행과 현지에서의 노동 과정을 통하여 자신의 처지를 넘어선 경험 영역을 확보해 나갔으며 이 과정에서 세계의 광활함과 인간의 비

45) 한흑구, 「죽은 동모의 편지」(2), 『사해공론』, 1937.12, 36쪽.

속성을 대조적으로 보았으며 인간들이 세속적 세계 내에서 겪어가는 문제들을 고뇌어린 시선으로 관찰했다. 그의 소설들과 평론들, 예컨대, 「미국 니그로 시인 연구」(『동광』, 1932.2), 「문학상으로 본 미국인의 성격」(『조광』, 1942.4), 「미국문학의 진수」(『백민』, 1948.1) 같은 평론들은 그와 같은 고민과 모색의 산물이라고 할 수 있다. 「미국 니그로 시인 연구」에서 그는 다음과 같이 썼다. "필자는 경제적으로 아직 노예의 몸에서 해방되지 못한 니그로의 빈한한 생활을 窺視할 때에 늘 그들의 내적 생활의 일단을 알고 싶어 하엿다."[46] 그는 '니그로'의 슬픔에서 조선인의 슬픔 그것을 보았으며, 조선 청년들이 조국과 자신이 처한 현실을 고통스러워 하듯이 '니그로'들 또한 상처로 얼룩진 내면을 품고 있으리라는 것을 믿어 의심치 않았다. 이러한 그의 동일시, 니그로와 조선인의 공통성 발견은 「죽은 동모의 편지」에 등장하는 춘성의 편지에 잘 나타나 있다.

> 조선서 들을 때에는 미국 남방은 아름다운 곳이요 모다 종교적 인간만이 살고 있다고 생각하였으나 그것은 다못 작태거만입니다. 무엇보다도 인도와, 정의와, 평등을 입으로 말하는 이들이 니그로 흑인(黑人)들에게 대하야 아직도 노예와 같이 취급

46) 한흑구, 「미국 니그로 시인 연구」, 『동광』, 1932.2, 75쪽.

하는 것이 나의 눈을 쓰리게 하고 나의 가슴을 아프게 합니다.

사람의 피부와 색은 지리적 환경에 딸아 달은 것이겠지마는 니그로를 사람과 같이 생각하지 않는 백인들의 거만한 태도는 참으로 증오할 만한 것입니다.

백인과 니그로의 주택지이며 예배당이며……모다 서로 달으고 차별이 있읍니다. 백인의 하느님 아버지와 니그로의 하느님 아버지도 꼭 같지 않다고 누가 말할 수 있겠읍니까?

(중략)

나도 니그로가 되었드면? 나는 그들의 설음을 같이 씹어보고 느끼워보고 싶었읍니다. 그러나 나는 그들보다 더 나은 것이 무엇입니까?[47)]

이러한 한흑구의 니그로 문제 인식은 다음과 같은 평문에 잘 집약되어 나타난다.

나는 '니그로'가 쓴 문학은 무슨 방언으로 썻든지 '니그로'의 문학이라고 지칭함이 차라리 타당할 것이라고 생각해 본다. 그들에게는 (미국에 잇는 '니그로') 미국어 외에 아모 방언도 가진 것이 없다. 그러나 그들의 문학은 그들의 신산한 생활의 표현이며

47) 한흑구, 「죽은 동모의 편지」(2), 『사해공론』, 1937.12,28~29쪽.

그들의 노예적 생활의 노래다. 이 노래는 미국인의 심정에는 아모 의미 없는 다못 '니그로' 그들 자신을 위한 노래요 그들 자신에게 대한 선언일 것이다.[48]

이러한 생각은 조선어와 조선문학을 등가적으로 생각한 이광수 류의 조선문학관이 지배하는 당대의 한국적 현실에서 매우 색다른 뉘앙스로 다가섰을 것임을 예상할 수 있다. 하물며 이 글이 실린 잡지는 바로 수양동우회 기관지『동광』이었던 것이다.

그러나 미주 경험의 한흑구가 생각하기에, 바로 자신이 니그로 그들이었고 그들이 자기 자신이었던 것이었다고도 말할 수 있을 것이다. 자유 천지의 이상국이라 하는 미국조차 그러하다면 출구는 과연 어디에서 찾을 수 있을 것인가? 할 때 한흑구의 비평 활동 가운데 눈에 들어오는 몇몇 작가와 시인의 존재에서 그 시사점을 찾아내지 않으면 안 될 것이다. 점차 새롭게 확인되는 그의 비평활동의 범위는 실로 다양하고도 넓다 하겠는데, 이 가운데에서도 특히 중요한 것은 지금 언급한 흑인문학에 대한 평론들과 함께「현대시인 왈트 휘맨」(『조선중앙일보』, 1934.7.25~1934.8.1),「D. H. 로렌스론」(『동아일

48) 한흑구,「미국 니그로 시인 연구」,『동광』, 1932.2, 77쪽.

보』, 1935.3.14.~15)이라고 할 수 있다. 이 평문은 휘트먼의 시 세계에 대한 본격적인 소개와 평가를 담고 있는 도전적인 글이다. 그는 이 글을 통하여 위대한 시인의 전모를 조선 지식인들에게 웅변적으로 전달하고자 한다.

현대시의 선구인 왈트 휫트맨은 십구 세기 미국 시인군 중의 가장 위대한 민주주의 시인으로써 세계에 정평되였다.

그는 먼저 고전 문학주의의 전통적 사상을 대항하고 나왓스니 시 형식상에 잇서 독창적으로 자유시(FREEVERSE=표현형식을 자유로 하는)를 창작하야 예술적 무기를 삼엇다.

이 날카로운 무기는 그의 철학적 사상을 자유롭고 강렬하게 표현할 수 잇섯스니 자유, 평등, 박애의 인도주의 사상을 전인류에게 대항하야 선언하엿다.[49)]

이렇듯이 한흑구는 월트 휘트먼을 미국을 대표하는 민주주의, 인도주의 시인으로 높이 내세우는데, 그가 이 시인에 매료된 연유도 이 글을 통하여 잘 드러난다.

그는 한가히 오하요 주의 중심지대로부터 낭만적 농원지대인

49) 한흑구, 「현대시인 왈트 휠맨」(1), 『조선중앙일보』, 1934.7.25.

남방 뉴오리앤스 주 등으로 방랑하얏다. 다시 북으로 돌아와 캐나다 국경을 넘우 미국의 오대 염수 호반의 제 도시를 만보하며 노동계급의 무수한 동지를 교우하얏다. 순전한 도보여행으로써 미국의 모든 지방을 방랑하고 뿌룩클린 시로 귀가하얏다.[50)]

한흑구가 미국 유학 생활을 통하여 뒤밟고 싶었던 것이 바로 이 휘트먼의 방랑이었음을 위의 인용문은 잘 보여준다. 한흑구의 산문 가운데에는 그의 방랑의 여정을 간략히나마 보여주는 대목을 찾아볼 수 있다.

방랑에 대하야 할 말이 하도 많으나 벌서 지면의 제한이 넘어서 더 쓰지 못한다.

방랑하든 중에 나이아가라 폭포의 남성적 얼굴을 구경하며 웅대한 입지를 사색하든 것과 加奈駄 넓은 벌판의 뜰꽃들이며 서부 아리조나주 네바다주 등의 대사막과 사막에 사는 죽은 사람의 해골 모양의 사막의 식물들이며 사막의 황혼이 얼마나 시적이었나 하는 것들이 지금도 꿈과 같이 추억되고 있다.

서부에 할리우드에 서 있는 야자수들의 길고 넓은 잎아리들이며 밤마다 안개 나리는 로스앤젤레스의 밤의 정적이 모다 그립

50) 한흑구, 「현대시인 왈트 휟맨」(1), 『조선중앙일보』, 1934.7.25.

다.

남부 흑인들이 사는 촌락에 조그만 뺑갤노 집들이 뜨럼뜨럼 서 있는 것이며 면화밭 우에 목화송이를 따며 "흑인종은 무엇하려 낳나? 목화송이나 따려 낳지!" 이러한 구슬픈 노래를 들으며 발 멈추고 가지 못하든 생각이 다 그립다.[51]

문학 작품은 물론 상상적 사유의 산물이지만 우리는 이 방랑의 글을 통하여 위에서 논의한 '흑인소설'들에 나타나는 시공간적 배경들이 한흑구의 방랑 과정에서 획득된 실제적 경험의 산물이었음을 알아차릴 수 있다. 그는 흡사 월트 휘트먼처럼 그 자신의 방랑적 여행을 통하여 생명적 인류를 끌어안을 수 있는 영혼의 용적을 창출할 수 있었던 것이며, 흑인들에 대한 '동정과 연민'의 소설들은 그 결과물이었던 것이다. 여기서 노파심 삼아 오해를 경계하면 이 '동정과 연민'은 안창호가 말한 유정함을 이루는 요소들이었다. 우리는 어머니가 자식의 고통을 함께 괴로워하듯이 동정하고 연민하는 마음을 품을 수 있어야 한다고 안창호는 말했던 것이다.

뿐만 아니라 휘트먼은 사상적으로 더 진보적이고 물질 중심적인 가치를 지향할 수도 있었던 그로 하여금 인간의 영혼, 영

---

51) 한흑구, 「재미 육 년간 추억 편편」, 『신인문학』, 1936.3, 121쪽.

적인 삶에 관심을 기울이게 해준 스승이었다. 한흑구는 휘트먼에 있어서의 '영혼'에 대해 다음과 같이 말한다.

> 전쟁이 끗나고 군의 조수를 퇴사한 후 그의 건강은 여지업시 상실되고 말엇다. 그러나 그에게는 전에 감촉해 보지 못한 심적 충동과 새로운 强力이 그의 정신력을 약동시기엿스니 인간에게는 육신 외에 심령이 존재하여 잇는 것을 심각히 인식하엿다.[52]

> 이로써 보면 휘트맨은 모든 물상은 유출소멸한다는 의미에서 전 우주의 '형상' 즉 영혼이 사실적 존재물이라는 것을 표명하얏다.[53]

이와 같은 휘트먼의 사상은 물론 기독교적인 특징도 보여주지만 한국의 동학이 말하는 우주만물의 본체로서의 한울과 그 표현으로서의 우주적 존재물들과도 아주 흡사한 것이라 할 수 있다.

미국 유학 당시에 한흑구는 안창호의 흥사단 사상에 시종일여 동화된 것만은 아니었으니, 젊은 시절의 그는 자본주의적

52) 한흑구, 「현대시인 왈트 휠맨」(2), 『조선중앙일보』, 1934.7.28.

53) 한흑구, 「현대시인 왈트 휠맨」(3), 『조선중앙일보』, 1934.7.29.

현실을 상대하고자 한 다양한 사상적 조류에 민감한 청년이었다. 다음의 인용에서 이를 엿볼 수 있다.

자본주의 국가를 재건하려는 금일의 무솔리니는 젊은 시절의 부름을 받아 고아원에서 도망하여 나왔다. 막심 고리끼는 지하실 생활에서 해상생활로 옮겨 나왔다. 초부로의 링컨에는 독기를 버리고 노예해방운동선에 나섰다. 스탈린, 레닌 등은 시베리아 옥중에서 젊은 시절을 보냈다. 바이런은 모국을 버리고 남국에 방랑하였다. 마르크스는 런던 빈민굴에서 세상을 窺視하였다.[54)]

이와 같은 구절은 미국 유학시절의 한흑구가 민족주의 사상뿐 아니라 다양한 사상적 조류에 관심을 가졌으며 특히 미국의 디플레이션, 공황 국면의 여러 사회경제적, 계급계층적, 인종적 문제들을 직시하며 사회주의 사상의 동향에도 상당히 민감했음을 알 수 있게 한다. 그의 소설「호텔 콘」은 이러한 문제의식과 시야를 아울러 보여주는 수작이기도 했다. 그럼에도 필자가 보기에 한흑구가 선택한 사상적 귀착점은 한편으로는 안창

54) 한세광,「젊은 시절」,『동광』, 1933.5, 민충환 편,『한흑구선집 Ⅱ』, 아르코, 2012, 25쪽.

호의 사상을 적극적으로 수용한 민족주의적 이상주의였으며 동시에 월트 휘트먼의 방랑과 온갖 종류의 일을 하며 살아가는 민중들에 대한 사랑에 바탕을 둔 인류적 유대의식이었고, 물질 중심적 사유에서 벗어나 우주적 생명의 본체로서의 영혼에 눈뜨고자 하는 지향이었다. 이러한 맥락에서 그의 수상록의 일절은 깊은 울림을 함축하며 한흑구의 사상적 지향점을 드러내 준다.

> 이 세상 위에 참다운 생명이 안일하게 영속하는 데는 다못 "주는 데 있고 받는 데 없다"라는 진리를 실천하는 데에서만 실현할 수 있을 것이다.
>
> 우리의 귀한 생명, 우리의 사회의 귀한 생명, 우리의 전 인류의 귀한 생명은 다못 서로 사랑하고 부조하는 정신과 실천에서만 연장되고 풍성할 수 있을 것이다.
>
> "너희가 서로 사랑하기를 내가 너희를 사랑하듯 하라. 이것이 나의 계명이니라. 사람이 친구를 위하여 목숨을 버리면 이에서 더 큰 사랑이 없다."[55)]

---

55) 한흑구, 「수상록」, 『대평양』, 1937년 겨울, 민충환 편, 『한흑구선집 Ⅱ』, 아르코, 2012, 25쪽. 31쪽.

위에 따옴표로 묶여 있는 문장은『요한복음』15장 12~13절이다. 비록 성경의 구절을 가져왔으나 이것은 단순히 예수의 가르침만을 말하고자 한 것이 아니요, 그가 숭앙해 마지않던 월트 휘트먼과 도산 안창호의 사상이었으며 동시에 한흑구 자신이 고된 삶의 여정을 통해 얻은 의식이었던 것이다.

6. 나가면서 - 한흑구의 문학적 유산과 그 조사 연구 과제

1909년 8월 4일 평양 하수구리에서 출생한 한세광 흑구는 1945년 해방 직후 월남하여 1948년에는 포항으로 이주했다. 그 후 포항을 떠나지 않은 그는 1979년 11월 7일 세상을 떠난다. 그의 삶은 그러니까 해방 이전의 평양을 중심으로 한 삶과 이후의 포항 중심의 삶으로 대별될 수 있다. 여기에 시카고와 필라델피아를 중심으로 한 미국에서의 유학생활을 함께 고려하면 한흑구의 생애사의 지점들이 일목요연하게 드러날 수 있을 것이다.

그의 고향 평양에 관해서라면 빼어난 수필「모란봉의 봄」(『북한』, 1978년 4월)이 있고, 그가 자신의 두 번째 고향이라고 불렀던 시카고에 관해서라면「시카고」(『조선문단』, 1935년)가 있을 테며, 세 번째 고향이 된 포항에 대해서는「동해안의 신흥도시 포항」(『신천지』, 1954년 8월호)이 있을 것이다. 그러나 한흑구가 해방 이후, 6·25 전쟁 이후에 쓴 빼어난 수필들의 현장이 모두 포항의 자연과 풍경일 것이라 생각해 볼 수도 있겠다.

길지 않은 기간에 한흑구와 그의 문학에 관해 살펴보면서 필자가 얻은 가장 중요한 수확은 한국현대문학이 한흑구라는 존재의 재발견을 간절히 원하고 있다는 사실일 것이다. 한국현대문학은 민족적 위기와 더불어 본격적 전개를 맞이했던 까닭에 그 수행적 실천과 연구에 있어 한국어와 한민족의 순혈주의적, 환원주의적 탈식민주의 전략을 기본적 계선으로 삼아온 측면이 없지 않다. 이러한 경향은 일제 강점기 말기에 한국문학인들이 가람 이병기를 '모신' 정지용, 이태준의『문장』을 중심으로 위기를 극복해 나갔던 것과도 연결된다. 해방 이후에 시단을 주도한 청록파 시인 세 사람이 모두『문장』을 통해 정지용의 추천을 받았던 사람들이었고, 해방 후 이른바 문협정통파의 좌장 격으로 활동한 김동리 역시 이태준의 후광 아래「화랑의 후예」로써 소설가가 되었고 큐수대학에서 매슈 아놀드를 전공한 김환태의 원조를 얻기는 했지만 그 자신을 경주인으로, 신라왕조의 '폐도의 시인'으로 이해했던 사람이었다.[56] 이러한 토속주의적, 전통주의적 체질은 한국전쟁 이후 젊은 비평가 이어령의

56) 김동리,「폐도의 시인」,『영화시대』, 1935.3, 참조.

서구중심적 보편주의의 격렬한 도전에 직면하지만 그가 작가 이상의 초상화를 표지화로 내세운『문학사상』을 창간하고 그의 후배들이『문학과 지성』을 중심으로 무속을 미신이라 배격하는 사이에『창작과 비평』의 민중적 민족주의는『문장』과 김동리의 전통적, 토속적 스타일과 일종의 '공모' 관계를 형성하며 1970년대 리얼리즘 문학의 전성시대를 열어나갔다.

비평에서 국문학자 김윤식이 서구 모더니즘 비평 이론을 활발히 수용하며 현대문학사를 리얼리즘과 모더니즘으로 계열화하는 가운데 백낙청은 D.H. 로렌스를 전공한 영문학자임에도 만해 한용운과 수운 최제우의 님, 한울을 자신의 문학에 접맥시키려는 시도를 보였으나, 이 둘이 모두 1970년대에서 1980년대로 이월해 오는 사이에 마르크시즘 문학비평에 현저히 기울게 됨으로써 이후의 한국문학은 마르크시즘과 리얼리즘을 중심으로 삼는 문학 경향과 그에 반발하거나 다른 방식의 문학적 지향점을 가진 문학 경향으로 나뉘면서도 일제 강점기 때부터 형성되어 온 민족적 위기의 대응물로서의 문학이라는 강력한 민족주의적 성향으로부터 자유롭지 못했다고 할 수 있다.

필자가 생각하는 한흑구 문학의 새로운 생산성이 바로 여기에서 출발한다. 한흑구 문학은 한편으로는 도산 안창호의 사상에 접맥된 순수한 민족주의적 경향을 띠면서도 다른 한편으로는 이 글에서 살펴본 것처럼 외부세계, 서양, 미대륙, 그리고 억압받는 제민족과 인종, 계급을 향해 열려 있으며, 동시에 현대의 인류가 직면한 자본주의의 제 문제를 물질 중심적, 육체 중심적 비전 속에서만 해석하지 않는 독특한 영혼의 미학을 추구한 것이었다. 그런데 이러한 한흑구의 문학은 그가 미국유학에서 돌아온 1934~1935년경의 전형기 조선문단에 효율적으로 접맥될 수만은 없었던 것 같다.

그가 문단적으로 발표 활동을 한『동광』,『신인문학』,『대평양』,『백광』같은 잡지들이 중심 문단의 외곽에 위치해 있었고 그러한 1930년대 후반의 문학적 환경에 쉽게 적응할 수 없을 만큼 한흑구의 문학은 문단에 낯설게 비쳤을 것을 생각해 볼 수 있다. 일제의 억압 아래 신음하는 조선의 현실에서 태평양 바다 너머의 미대륙에서 암흑을 겪고 있는 흑인들의 삶은 직접적인 충격을 주기보다는 일종의 엑조티시즘으로 받아들여졌을 가능성마저 없지 않다. 이에 일제 말기로 향하는 가파른 정치 정세는 순금과 같은 한흑구의 문학사상과 미국 대륙과 자연을 향해 드넓게 열린 한국문학의 가능성이 생명력 있게 생장할 수 있는 가능성을 앗아가버린 인상마저 없지 않은 것이다.

이제 새롭게 필자에게 다가오는 한흑구는 무엇보다 일제 강점기의 한국문학을 새롭고도 풍요롭게 만들어준 감춰진 문학인으로 이해된다. 그의 존재와 그의 문학작품들을 따라서 우리는 한국현대문학사를 더 면밀하고도 심층적으로 이해할 수 있는 기회를 얻게 될 것이다. 무엇보다, 우리는 한흑구라는 존재 자체를 더 성실히 이해해야 할 필요를 느낀다. 그의 출생과 성장, 유학생활의 과정, 흥사단과 동우회를 둘러싼 고난의 과정, 해방 이후 월남과 포항으로의 이주 경위, 포항에서의 그의 삶과 문학작품들 등에 대해서 더 많은 것이 정확히 확보되어야 한다. 뿐만 아니라 우리는 아직 한흑구의 시와 수필들이 가진 깊은 문학성을 적극적으로 탐색해 본 적이 없다시피 하다. 나아가 우리는 한흑구의 삶과 문학의 궤적과 안창호에서 발원하는 민족주의 사상과 운동, 문학의 연계성을 더욱 철저히 파헤쳐야 한다. 또한 연구자들은 한국현대문학의 중심적 연구영역 바깥에 밀쳐 둔 디아스포라 작가들, 서양유학파들과 그들의 문학이 어떤 의미를 지니고 있었는지 더 깊고 넓게 살펴보아야 한다. 다음으로 한흑구가 관계한『신인문학』,『대평양』,『백광』같은 잡지들은 아직 본격적인 연구 바깥에 놓여 있었으며, 이로 인해 1930년대 한국문학의 신인, 신진들이 무엇을 추구했는지가 아직까지 명료하게 밝혀지지 못했음을 인식할 필요가 있다. 한흑구가 펼친 비평활동은 우리 비평연구가 아직 충분치 못하며 특히 1930년대 중후반의 문학경향과 관련하여 외국문학의 이해가 어떤 관련을 맺고 있는지 잘 모르고 있음을 보여주었다.

지금 거칠게 열거한 것들은 그럼에도 불구하고 '모두'라고 말할 수 없다. 이제 한흑구 정본전집을 만드는 일부터 시작해서 그와 함께 이 모든 조사와 연구에 충실을 기함으로써 우리가 잊고 있던 한 귀한 문학적 존재를 우리들의 집에 새로이 영접해 들여야 할 것이다.

불멸의 민족혼 한흑구와 그의 소설에 나타난 미국

이경재

이경재

- 1976년 인천 출생. 문학평론가, 숭실대학교 국문학과 교수.
- 서울대학교 대학원 국문학 박사. 2006년 문화일보 신춘문예 평론 부문 당선.
- 『문학수첩』, 『아시아』, 『자음과모음』 편집위원 역임, 현재 『문학인』 편집위원.
- 저서 『단독성의 박물관』, 『한설야와 이데올로기의 서사학』, 『한국현대소설의 환상과 욕망』, 『끝에서 바라본 문학의 의미』, 『한국 프로문학 연구』, 『현장에서 바라본 문학의 의미』, 『여시아독』, 『다문화 시대의 한국소설 읽기』, 『문학과 애도』, 『재현의 현재』, 『한국 현대문학의 공간과 장소』, 『한국 현대문학의 개인과 공동체』, 『촛불과 등대 사이에서 쓰다』, 『명작의 공간을 걷다』, 『이질적인 선율들이 넘치는 세계』, 『비평의 아포리아』, 『한국 베트남 미국의 베트남전소설 비교』 등 다수.

불멸의 민족혼 한흑구와 그의 소설에 나타난 미국

이경재 (숭실대학교 국문학과 교수, 문학평론가)

1. 한흑구와 미국

한흑구(본명 한세광韓世光, 1909~1979)는 수필은 물론이고 시와 소설, 평론, 논문, 번역 등 다방면에서 활동한 문인이다. 태어나 성장한 곳은 평양이지만 1948년 포항으로 이주한 이후 1979년 별세할 때까지 포항을 떠나지 않았다.

한흑구는 포항에서 흐름회(1967), 포항문인협회(1970), 한국문인협회 포항지부(1979)를 창립하며 포항문학의 토대를 닦았다. 이를 기리는 기념물로 포항에는 1983년 송라 보경사 숲에 건립된 한흑구 문학비가 있고, 2009년 한흑구 탄생 100주년을 기념해 포항의 지식인과 문학인들이 『한흑구 문학선집』 1권을 출간한 데 이어 그의 소설을 모은 『한흑구 문학선집』 2권을 출간했다. 이 책들은 한흑구의 문학적 자취를 찾아보려는 이들에게 훌륭한 지침 역할을 해준다.

포항에서 활동하던 무렵의 한흑구는 "온후하고 은둔적인 사색가"(서정주), "겸허와 달관으로 인생을 값있게 보내신 분"(수필가 빈남수), "겸허와 진실이 체질화된 사람"(손춘익) 등으로 불린다. 이러한 평가는 동양에서 가장 이상적인 인간상 중 하나인 은자(隱者)를 떠올리게 한다. 한흑구는 부귀공명에 집착하여 자신의 지조와 생명을 헐값에 팔아버리는 속인들과는 근본적으로 다른 인간형이었던 것이다. 끝없이 펼쳐진 푸른 바다를 유유자적하는 갈매기와 명리를 초월한 한흑구의 모습은 자연스럽게 어울린다.

그러나 이 흑구(黑鷗-검은 갈매기)라는 필명이 만들어진 계기는 낭만과는 조금 거리가 있다. 필명에는 조국 잃은 청년의 짙은 슬픔과 그것을 극복하고자 하는 강인한 신념이 새겨져 있기 때문이다. 필명의 정확한 유래는 한흑구 자신이 「나의 필명의 유래」(『월간문학』, 1972.6)에서 상세하게 밝혀놓은 바 있다.

청년 한세광이 1929년 3월 대양환(大洋丸 : 2만 톤급의 여객선)을 타고 아버지 한승곤이 있는 미국으로 갈 때, 검은색 갈매기 하나가 일주일이나 쉬지 않고 쫓아왔다고 한다. 한흑구는 그 검은 갈매기와 자신의 모습이 두 가지 측면에서 같다고 보았다. 첫 번째는 "옛 길을 버리고 새 대륙(大陸)을 찾아서 대양(大洋)을 건"너는 개척자적인 모습이고, 두 번째는 "조국도 잃어버리고 세상을 끝없이 방랑"하는 유랑민의 모습이다. 흑구라는 필명에는 당시로는 드물게 시카고의 노스파크대학(North Park College)과 필라델피아의 템플대학(Temple University)에서 각각 영문학과 신문학을 공부한 선구자의 자부심과 조국을 잃어버린 식민지인의 비애가 담겨 있는 것이다. 거기에 덧붙여 흑구의 흑에는 "외로운 색, 어느 색에도 물이 들지 않는 굳센 색, 죽어도 나라를 사랑하는 부표(符表)의 색이라는 생각에서 '흑(黑)'자를 택하기로 했다."[1]는 말에서 알 수 있듯이, 변치 않는 애국심과 지조가 아로새겨져 있다. 해방 이전 한흑구는 필명 흑구가 조금도 부끄럽지 않은 삶을 산 열혈청년이었다.

지금까지 한흑구에 대한 연구는 수필[2]을 중심으로 이루어졌

---

1) 한흑구, 「나의 필명의 유래」, 『한흑구 문학선집』, 아시아, 2009, 444쪽.

2) 김진경, 「한흑구 수필 연구」, 이화여대 석사, 1991, 박정숙, 「이양하 한흑구 수필 연구 : 노장사상적 측면에서」, 성신여대 박사, 2000, 박양근, 「한흑구의 수필론과 수필세계」, 『수필학』 10집, 2002. 11, 147-168쪽, 김영기, 「생명의 바다, '동해' 탐색 : 한흑구의 수필 『동해산문』」10집, 2002. 11, 6-17쪽, 이영조, 「한국 현대 수필론 연구」, 배재대 박사논문, 2007, 박유영, 「한흑구 수필 연구」, 동국대 석사, 2010. 맹문재, 「한흑구 수필의 세계 고찰」, 인문과학연구 제19집, 2011.12, 89-100쪽, 안성수, 「한흑구의 〈보리〉」, 『수필과 비평』 129호, 2012. 7, 50-75쪽, 권택양, 「한흑구의 수필세계 : 보리와 농부의 관조, 죽음과 삶의 대조」, 『에세이 문예』 44호, 2015년 가을, 239-246쪽, 김시헌, 「한흑구의 수필과 인간」, 『좋은수필』 67호, 2017. 2, 34-42쪽. 이들 연구는 한흑구가 수필의 문학적 지위를 확고히 하는 데 기여하였으며, 그의 수필이 자연친화적인 자세를 바탕으로 한 서정적인 문장으로 쓰여졌다는 점에 주목하였다.

으며, 이외에도 시[3]나 번역[4]에 대한 논의도 비교적 활발한 편이다. 이와 달리 소설에 대한 연구는 아직 미진하다. 그러나 한흑구라는 문인의 특징을 해명함에 있어, 그가 남긴 소설에 대한 고찰은 무엇보다도 중요한 의의를 지닌다. 그의 문학적 고유성으로는 미국과의 관련성을 들 수 있다. 당시 일본유학이 보편적인 시대적 상황 속에서, 한흑구는 무려 5년 간 시카고의 노스파크대학(North Park College)과 필라델피아의 템플대학(Temple University)에서 각각 영문학과 신문학을 공부

---

3) 맹문재는 「한흑구의 시에 나타난 민주주의 고찰」에서 한흑구가 미국 유학생활을 통해 자각한 민주주의를 시에 표현하였으며, 그 민주주의는 크게 '민중 의식의 자각', '인종 차별의 극복', '독립운동의 추구'로 나타난다고 정리하였다.(「한흑구의 시에 나타난 민주주의 고찰」, 『동서비교문학저널』 54호, 2020년 겨울, 189-206쪽) 강호정은 「한흑구 시 연구-미국 체험의 시적 수용 양상을 중심으로」(『한국시학연구』 57집, 2019.2, 85-116쪽)에서 한흑구의 초기 작품으로 「거룩한 새벽하늘」(『진생』 1권 10호, 1926.6)과 「밤거리」(『진생』 1권 10호, 1926.6)를 소개하고 있으며, 한흑구의 시를 '자아성찰과 시인으로서의 자의식을 드러낸 시', '이국정서와 사향(思鄕)의식을 보여준 시', '현실참여적 경향과 비판의식이 드러난 시'로 나누어 설명하고 있다.

4) 김휘열은 『문화시보』에 한흑구가 번역하여 연재한 펄벅의 「원수」가 "국가 이데올로기와 인류애 사이의 갈등을 인상적으로 표현한 작품"(「해방기 『문화시보』의 매체적 위치와 의미 연구」, 『반교어문연구』 41집, 2015, 505쪽)이며, 이 소설의 신문연재는 "해방 후 우익 순수문단이 지향점으로 세계문학을 내세우고 그 중심에 휴머니즘, 즉 보편적 인간성을 배치하던 모습과 닮아있다."(위의 논문, 506쪽)고 결론내린다. 강호정은 한흑구가 번역한 흑인시를 크게 "정체성에 대한 고뇌가 드러난 시, 정체성 회복의 방식으로서 고향 찾기가 드러난 시, 억압받는 인종으로서 저항과 피압박 인민의 연대를 드러낸 시"(「해방기 '흑인문학'의 전유 방식-한흑구, 김종욱의 '흑인시' 번역을 중심으로」, 『한국시학연구』 54, 2018.5, 10쪽)로 나누어 설명하고 있다. 이외에도 해방기의 번역과 관련하여 한흑구를 간단하게 언급한 논문으로 박지영의 「해방기 지식 장의 재편과 '번역'의 정치학」(『대동문화연구』 68집, 2009, 423-478쪽)과 최호빈의 「민족문학의 기획과 외국문학 수용」(『현대문학이론연구』 66집, 2016, 291-317쪽)이 있다.

하였다. 그는 이 기간에 수많은 작품을 창작하였을 뿐만 아니라, 귀국한 이후에도 미국이나 미국문학에 대한 수많은 글을 남겼다.

미국과 한흑구의 밀접한 관련성은 어디에서 비롯되는 것일까? 그것은 일차적으로 5년 간의 미국 유학생활에서 찾을 수 있다. 그러나 보다 본질적인 것은 그가 한승곤 목사의 아들이라는 점에서 찾아야 할 것이다.[5] 한승곤은 평양신학교를 졸업하고 평양 산정현교회의 초대 목사를 역임하였다. 기독교는 한국사회에서 "시초부터 종교적 열망이 아닌 근대화에 대한 열망 그리고 미국에 대한 신뢰에 바탕을 두고 전파"[6]되어 갔다. 따라서 기독교와의 친연성은 곧 미국에 대한 친연성과 연결될 가능성이 매우 높은 것이다.[7] 기독교적 민족주의자인 한승곤은 미국에 간 지 3년만인 1919년에 흥사단 본부 의사장에 선임될 정도로 흥사단에서 중추적인 역할을 수행하였다. 한흑구도 아버지

---

5) "한국인은 해방 이전 프로테스탄트 교회가 파견한 선교사와 해방 이후 주둔한 미군을 통해 미국인과 직접 접촉하는 기회를 가질 수 있었다."(김연진, 「'친미'와 '반미' 사이에서」, 『아메리카나이제이션』, 김덕호 원용진 엮음, 푸른역사, 2008, 262쪽)고 이야기된다. 한흑구는 해방 이후에는 미군들과 함께 일한 적도 있다. 그야말로 한국현대문학사에서 가장 미국과 교류가 활발했던 문인이라고 할 수 있다.

6) 유선영, 「대한제국 그리고 일제 식민지배 시기 미국화」, 『아메리카나이제이션』, 김덕호 · 원용진 엮음, 푸른역사, 2008, 68쪽.

7) 강호정은 "한흑구 시의 출발지점에 기독교적 영향이 있다"(강호정, 「한흑구 시 연구–미국 체험의 시적 수용 양상을 중심으로」, 『한국시학연구』 57집, 2019.2, 93쪽)고 말하기도 하였다.

의 영향을 받아 미국에서 1930년 3월 흥사단에 입단하여 활동하였으며, 1934년 귀국한 이후에도 평양에서 동우회 활동을 이어갔다.[8)]

한흑구와 미국과의 관계를 밝히는 것은 그의 문학을 이해하는 첩경 중의 하나이며, 그렇기에 그의 미국 생활이 직접적으로 드러난 소설에 대한 연구는 중요한 의의를 지닌다고 할 수 있다.[9)] 그의 소설에 대한 연구는 지금까지 세 편 정도의 논문을 통해 이루어졌다. 이행선은 1930년대 한흑구 소설이 "대부분 고학생이 주인공으로 등장하며 백인 과부의 집에서 기식하거나 호텔, 농장 등에서 일하다가 쫓겨나는 서사구조"[10)]로 되어 있음을 밝히고 있다. 장성규는「식민지 디아스포라와 국제연대의 기억-한흑구를 중심으로」에서 한흑구는 실제 창작

---

8) 한명수,「한흑구는 민족시인이다」,『포항문학』46호, 2019, 10-50쪽.

9) 지금까지 학계에 소개된 한흑구의 소설은 이번에 발굴하여 소개하는『젊은 예술가』를 포함하여 모두 16편이다. 그 목록을 정리하면 다음과 같다.「호텔 콘(HOTEL CONE)」(『동광』34호, 1932.6),「길바닥에서 주운 편지」(『대평양』창간호, 1934),「어떤 젊은 예술가」(『신인문학』, 1935.4),「소크라테스와 독배(毒盃)」(『신인문학』7호, 1935.6),「금비녀」(『영화시대』, 1935),『4형제(四兄弟)』(『농민생활』(1935-1936),「암흑시대(暗黑時代)」(『사해공론』, 1936.3),「태평양상에 세 죽음」(『신인문학』14호, 1936.8),「미국 고양이」(『모던조선』, 1936),「인간이기 때문에!」(『백광』창간호, 1937.1),「황혼(黃昏)의 비가(悲歌)」(『백광』5호, 1937.5),「이민일기(移民日記)(『백광』, 1937.6),「죽은 동무의 편지」(『사해공론』, 1937.11-12),『마을을 내려다보며』(『농민생활』, 1956-1957),「보릿고개」(『현대문학』, 1957.9),「귀향기(歸鄕記)」(『현대문학』, 1958.9),『젊은 예술가』(『새길』, 1961.6.-10)

10) 이행선,「해방공간 '미국 대리자'의 출현, 조선의 미국화와 책임정치」,『한국문학연구』45호, 2013.12, 282쪽.

을 통해 "'뿌리 뽑힌 자'들 간의 연대 가능성을 제시"했으며, "이 과정에서 단순한 연민이나 동정의 감성구조 대신, 민족-국가 단위를 넘어선 디아스포라적 정체성에 대한 자기 인식으로 나아"[11]갔다고 고평한다. 이희정은 한흑구가 "미국을 체험하면서 물질주의의 냉정함을 단지 환멸적으로만 보지 않고, 그 안에서 미국이 가진 열정을 찾으려 스스로 다지고 노력"[12]했다고 평가하였다. 이들 연구는 한흑구 소설 이해의 기본 토대를 놓았다는 중요한 의미를 지니고 있으나, 보완되어야 할 측면도 지니고 있다. 첫 번째는 다루는 소설이 일부에 한정되어 있어 한흑구 소설 세계의 전체를 해명하는 데 한계가 있으며, 두 번째는 당대의 다양한 미국 담론과의 연관성이 충분히 해명되지 않고 있다는 점이다.

이에 본고에서는 미국을 다룬 한흑구의 모든 소설을 대상으로 하여, 당대의 미국에 대한 다양한 담론들을 참조하여 그의

11) 장성규, 「식민지 디아스포라와 국제연대의 기억-한흑구를 중심으로」, 『한민족문화연구』 50집, 2015.6, 407쪽.

12) 이희정, 「식민지 시기 미국유학 체험과 자기 인식-한흑구 문학을 중심으로」, 『세계문학비교연구』 49집, 2014년 겨울호, 5쪽.

소설에 드러난 미국 표상의 양상과 의미를 살펴보고자 한다.[13] 이와 관련하여 본고에서는 처음으로 『젊은 예술가』를 학계에 소개하고 본격적인 논의를 전개할 것이다. 지금까지 이 작품의 존재는 김용성이 "1961년 (52세) 장편소설 『젊은 예술가』(새길 7월후부터) 연재"[14]라고 간단하게 언급한 것이 전부이다. 이외에 구체적인 실물에 대한 논의는 한번도 이루어지지 않았으며, 한흑구 연구의 기본자료 역할을 하는 두 권짜리 한흑구 선집에도 수록되어 있지 않다. 이번에 원문을 입수한 결과 『젊은 예술가』는 법무부에서 발행하는 『새길』에 총 4번 연재되었으며, 김용성이 말한 것과는 달리 각각 1961년 6월호, 1961년 7월 · 8월 합병호, 1961년 9월호, 1961년 10월호에 발표되었음을 확인할 수 있다. 이 작품은 안익태와 한흑구가 미국에서 겪었던 실화를 바탕으로 하여 쓰여진 장편소설이다.[15] 이 작품을 통해서 한흑구 소설에 대한 논의는, 해방 이전으로 한

---

13) 이 중에서 미국을 주요한 배경으로 삼은 작품은, 「호텔 콘(HOTEL CONE)」(『동광』 34호, 1932.6), 「어떤 젊은 예술가」(『신인문학』, 1935.4), 콩트 「태평양상에 세 죽음」(『신인문학』 14호, 1936.8), 「미국 고양이」(『모던조선』, 1936), 「황혼(黃昏)의 비가(悲歌)」(『백광』 5호, 1937.5), 「이민일기(移民日記)(『백광』, 1937.6), 「죽은 동무의 편지」(『사해공론』, 1937.11-12), 『젊은 예술가』(『새길』, 1961.6.-10)이다.

14) 김용성, 『한국현대문학사탐방』, 국학자료원, 2011, 351쪽.

15) 이 작품은 맨 앞에 "이 얘기는 소설이라는 것보다 실화(實話)라고 해도 좋을 것입니다"(한흑구, 「젊은 예술가」 1회, 『새길』, 1961.5, 123쪽)라고 하여, 이 작품이 실화에 바탕한 것임을 강력하게 드러내고 있다.

정되어 있었던 한계를 뛰어넘을 수 있는 가능성이 생겼다. 나아가 이 작품까지 논의에 포함시킴으로써 해방 이전 한흑구 소설의 미국 표상이 지닌 의미도 보다 선명하게 드러날 수 있을 것으로 기대한다.

미국은 최초로 우리와 외교관계를 맺은 서양 세력으로서, 지난 150여년간 매우 중요한 국가로서 인식되었다. 유영익은 19세기 중엽 이래 한국인의 대미인식 체계를 전통적 화이관(華夷觀)의 입장에서 본 미국[16], 사회진화론적 입장에서 본 미국[17], 마르크스-레닌주의적 입장에서 본 미국[18], 인종주의적 입장

16) 화이관의 입장은 "동양의 전통적인 화이양분론적 天下觀과 天圓地方說 등에 입각한 것으로서 미국을 중국문화건 밖의 나라, 즉, 금수 야만 혹은 夷狄의 나라로 간주하는 견해"(류영익, 「통시기적으로 본 대미인식-다섯 가지의 대미 고정관념」, 『한국인의 대미인식』, 민음사, 1994, 292쪽)이다. 류영익은 일제가 1940년대 초반 태평양전쟁을 치를 때 우리나라 사람들에게 주입시킨 〈米英鬼畜〉관은 바로 이와 맥락을 같이하는 반서양 반미의식의 하나라고 설명한다.(위의 논문, 286쪽)이다.

17) 사회진화론적 입장은 "미국이란 그 영토가 광활하며 부유하기가 천하의 으뜸인 나라로서 국제정치 무대에서는 기독교의 公義정신에 따라 〈抑强扶弱〉하기 때문에 우리가 가히 의지할 만한 〈文明富强國〉이라는 견해"(위의 논문, 287쪽)이다. 1905년 말 미국에 의해 조미조약이 일방적으로 폐기될 때까지 조선 왕조의 위정자들은 최한기 박규수 황준헌 등이 주장한 대미 우호친선-즉 연미정책-에 따라 꾸준히 대미 의존정책을 추진해 나갔다. 그러나 1905년 이후에도 이 관념은 일부 한국 지식인 및 독립운동자 간에 견지되었다. 이상과 같은 전통을 이어받아 해방후 제1공화국 기간에 남한에서는 호의적 대미인식이 일종의 〈공식적〉 미국관으로 굳어져 갔으며, 이러한 미국관은 冷戰期-특히 6.25 전쟁-를 거치면서 미국을 〈구세주Savior 국가〉로 받들어 보는 정도로까지 진전되었다. (위의 논문, 294-298쪽)

18) 이것은 "미국은 자본주의적 帝國主義 侵略國家라는 견해이다. 이에 따르면, 미국은 우리가 믿고 의지할 나라가 결코 아니고 오히려 경계 축출해야 할 대상"(위의 논문, 299쪽)이다.

에서 본 미국[19], 서양 문명의 몰락을 예언하는 쇠퇴학파의 입장에서 본 미국[20]의 다섯 가지로 정리한 바 있다. 한국문학에서도 미국은 매우 중요한 의미를 지니고 있다. 한국현대문학의 시작을 알린 이인직의 「혈의 누」(1906)와 이광수의 『무정』(1917)에서도 미국은 작가의 주제의식을 구현하는 핵심적인 공간으로 등장한다. 존 프랭클은 1920년대 한국소설에서 미국이 부재하다가 1930년대에 재등장했다고 보고 있다. 이 때 언급하는 것이 주요섭의 『구름을 잡으려고』(1936)이다. 그는 『구름을 잡으려고』가 미국을 체험한 작가에 의해 쓰여졌으며, 이인직이나 이광수와는 달리 미국의 부정적인 면모를 그린 소설이라는 의미를 부여하고 있다.[21] 이 논의에서 존 프랭클은 한흑구에 대해서는 아무런 언급을 하고 있지 않은데, 한흑구야말로 주요섭보다 더욱 밀도 있게 미국을 체험했으며 더 오랜

---

19) "1930년대 일제하 한국에서 黃人種主義 내지 아시아 連帶主義의 입장에서 미국을 백인종 침략국가로 규정하고 비난하는 견해"(위의 논문, 305쪽)이다.

20) "서양문명 전체의 장래를 비관적으로 조망하면서, 특히 금세기의 미국문명을 쇠망기의 로마제국the Roman Empire의 그것에 비견시킴으로써 미국을 정신적, 도덕적으로 타락한 나라로 보는 견해"(위의 논문, 312쪽)이다. 한국의 경우 이러한 대미인식은-앞에 소개한 황인종주의적 대미인식의 대두와 때를 같이하여-1930년대부터 부각되었다. 그리고 이러한 유의 고정관념은 1940년대 초반 일제가 태평양전쟁을 치를 때 〈聯合國 必亡論〉의 일환으로 〈조선인〉에게 주입시킨 것이기 때문에 일반 대중간에도 상당히 널리 수용되었을 것으로 여겨진다.(위의 논문, 313-314쪽)

21) John M. Frankl, 『한국문학에 나타난 외국의 의미』, 소명출판, 2008, 265-270쪽.

기간 다양하고 깊이 있게 미국을 소설화한 작가이다. 이 글에서는 발굴자료 『젊은 예술가』 등을 통하여 한흑구 소설에 나타난 미국 표상의 양상과 의미를 살펴보고자 한다. 특히 한흑구가 소설을 통해 강조한 인종주의에 초점을 맞추어 논의를 진행할 것이다.[22]

2. 식민지 시기의 미국 표상

1) 인종주의와 조선인 유학생들

한흑구가 본격적으로 미국 배경 소설을 발표하던 1930년대(구체적으로는 1932년부터 1937년까지)는 다양한 서구발 담론들이 조선 사회에 들어오던 시기이다. 이 시기에는 미국에 대한 관심과 논의도 상당히 활발하였다. 그 결과 유선영은 "1930

---

22) 인종주의는 "생물학적 특질로 인간을 유형화하고, 그 특질이 선천적 능력 차이와 연관되어 있다고 상정함으로써 서로 다른 인종집단 사이에 우열이 존재함을 신봉하는 이념체계"(신문수, 『타자의 초상-인종주의와 문학』, 집문당, 2009, 39-40쪽)를 말한다. 인종주의는 타자로서의 피차별자와 자신과의 '차이'를 철저히 강조하는 것에서 비롯된다. 이 때 '차이'를 강조하는 '가치 매김'이 이루어지는데, '차이'의 '가치 매김'은 "타자에게서 발견한 자신과의 차이를 부정적인 것으로 규정하고 그것과 대비되는 자신의 특징을 무조건 긍정적인 것으로 그려내는 형식으로 이루어"지며, 다음 단계에서는 "개별성으로부터 분리되어 '일반화' 내지는 '전체화'" 된다. (小森陽一, 『인종차별주의』, 배영미 옮김, 푸른역사, 2015, 20-21쪽) 이러한 인종주의는 근대의 산물로서, "식민주의와 노예제를 정당화하는 이론"(강철구, 「서론 : 서양문명과 인종주의」, 『서양문명과 인종주의』, 한국서양사학회 엮음, 지식산업사, 2002, 37쪽)이다. 근대에 들어서면서 서구가 비서구 지역을 식민화하는 과정에서 백인을 가장 높은 곳에, 흑인을 가장 낮은 곳에 두는 인종주의가 시작되었다. (박경태, 『인종주의』, 책세상, 2009, 15-16쪽)

년대 초 식민지 조선의 지배적 문화 현상을 아메리카니즘으로 규정하는 지식인들의 글"[23]을 1940년대 초까지 신문, 잡지에서 자주 볼 수 있었다고 말한다. 양호민은 한반도의 파시스트화-병참기지화가 진행되는 동안, 조선의 언론들은 더욱 엄격한 통제를 받아야 했지만, "미국의 정치 · 경제 · 사회 · 외교정책에 대한 논평과 미국 여행기, 유학생활 체험기는 만주사변을 전후하여 중일전쟁 개막 직후까지 대량으로 쏟아져 나와 미국에 관한 지식의 폭을 넓혀갔다."[24]고 주장한다. 근대화를 위해서든, 침략전쟁을 위해서든, 미국은 중요한 관심의 대상으로 1930년대 사람들의 관심을 사로잡았던 것이다. 이러한 분위기에서 한흑구의 미국 관련 작품들도 창작되고 독해되었다고 할 수 있다.

한흑구가 일제 시기에 창작한 미국 배경의 소설은 기본적으로 조선 유학생이 힘들게 미국에서 살아가는 이야기이다.[25] 조선인 유학생들은 「호텔 콘」에서는 호텔에서 일하며, 「미국 고양이」와 「죽은 동무의 편지」에서는 호텔보이로 일하며, 「황혼의

23) 유선영, 앞의 논문, 50쪽.

24) 양호민, 「일제시대의 대미인식」, 『한국인의 대미인식』, 민음사, 1994, 220쪽.

25) 이것은 한흑구 본인이 "미국에 있으면서 부친에게 의지하지 않고 백화점의 점원 같은 일자리를 구해 고학을 했"(김용성, 앞의 책, 346쪽)던 체험에서도 연유한 것으로 보인다.

비가」에서는 농장에서 일하고, 「어떤 젊은 예술가」에서는 백화점에서 일한다. 조선에서 너무나 유명한 음악가인 A조차도 예외는 아니며, 고학이란 "미국 유학생들의 공통적 괴로움"[26]에 해당하는 것으로 그려진다. 조선유학생들을 힘들게 하는 것으로는 경제적 어려움과 더불어 인종적 차별이 원인으로 제시된다.

한흑구의 소설에서 배경이 된 시기는 제도화된 인종차별주의가 미국에서 너무나 확고해진 때였다.[27] 특히 1924년에 통과된 이민법은 인종차별주의가 법률적으로 제도화 되었음을 보여주는 구체적 사례이다. 그것은 「황혼의 비가」에서는 미국인들이 동양인들을 배척하여 동양인의 이민(移民)을 법률로써 막게된 지도 4년이 되었다면서, "그 동안 서양 사람들은 얼마나 동양 사람을 업수이 보았고 수모하려고 하였고 동양 사람은 얼마나 서양 사람을 미워하였고 분개하였나!"(220)라고 한탄하는 대목이 나온다. 「이민 일기」에서도 "더구나 작년부터는 동양이민법안(東洋移民法案)이니 배일법안(排日法案)이니 사법이 생겨서

26) 한흑구, 「어떤 젊은 예술가」, 『한흑구 문학선집』, 민충환 엮음, 아시아, 2009, 138쪽. 해방 이전 발표된 한흑구의 소설과 해방 이후 발표된 단편 「보릿고개」와 「귀향기」는 모두 이 책에서 인용하였다. 앞으로의 인용시 본문 중에 쪽수만 표시하기로 한다.

27) 제도화된 인종차별주의란 "하나의 사회를 작동시키는 제도들 안에서 인종차별적 정책과 그것의 실행이 결합하여 나타나는 것"(Lois Tyson, 『비평 이론의 모든 것』, 윤동구 옮김, 엘피, 2012, 747쪽)을 말한다.

동양 사람의 권리는 모두 없어졌으니. 동양에서 오는 이민들을 금하고 시민권(市民權)이 없는 이민들에게는 사유재산(私有財產)을 등록할 수 없이 만들었으니 점점 미국도 지옥으로 변하는 모양이지." (236)라고 안타까워하는 대목이 등장한다.

이들 소설에 나오는 동양이민법안이나 배일법안은 1924년에 통과된 이민법을 말한다. 1924년 5월 15일 미의회를 통과한 이민법(Immigration Act of 1924)은 2% 할당의 기준으로 1890년 인구조사를 사용하여 일본인에게 연 246명의 이민을 허용할 뿐이었다. 그마저도 이민법의 배척조항에 따라 이민이 제한되는 경우가 많았다.[28] 이 법은 미국에서 거주하는 일본인을 비롯한 동양인의 삶에 매우 부정적인 영향을 미쳤다.[29] 미국은 이미 19세기 후반부터 동양인의 이민을 막고 그들을 탄압하는 데 노력을 기울였다. 1882년에는 중국인배척법이 제정되었으며, 이로 인해 아시아의 첫 이민자들인 중국인들의 이민이 중단되었다. 이후에는 일본인 이민을 배척하는 데 초점

---

28) 김지원, 「제1차 세계대전 이후 미국에서의 일본인 배척운동, 1919-1924」, 『미국사 연구』 44집, 2016.11, 333-334쪽.

29) 19세기 말 일본인 이민자들의 미국 이주가 시작된 이후, 미국의 일본인 배척운동은 1924년 이민법제정으로 소기의 목적을 달성했다고 볼 수 있다. (김지연, 「1920-30년대 캘리포니아 한인 사회 연구」, 『정신문화연구』 31권 4호, 2008, 30쪽) 또한 1924년 이민법의 제정은, 이전에 캘리포니아와 같은 특정한 지역에서만 전개되던 일본인 배척운동이 전체 미연방 차원에서 이루어지게 된 것을 의미한다. (김지원, 「한인 사진신부의 적응과 특성, 1920-1945」, 『세계역사와 문화연구』 55집, 2020, 233쪽)

을 맞추었다.[30]

또한 한흑구 소설의 시간적 배경은 대공황이 큰 영향을 미치는 시기이다. 「호텔 콘」, 「태평양상에 세 죽음」, 「미국 고양이」에서 이러한 특징을 확인할 수 있다. 데릭 벨은 '이해 일치(Interest Convergence)'라는 개념을 통해 "인종차별주의는 백인에게 필요한(또는 바람직한) 개인적 · 집단적 이해관계와 일치하거나 서로 겹치는 경우가 많으며, 인종차별주의가 일상화되는 원인도 여기에서 찾을 수 있다"[31]고 이야기한 바 있다. 이러한 주장에 따를 때, 대공황은 미국인 전체에게 심각한 실업문제를 야기하였고,[32] 이로 인해 미국 내의 인종차별주의는 더욱 강렬하게 작동했던 것이라고 볼 수 있다.

한흑구가 첫 번째로 발표한 소설인 「호텔 콘」에서는 인종차별이 가장 핵심적이고 심각한 문제임이 드러난다. 이 작품에서 주인공인 토마스는 나름의 계급의식을 지닌 존재로 그려진다. 그런데 나중에는 여러 가지 일들을 겪으며 계급문제보다 인종문

---

30) 김지원, 「제1차 세계대전 이후 미국에서의 일본인 배척운동, 1919-1924」, 『미국사연구』 44집, 2016.11, 317-318쪽.

31) 로이스 타이슨, 앞의 책, 767쪽.

32) 대공황 직후인 1930년부터 1939년에 이르는 10년 동안 미국의 연평균 실업률은 18.2%를 기록하였는데, 1920년대 번영기의 연평균 실업률(1922-1929)은 3.7%에 머물렀다고 한다. 이러한 통계수치는 대량실업의 시대가 얼마나 노동자들에게 혹독한 것이었는지를 증명한다. (양신호, 「대공황과 노동시장의 변화」, 『1930년대 세계 대공황 연구』, 양동휴 편저, 서울대 출판부, 2000, 207쪽)

제가 심각한 모순임을 깨닫게 된다.

토마스는 함께 일하는 흑인 여성과 부정한 관계를 맺었다는 얼토당토한 의심과 조롱을 당한 끝에 결국 그 호텔일마저 못하게 된다. 이런 일을 겪으며, "마르크스의 런던 빈민굴 생활이나 레닌의 옥중생활 그리고 화가(畫家)로서 고갱의 방랑생활"(115)을 보며 "커다란 힘과 교시"(115)를 받던 토마스는[33], "'XX'가 없는 사람은 만주로 가든지 시베리아로 가든지 미국으로 가든지 이 세상 어느 곳으로 가든지 그의 설 곳이 없을 것이요 송곳 하나 꽂을 땅도 없을 것"(116)이라는 깨달음을 얻는다. 이러한 깨달음은 "철칙(鐵則)"(116)으로까지 의미부여된다.

여기에서 복자(伏字)로 처리된 XX는 '나라'나 '국가'에 해당한다고 할 수 있다. 만약 XX에 해당하는 말이 '계급'이라면, 당시 소련의 영토였던 시베리아로 가도 그 모순이 해결되지 않는다는 말은 성립하지 않기 때문이다. 또한 여러 가지 일을 겪은 후에 얻은 깨달음이라는 면에서, 처음의 계급모순보다는 인종모

33) 심지어 토마스는 "내가 세상에 존재해 있고 내가 또한 움직인다는 모든 사실도 이들의 교훈의 추적(追跡)이요 또한 그것의 연장을 위함일 것이다."(116)라고 말할 정도이다.

순에 해당하는 것임을 알 수 있다.[34] 한흑구는 자본(주의)과 인종(주의)의 깊은 연루에 주목하여, 자본주의만 극복되면 인종주의는 극복된다는 식의 인식과는 거리를 두었던 것이다. 한흑구는 인종주의를 그 어떤 문제보다도 더욱 근본적인 것으로 바라보았다고 할 수 있다.

흥미로운 것은 식민지 시기에 쓰여진 마지막 소설인 「죽은 동무의 편지」에서도 이춘성이 여러 가지 인종 모순을 경험한 후에 "인생의 비극이라는 것은 한 사람과 한 사람 사이에 또한 한 민족과 한 민족 사이에 서로 남을 멸시하고 천대하고 차별하는 데에서 가장 많이 일어나는 것"(252)이라는 깨달음에 도달한다. 한흑구의 해방 이전 소설에서 가장 중요한 문제는 인종 차별의 문제라고 할 수 있으며, 그의 소설에는 이러한 점이 곳곳에 드러나고 있다.

이러한 인종차별은 주로 남녀관계의 형식으로 나타난다. 「호텔 콘」과 「죽은 동무의 편지」를 대표적으로 들 수 있다. '부정한 남녀관계에 대한 오해-유학생활의 커다란 타격-오해에 대한 해명'이라는 서사적 구도가 반복해서 나타나는 것이다. 처음 백

34) 이러한 견해는 마르크시즘의 입장에 바탕한 이론가들에게서 많이 발견된다. 대표적으로 콕스는 "자본주의 세계체제의 유지에 긴요한 안정적인 노동력의 확보 차원에서 인종주의가 지배의 이데올로기로 동원된 것"(신문수, 앞의 책, 73쪽)이라고 주장하기도 하였다.

인들은 조선인 유학생들을 부정한 남녀관계의 주인공으로 매도하지만, 마지막에는 늘 백인이 성적인 문란함의 주인공으로 밝혀진다. 이러한 오해가 반복되는 것은 인종주의의 바탕이 되는 백인 중심의 인종본질주의(racialism)가 널리 퍼진 결과라고 할 수 있다.[35)]

「호텔 콘」에서 토마스는 호텔의 침대를 정리하는 흑인 여성과의 관계를 의심받는다. 백인 지배인은 토마스에게 "그 계집애를 사랑하느냐?"(119)는 식의 조롱을 일삼는 것이다. 나중에는 그 흑인 여성이 임신을 하자, 그 아이의 아버지가 토마스라며 이전보다 더 심하게 괴롭힌다. 토마스가 이러한 조롱에 화가 나는 이유는 흑인 여성과 자신을 엮었기 때문이 아니라, 백인들이 "동양 사람은 껌둥이건 누구건 찬스만 있으면 사랑이니 무어니 지랄하는 줄"(130)로 생각하는 인종적 편견에 빠져 있기 때문이다. 그러나 결국 토마스에게 씌어진 오해는, 결국 흑인 여성의 아이 아버지는 "객실 358호에 유하던 배 뚱뚱한 백인"(123)이었음이 밝혀지면서 해소된다.

「죽은 동무의 편지」에서 이춘성이 일하는 집의 부인은 "'히스

---

35) 인종본질주의는 어떤 인종이 그 자체로 우월하거나 열등하며 순수할 수 있다는 믿음을 가리키는 개념으로서, 도덕적 · 지적 특징이 마치 신체적 특징처럼 인종들을 구분하는 생물학적 자질이라고 보는 신념에 근거를 두고 있다. 한편 인종차별주의(인종주의)는 특정한 인종이 다른 인종에 대해 사회정치적 우위를 갖는 데서 비롯되는 불평등한 권력관계를 가리키는 개념이다. (로이스 타이슨, 앞의 책, 746쪽)

테리'한 성격으로 매일같이 발작"(247)을 할 정도로, 비인간적인 사람이다. 이춘성이 일하던 집의 부인은 임신을 하게 되고, 주변에서는 그 아이의 아버지가 이춘성이라는 소문이 널리 퍼진다. 이러한 소문이 퍼지자 부인은 자취를 감추고, 학교 안에서나 동네에서는 사람들이 '나'를 의심하고 멸시한다. 이러한 차별은 "제일 문명하였다는 백인"이 아닌 "머리 검은 동양 사람 그 중에도 세상에 아무 권리도 없는 조선 사람"(252)이기 때문에 받는 것이다. 결국 춘성은 삼백 리나 남쪽으로 떨어져 있는 H라는 작은 도시로까지 쫓기듯 떠나간다. 그리고 이러한 춘성의 사정은 "나의 동무 춘성이며 모든 조선 사람들이 다 그러한 것 같은 생각"(253)이라는 '나'의 말에서처럼, 모든 조선인 유학생에게 해당하는 일로 의미가 확장된다. 그러나 시카고에 있는 C대학 연구원 생활을 준비할 즈음에 모든 오해가 풀린다. 행방불명된 과부는 흑인의 아이를 분만하여 곧 땅속에 산장하고 체포되었다는 기사가 실린 것이다. 마지막에 조선인 유학생이 누명에서 벗어나는 모습은 백인 중심의 인종본질주의가 지닌 근본적인 허구성을 드러낸다고 할 수 있다.

「미국 고양이」는 조선인 유학생이 애완동물보다도 더 대접받지 못하는 극단의 상황을 조금은 유머스럽게 보여주는 소설이다. '나'는 공황의 여파로 일자리를 구하지 못하다가 교수의 소개로 스쿨보이[36]의 일을 얻게 된다. 이 집의 부인은 밤마다 구락부에 가서 마시고 춤추는 것으로 일과를 삼고 있다. 부인이 집을 비울 때마다 늘 '나'에게 고양이를 잘 돌보라는 지시를 내리는데,[37] 고양이 밥은 무려 "30전짜리 생선 간즈메 한 통"(188)이다. 어느 날 고양이가 어항을 산산조각 내고, 카페트가 더러워진다. '나'는 불면의 고민을 이어가다가 고양이가 어항을 깨뜨린 것이 아니라 자신이 어항을 깨뜨렸다는 거짓말을 하기로 결심한다. "고양이가 그것을 깨뜨렸다면 부인은 나를 의심하고 자기의 사랑하는 고양이에게 죄를 씌우는 것같이 생각할 것이 분명"(192)하였기 때문이다. 결국 그 다음날 '나'는 그 집에서 스스로 걸어나온다. 그리고 작품은 "부인의 '껫아웃'!(나가라!)는 얄링을 들어 불쾌해지는 것보다 경우를 보아 슬그머니 가방을 들고 나서는 눈치도 그동안 미국 와서 배운 나의 경험적 지식의 하나였다."(193)고 하여, 이런 어처구니 없는 일, 즉 짐승보다도 못한 대접을 받는 일이 미국에서 흔한 일이었음이 강하게 드러나며 작품은 끝난다.

---

36) "'스쿨보이'라는 것은 대학에 다니는 고학생을 집 일꾼으로 데려다 두고 학교에 갔다 오고 남는 시간에 집일을 시키는 것"(187)을 가리킨다.

37) 「죽은 동무의 편지」에서도 '부인-애완용 동물-조선인 유학생'이라는 삼각구도가 등장한다. 이 작품에서는 고양이가 강아지로 바뀌었다.

2) 인종주의에 대한 저항으로서의 공감과 연대

앞 절에서 살펴본 것처럼, 일제 시기 미국을 배경으로 한 한흑구의 작품에서 조선인 유학생들은 당시 미국 사회에 널리 퍼진 인종주의로 인해 심각한 고통을 겪는다. 주목할 것은, 이러한 고통에 대한 인식이 다른 유색인들을 향한 관심과 연대로까지 연결된다는 점이다.

먼저 미국에 널리 퍼진 인종주의의 피해자로는 조선인과 더불어 중국인이 등장한다.[38] 첫 번째 작품인 「호텔 콘」에서는 토마스가 지닌 조선인으로서의 정체성과 더불어 동양인으로서의 정체성이 크게 부각된다. 토마스는 "나이 삼십이 넘어 뵈지 않는 검은 머리의 동양 청년"(103)이라고 소개된다. 저녁에 토마스와 체스터는 광동루에서 만나는데, "방안에는 동양 냄새가 가득"(107)하고 "거의 검둥 머리의 동양 사람"(107)만 모여 있다. 토마스가 인종차별을 당하는 와중에도, 토마스와 호텔에서 함께 일하는 광동 출신의 "중국애"(115)는 계속 토마스를 지지하며 도와주려고 한다. 토마스는 자신의 감정을 직접적으로 '중

38) 아시아인에 대한 미국의 제노포비아(Xenophobia)는 중국인 이민자들이 처음 미국에 도착한 1800년대로 거슬러 올라간다. 흑인 노예를 대체할 값싼 노동력으로 유입된 이들은 나중에는 금광에서 일을 했다. 미국 백인들은 이 중국인 노동자들이 백인의 일자리를 빼앗는다고 생각해 위협으로 여겼다. 미국 백인들은 이 중국인 노동자들을 역병, 해충이라고 부르며 비하했다. 결국 1882년 연방정부는 중국인의 미국 이민을 금지하는 중국인 배척법을 통과시켰으며, 나중에는 아시아 전역을 대상으로 이민을 제한하였다. (Cathy Park Hong, 『마이너 필링스』, 노시내 옮김, 마티, 2021, 11쪽)

국애'에게 토로하기도 하며, 심지어는 백인의 심한 조롱에 분노한 '중국애'는 권총을 들고 나타나기도 한다.

그러나 한흑구의 미국 배경 소설이 인종차별의 피해자로 조선인과 중국인만을 부각시켜서 두 민족만의 연대감을 고양시킨다면, 그것은 문제가 될 수 있다. 한흑구의 소설이 창작되던 때는, 일제가 만주와 중국을 침략하면서 자기들의 침략전쟁을 정당화하기 위하여 인종주의적 미국관을 만들어내던 때이기 때문이다.[39] 그러나 한흑구는 일제의 지배 담론과는 무관한데, 그것은 그가 인종주의적 미국관이 극에 달한 태평양 전쟁 발발 이후에는 오히려 소설 창작을 중단했다는 점을 통해서도 확인된다. 태평양 전쟁이 발발한 이후, 온 세상에는 "앵글로색슨의 〈자유주의〉와 〈개인주의〉의 철학을 비방하는 소리와 〈米英鬼畜〉을 격멸하라는 일본 군부와 그 앞잡이들의 악에 받친 슬로건"[40]이 가득했다. 전시 관제 반미선전만이 판을 치던 상황이었던 것이다. 한흑구가 오히려 이 시기에 침묵했다는 것은, 그의 소설이 일관되게 보여주는 미국내 인종주의에 대한 비판이 체제에의 협력과는 무관한 것임을 보여준다.

---

39) 한국인 중에도 이러한 미국관에 따라 일제에 동조하는 인사가 있었다. 대표적으로 윤치호를 들 수 있다. (류영익, 앞의 논문, 305쪽)

40) 양호민, 앞의 논문, 223쪽.

또한 미국에서 생활하며 경험한 일들을 기록한 「재미(在美) 6년간 추억 편편(片片)」(『신인문학』, 1936.3)에는 한흑구의 민족의식이 직접적으로 드러나 있다. 여러 에피소드를 관통하는 정신은 이 시기 한흑구의 마음 속에 가득한 민족의식이다. 한흑구는 영문으로 창작에 힘 쓰는 동안 조선문 창작능력이 약해질 것을 걱정하면서 "영문 공부도 조선인적 태도"(323)로서 할 것을 결심하기도 하고, "해외에 있을 때 조선인적 태도를 몰각하는 사람"(324)을 강하게 비판하기도 한다. 특히 템플대학에 다닐 때 동양 학생 강연회에 조선 학생 연사로 나서, 5분간이나 연단에서 머리를 숙이고 침묵하는 장면에서는 나라 잃은 청년의 고뇌가 묵직하게 느껴진다.

무엇보다도 한흑구가 생각하는 공감과 연대의 대상은 동아시아인을 넘어선 흑인까지 포함한다는 점에 주목해야 한다. 한흑구처럼 흑인과 흑인문학에 많은 관심을 기울인 한국의 문인은 드물다.[41] 이 시기 한흑구는 미국 흑인들의 삶과 문학에 주목했는데, 이는 같은 피억압 인종으로서의 동질감에서 비롯된 것으로 보인다. 양호민은 1920년대 『조선일보』 등에 "미국의 일

41) 한흑구는 흑인문학에 대한 본격적인 평론으로 「미국 니그로 시인 연구」(『동광』, 1932.2), 「흑인문학의 지위」(『예술조선』 2호-4호, 1948.3) 등을 발표하였고, 수필 「재미(在美) 6년간 추억 편편(片片)」(『신인문학』, 1936.3)에서도 흑인들에게 관심을 드러내었다.

본인 배척에 대해서는 유색인 또는 같은 동양인의 입장에서 단호히 배격함과 동시에, 이것을 일본인의 한국인에 대한 차별이 부당하다는 주장과 연결"[42]시키는 사설이 빈번하게 나타났다고 설명한다. 당시에는 미국에서 일어나는 '백인의 유색인에 대한 차별'을 조선에서 일어나는 '일본인의 조선인에 대한 차별'과 연결지어 바라보는 논의가 활성화되었던 것이다. 그렇다면 한흑구가 미국내의 유색인 차별에 민감하게 반응하는 것 역시 큰 맥락에서는 민족적인 의미를 지닌다고 할 수 있다.

「황혼(黃昏)의 비가(悲歌)」와 「죽은 동무의 편지」는 흑인에 대한 인종주의를 정면에서 다루고 있으며, 두 작품은 모두 미국에서 인종차별이 가장 심각한 남부를 주요한 무대로 삼고 있다. 실제로 20세기 전반 미국 남부에서 살아가는 흑인들의 삶은 매우 열악했다. 남북전쟁이 1865년 북군의 승리로 끝나고, 13차 미국 헌법 수정안이 통과됨으로써 노예제는 폐지되었다. 그러나 얼마 지나지 않아 흑인을 향한 인종주의는 되살아났고 1883년 미 대법원이 흑백 분리는 정당하다는 판결을 내리면서 흑인에 대한 인종주의가 극심했던 '짐 크로우(Jim Crow) 체제'의 시대가 시작되었다.[43]

---

42) 양호민, 앞의 논문, 206쪽.

43) Ali Rattansi, 『인종주의는 본성인가』, 구정은 옮김, 한겨레출판, 2011, 78-79쪽.

「황혼의 비가」는 영국 시인 키플링의 "동은 동이요 서는 서이다. 이 두 쌍둥이는 결코 서로 만날 수 없다."(211)는 말로 시작된다.[44] 키플링의 이 말은 본문 중에도 다시 한번 반복되는데, 여기에는 동과 서의 선명한 이분법과 그로부터 비롯된 차별과 배제의 인식이 드러나 있다. 또한 이 작품에는 텍사스 벌판에서 목화 송이를 따는 흑인들이 부르는 노래, 즉 "이 세상에 검둥이는/무엇이나 하려 낳나?/목화 딸 사람이 없어서/우리 검둥이가 낳다네!"(211)가 세 번(두번은 한글로, 한번은 영어로)이나 반복하여 등장한다.[45]

「황혼의 비가」는 조선인 유학생인 김(33살)과 박(26살)이 여름방학 석 달 동안 가을학비를 벌기 위해 존스 농장에 가서 일하면서 겪는 일을 담고 있다. 핵심은 조선인 유학생 박과 흑인 어머니와 멕시코인 아버지를 둔 아이다, 그리고 농장주 존스의 조카딸이자 금발 머리를 한 이사벨과의 삼각관계이다. 아이다는 박을 사랑하지만, 박은 이사벨과 사랑에 빠진다. 「황혼의 비가」에서 사랑은 인종간의 위계를 드러내는 데 사용된다.

무엇보다 이 작품에서 아이다는 다윈의 주장에 바탕한 인종

44) 키플링은 "1907년 노벨문학상 수상 당시 세계적 명성을 떨치던 식민지주의 작가이며 인종차별주의적 담론의 대가"(小森陽一, 앞의 책, 101-102쪽)로 이야기된다.

45) 이 노래는 소설 「죽은 동무의 편지」에서도 나오며, 수필 「재미(在美) 6년간 추억 편편(片片)」에도 등장한다.

차별적 이데올로기가 내면화된 모습을 보여준다.[46] 아이다는 자신의 피부가 검은 것을 한탄하는 기도를 올린다. 나아가 "지금 나의 피부는 나의 어머님의 피부보다 희나이다. 또한 나의 자식으로 하여금 나의 피부보다 희게 하여주소서!"(224)라고 기도한다. 아이다는 박을 통해 지금의 자기보다 조금이라도 흰 피부의 아이를 낳고 싶은 것이다. 여기에는 '흑인:백인'이라는 단순한 이분법을 넘어, 피부색에 따른 보다 세밀한 위계가 설정되어 있다. '완전한 흑인인 어머니', '흑인과 멕시코인의 혼혈로 태어난 자신', '자신과 조선인 박의 혼혈로 태어날 자신의 자식'이라는 위계가 설정되어 있는 것이다. 이 작품에서는 "멕시코 사람은 물론 니그로보다 색이 흰 편에 가깝고 동양 사람보다 검은 데 가까운 것"(225)이었다는 말에서도 알 수 있듯이, 멕시코인과 조선인 사이에도 섬세한 인종적 구별이 작동한다.

이러한 인식은 짐 크로우의 시대에 남부의 백인들이 다윈의 진화론에 입각하여 노예제를 옹호한 것과 관련된다. 다윈은 인류가 한가지 인간종에서 발생하여 진화를 거듭하면서 점점 우수한 인종으로 변모해 가는데, 여러 인종 가운데 흑인이 진화

---

46) 내면화된 인종차별주의(internalized racism)는 백인의 우월성을 믿게끔 유색인들을 세뇌시키는 인종차별적 사회에 심리적으로 길들여지는 데서 비롯된다. 내면화된 인종차별주의에 길들여진 유색인은 스스로 백인보다 열등하고 매력이 덜하며 가치도 없고 무능하다고 느끼는 한편, 때로는 자신이 백인이 되거나 좀 더 하얗게 보이길 바라기도 한다. (로이스 타인슨, 앞의 책, 749쪽)

의 가장 낮은 단계에 머물러 있고 그로부터 말레이, 아메리카 인디언, 몽골족을 거쳐 코카서스 인종으로 진화가 진행되었다고 주장했다. 남부의 백인우월주의자들은 진화의 사다리에서 백인종이 가장 높은 단계를 차지한다는 다윈의 주장을 편의적으로 활용하였다.[47] 아이다가 인종을 세분화하며 고통스러워하는 것은, 흑인, 말레이, 아메리카 인디언, 몽골족, 코카서스 인종을 구별하는 다윈의 이론에 맞닿아 있다고 할 수 있다.

주목할 것은 이 작품의 초점화자인 김이 이러한 인종주의에 대해 비판적인 인식을 보여준다는 점이다. 김은 모든 인간의 피는 똑같이 붉다며, 피부의 색이 중요하지 않다고 여긴다. 나아가 인종차별주의의 기본 바탕이 되는 다윈의 이론, 즉 생물이 "시간과 공간과 자연의 모든 법칙 안에서 생리적 심리적으로 변화하고 퇴화하고 진화하는 것"(225)을 인간에게 무차별적으로 적용하는 것에 비판적이다. 다윈의 이론을 인간에게 무차별적으로 적용한다면, 인간은 "우스운 존재"이자 "비참한 존재"(225)로 전락해 버릴 수밖에 없다고 생각하는 것이다. 그러나 미국 남부에서 김과 같은 생각은 통용되지 않는다. 이것은 내면화된 인종주의자였던 아이다가 목을 매어 자살하고[48], 존

47) 신문수, 앞의 책, 165-166쪽.

48) 아이다의 자살은 그녀가 인종적 억압은 물론이고, 성적인 억압까지 동시에 받는 서발턴이기에 발생한 비극이라고 할 수 있다.

스 부부의 의심을 받은 박과 김이 농장에서 쫓겨나는 결론을 통해 선명하게 드러난다.

「죽은 동무의 편지」의 주요 배경도 C대학이 있는 미국 남부의 테네시주이다. 문학도인 이춘성은 이곳에서 미국 백인들이 입으로는 인도와, 정의와, 평등을 말하면서도, "흑인(黑人)들에 대하여 아직도 노예와 같이 취급하는 것"(245)에 가슴 아파한다. 교회까지 차별이 있는 남부에서는 "백인의 하느님 아버지와 니그로의 하느님 아버지도 꼭 같지 않다"(245)고 말해야만 하는 상황인 것이다. 이러한 상황에서 이춘성은 고통 받는 흑인들에게 강렬한 동질감을 느낀다. "나도 니그로가 되었다면? 나는 그들의 설움을 같이 씹어보고 느껴보고 싶었습니다. 그러나 나는 그들보다 더 나은 것이 무엇입니까?"(246)라고 반문하며, 흑인들을 향해 단순한 시혜의식을 넘어선 동지의식을 느끼는 것이다. 이러한 흑인에 대한 관심과 공감은 식민지 지배를 받는 한국의 현실에 대한 우회적인 고발의 의미도 지닌다.[49)]

인종본질주의, 인종차별주의, 제도화된 인종차별주의 등으로 고통 받는 조선인 유학생들은 미국에서 거주지를 찾지 못하고 늘 쫓겨난다. 조선인 유학생들은 필사적인 노력을 다하

49) 양호민, 앞의 논문, 206쪽.

지만, 차별과 억압의 벽을 넘어설 가능성은 거의 제시되지 않는다.[50)]「황혼의 비가」에서 박은 백인들의 차별에 맞서, 자신의 머리가 결코 서양 사람만 못하지 않다며 "악마와 같이 지독하게"(220) 배운다. 박은 인종차별을 극복하려는 마음의 연장선상에서 이사벨도 사랑하지만, 앞에서 살펴본 것처럼 그 사랑에 실패하고 결국 농장에서도 쫓겨난다.

「죽은 동무의 편지」에서는 인종차별을 극복하려고 몸부림치던 조선인 유학생이 결국 죽음에까지 이른 극단의 상황을 보여준다. 문학 공부를 위해 남부의 테네시주에 있는 C대학으로 간 이춘성은 너무나도 심각한 인종차별의 현실에 직면한다. 이에 맞서 유일한 동양인 대학생인 그는 "그들에게 결코 지고 싶지 않"(248)다는 생각으로 맹렬하게 공부한다. 이춘성은 인종차별에 누구보다 "과민"(249)했고, 그러한 '과민'은 지나친 "노력"(249)으로 이어진 것이다. H대학에 간 이후에도 춘성은, "나의 머리도 너희의 머리보다 못하지 않다-그것보다도 낫다 하는 것을 보이고야 말겠"(254)다는 의욕으로 "악마와 같이"(254) 공부하여 H대학을 수석 졸업한다. 이후 춘성은 시카고에 있는 C대학 연구원으로 파견되지만, 이러한 성공은 그야

50) 유일한 예외가 안익태의 삶을 그린 「어떤 젊은 예술가」인데, 이 작품에서 "그의 순조로운 길의 장래"(147)가 어느 정도 암시된다. 그러나 이것은 그야말로 안익태가 "조선의 보배가 될 천재 음악가"(142)이기에 가능한 일이다.

말로 "악마와 같이"(254) 무리를 해야만 가능한 것이다. 그렇기에 C대학 연구원에 들어간 지 한 학기가 끝나기 전에 사망하고 만다. 「황혼의 비가」나 「죽은 동무의 편지」 모두에서 조선인 유학생은 인종차별의 벽을 극복하기 위해 '악마와 같이' 노력하지만, 결국 그 벽을 극복하는 데 실패하는 것이다.

조선인 유학생들의 비참한 삶은 조선인 일반의 삶으로까지 확장된다. 「이민 일기(移民日記)」는 미국으로 이민 간 한 가족의 장남이 쓴 일기로 되어 있는 소설이다. 이 소설은 미국(캘리포니아) 이민사회의 리얼리티를 짧은 분량으로 밀도 있게 다루고 있다. 1920년 12월 22일 일기에는 50살이나 된 이첨지가 사진결혼을 통해 스무살이나 어린 사진신부[51)]를 맞이하는 이야기가 나온다. 이것은 당시 사진결혼이 하아이와 캘리포니아에서 유행했으며, 남성들이 나이를 속여서 결혼하는 경우도 많았다는 당시의 사정에 부합하는 내용이다.[52)] 또한 시기상으로도 1924년 이민법의 통과 이후 사진신부의 유입이 중단되었

---

51) 사진신부는 "1910년부터 1924년까지 사진결혼제도를 통해 하와이 그리고 샌프란시스코와 시애틀 등의 미 대륙으로 결혼이주한 한인여성"(노선희, 「일본의 식민지적 통제와 미국 이민법의 네트워크」, 『사회와 역사』 129집, 2021, 230쪽)을 말한다. "1910년 11월부터 1924년 10월까지 미국으로 총 915명의 한인여성이 사진신부로 이주했고, 미국 본토에는 115명의 한인 사진신부가 입국했다."(김지원, 「한인 사진신부의 적응과 특성, 1920-1945」, 『세계역사와 문화연구』 55집, 227쪽)고 한다.

52) 김지원, 「한인 사진신부의 적응과 특성, 1920-1945」, 『세계역사와 문화연구』 55집, 2020, 228쪽.

다는 역사적 사실과도 일치한다.[53)]

'나'의 가족은 1917년 3월 "돈 많은 미국, 천당 같은 미국"(231)에 대한 꿈을 가지고 도미하지만, '나'나 아버지에게는 중노동만이 기다리고 있을 뿐이다. 동생 실비아는 나름의 성취를 거두지만, 결국 미국인 쫜에게 시집을 간 후에는 한번도 친정을 찾지 않는다. 결국 실비아는 '내'가 "그 애는 조선서 낳기는 했지마는 양키 계집애나 다를 것이 없다."(238)고 하여, 결국 그녀가 조선적인 정체성을 버리고 미국인이 된 것으로 처리된다. 이 가족 이외에 다른 조선인 이민자들도 불행하기는 마찬가지이다. 이토록 끔찍하게 불우한 삶으로 인해, 조선인들은 고향을 향한 절대적인 향수를 드러낸다.[54)]

3. 한국전쟁 이후의 미국 표상

1) 은인으로 새롭게 표상된 미국인

대한민국 정부의 수립 이후 미국은 신생 한국의 생존과 발전

53) 김지원은 "1924년 이민법에 포함된 배척조항으로 인하여 그동안 한인들이 미본토로 이주하는 중요한 경로 중의 하나인 사진신부의 유입이 중단되었다"(김지원, 「1920-30년대 캘리포니아 한인 사회 연구」, 『정신문화연구』 31권 4호, 2008, 30쪽)고 설명하였다.

54) 「태평양상에 세 죽음」 역시 귀국하는 배 안에서 발생한 세 명의 죽음을 통하여, 목숨도 뛰어넘는 향수의 절대성을 강조하고 있다.

에 필수불가결한 존재로서 자리 잡는다. 이 시기 한국 언론에 나타난 미국도 '가장 이상적인 민주주의의 나라', '평등한 기회의 나라', '개척 정신의 나라', '선진 과학 기술을 가진 나라' 등으로 그려졌으며, 한국전쟁을 거치면서 해방자, 후원자, 혈맹, 자유의 수호자이며 이상적 제도와 문명의 전달자이자 선진화의 모델이라는 의미가 추가되었다.[55] 이러한 흐름 속에서, 해방 이후 한국사회는 급속한 미국화로 나아가게 된다.[56]

『젊은 예술가』에는 해방과 한국전쟁을 거치며 이상화된 미국의 모습이 선명하게 드러나 있다. 이 작품에서 A라고 불리는 음악가는 안익태에 해당하고, K로 불리는 A의 친구는 바로 저자 한흑구에 해당한다.[57] 이 작품은 1930년대 필라델피아, 시

---

55) 김연진, 앞의 논문, 268-272쪽. 이 시기에 이러한 긍정적인 미국상이 지배적인 담론이 된 이유로는 법적인 이유도 무시할 수 없다. 이승만은 1948년 9월 언론 정책 7개항을 발표하는데, 그 중 '우방과의 국교를 저해하고 국위를 손상하는 기사'의 보도를 금지한 제5조는 원천적으로 미국에 대한 부정적 또는 비판적인 기사 게재 자체를 할 수 없게 했다. 미국에 대한 비판적 내용은 아예 법적으로 통제된 것이다. (위의 논문, 270쪽)

56) 미국화란 "미국의 다양한 제도와 가치가 새로운 자본주의 질서 재편성과 (정보) 커뮤니케이션 혁명을 토대로 세계 각 지역에 다양한 방식으로 펼쳐지고, 그 결과 수용 지역에서 자발적이거나 강요에 의해 그러한 것을 베끼고 따라잡는 현상과 과정"(김덕호 · 원용진, 「미국화, 어떻게 볼 것인가」, 『아메리카나이제이션』, 김덕호 · 원용진 엮음, 푸른역사, 2008, 17쪽)을 말한다.

57) A와 K는 동향으로 중학 동창이며, A가 K보다 세 살이 더 많다. 실제로 안익태와 한흑구는 모두 평양 출생이며, 안익태(1906년生)는 한흑구(1909년生)보다 세 살 연상이다. 시카고에서 3년간 N대학을 다닌 후에 필라델피아에 있는 T대학에 다닐 때, K는 A로부터 편지를 받는다.

카고, 뉴욕 등의 대도시를 배경으로 하여, 안익태가 음악가로서 성장하는 모습과 그 과정에서 절대적인 도움을 주는 한흑구의 모습을 사실에 바탕하여 그리고 있다. 이 작품은 둘이 처음 만난 1932년 2월부터 A가 런던에서 활약하는 1934년까지의 시간을 배경으로 하고 있다.[58)]

이 작품은 직접적으로 미국을 배경으로 하고 있기 때문에 해방 이후 달라진 한흑구 소설의 미국 표상을 살펴보는 데 유용하다. 『젊은 예술가』는 한흑구가 미국에 머물 당시를 그렸다는 점에서, 해방 이전 한흑구의 미국 배경 소설들과 매우 유사하다.[59)] 그러나 그 구체적인 모습에는 변화가 많이 느껴지며, 이를 통해 해방 이후 달라진 한흑구의 미국관을 이해하는 실마리를 얻을 수 있다.

해방 이전 작품과 비교할 때, 가장 주목되는 것 중의 하나는 온정을 베푸는 미국인들이 다수 등장한다는 점이다. 해방 이전 창작된 미국 배경의 소설에서 조선인들은 미국인들의 도움을 거의 받지 못한다. 미국인들의 도움을 받는 대목은 「어떤 젊은

58) 안익태는 1930년 가을에 미국에 도착하였으며, 신시내티 교향악단에 속해 있다가 1933년 초에 신시내티에서 필라델피아로 거처를 옮겼다. 필라델피아에서는 커티스 음악원뿐만 아니라 템플 대학교 음악 대학에도 적을 두고 있었다고 한다. 안익태의 필라델피아 시기는 첼리스트로서의 황금시기였을 뿐만 아니라 지휘자로서도 경력을 쌓는 중요한 시기였다고 알려져 있다. (전정임, 『안익태』, 시공사, 1998, 18-20쪽)

59) 특히 「어떤 젊은 예술가」(『신인문학』, 1935.4)는 제목도 흡사할 뿐만 아니라, 다루는 내용도 거의 일치하기 때문에 비교의 의의가 더욱 크다.

예술가」에서 B목사가 교회에서 연주할 기회를 마련해주고, 「미국 고양이」에서 "어떤 교수"(187)가 '스쿨보이'의 일을 소개해준 정도이다. 2장에서 살펴본 것처럼, 대부분의 미국 백인들이 인종차별주의자로 등장할 뿐이다.

그러나 『젊은 예술가』에서 미국에 사는 백인들은 모두 A와 K에게 여러 가지 도움과 온정을 베푼다. 이것은 「어떤 젊은 예술가」에서 "A가 지금 싸워 나가고 있는 세상에는 그를 도와주는-아니 그의 괴로움을 위로라도 해주는 사람이 하나도 없"(142)다고 여기던 것과는 매우 다르다. A는 "이 미국이라는 돈 세상에서 도무지 그의 예술을 빛낼 수 없다"거나 "동양사람 동양 사람 중에도 조선 사람"(144)이기 때문에 출세할 기회를 갖지 못하였다고 비관하는 모습까지 보여주었다.

『젊은 예술가』에서 처음 K가 세를 얻어 사는 집의 주인 할머니는 커티스 음악학교 장학생 입학 시험을 하루 앞둔 A를 위해 손자의 방을 임시로 빌려준다. A는 커티스 음악학교의 짐바리스트에게 일주일에 한 시간이라도 개인교수를 받고 싶다 부탁하고, 짐바리스트는 A의 부탁을 들어준다. 빤하우스 목사는 "아버님 같이"[60] K를 대해 주며, A에게도 여러 가지 도움을 준

60) 한흑구, 「젊은 예술가」 2회, 『새길』, 1961년 7 8월 합병호, 187쪽. 앞으로 이 작품에서 인용할 경우, 본문 중에 연재 횟수와 쪽수만 기록하기로 한다.

다. 빤하우스 목사는 윌리라는 노부부에게 A군을 소개하여, 윌리 부부는 "생활의 지장이 없어"(3회, 184)질 정도로 A를 도와준다. 시카고대학에서 첼로 독주회를 할 때는, 우리강습회회장인 P교수가 힘을 보탠다.

더욱 주목할 것은 은혜로운 미국인들이 한국의 독립과 발전에 큰 관심을 갖고 지원한다는 점이다. 짐바리스트는 "나라도 없는 한국학생이기 때문에 A군을 잘 지도해주려는 거요."(2회, 186)라고 말한다. 빤하우스 목사는 이미 "경북 안동읍에 선교사를 보냈고 안동에다 예배당을 경영"(2회, 187)하고 있으며, "한국, 한국사람을 늘 생각하고 도와주려고 노력하는 사람"(2회, 187)이다. 또한 그는 "한국이 독립만 하면 만사가 해결될 터인데!"(2회, 187)라고 말하며, 늘 한국의 독립을 성원한다. 이러한 특성은 "다른 미국의 지성인들도 그렇지만 이 목사님은 더 진실하게 성원하였다."(2회, 187)라고 하여, 미국 지성인 일반의 특성으로까지 확장된다.

이러한 도움들로 인해 A와 K 앞에는 별다른 난관이라고 할만한 것이 존재하지 않는다. 시카고 박람회에서는 "좋은 구경도 많이 하고, 돈도 꽤 많이 벌었"(3회, 189)으며, 시카고대학에서 연 첼로 독주회에서는 A가 "우뢰같은 박수를 받았으며 팔백육십 딸라의 수입"(3회, 191)을 얻는다. 마치 노력만 하면, 모든 꿈을 이룰 수 있다는 아메리칸 드림이 그대로 A와 K에게도 적용되는 곳이 『젊은 예술가』의 미국인 것이다.

일제 시기 한흑구 소설에 나타난 조선인 유학생의 고통스러운 삶은 당시 조선인 일반에게까지 적용되는 것이었다. 이와 비슷한 맥락으로, 해방 이후 한흑구 소설에 나타난 조선인 유학생의 무탈한 삶은 다른 조선인들에게도 해당된다. 『젊은 예술가』에서 조선인들은 「이민 일기」에서처럼 사회 최하층에서 중노동에 신음하기보다는 자수성가한 사람들로 그려진다. K는 시카고에서 한국실업가인 김경씨의 도움으로 박람회 회장 안의 프랑스회관에서 아르바이트 자리를 구한다.[61] 김경은 "시카고 중심지인 룹안에 있는 와싱톤 개피테리아라는 큰 식당을 경영"(3회, 187)하고 있다. 그는 "미국사람에 비해서도 부자에 속하는 사람"(3회, 187)이고, "한국학생들이나 교포들이 곤란에 빠지면 늘 도와주는 자선가"(3회, 187)이다. 그는 시카고지부의 회장이고 시카고 상공회의소의 의원이기도 하다.

시카고 한인 사회는 식당 사업에서 두각을 나타내고 있는데, 이러한 사업의 성공은 디트로이트의 한인 사회에서도 이어지

61) 음악콩쿨에 참석하기 위해 뉴욕에 갔을 때도, 한인들의 도움을 받는다. 음악콩쿨이 열리는 으리버싸이드 쳐취 아래에는 "뉴욕 한인감리교회당의 삘딩"(4회, 184)이 있으며, 이 교회당을 관리하는 윤목사는 방세도 받지 않고, 둘의 숙식을 해결해 준다.

고 있다.[62] 이러한 과정이 매우 상세하게 그려지며, "이런 모든 것이 도산선생의 교훈이었고, 김경씨의 노력이었다."(3회, 189)고 설명된다. 김경이 보여주는 상호부조의 정신은 "도산(島山) 선생의 교훈에서 온 것"(3회, 188)이다. 도산의 정신은 "도산선생이 계시던 서부로부터 중서부, 동부까지 다 펴져있었"으며, "미국안에 뿐만 아니라, 하와이, 멕시코, 큐바에 있는 교포들에게까지 도산선생의 교훈은 신한민보(新韓民報)를 통해서 늘 살아있었고, 늘 퍼져나가고 있었다."(3회, 188)고 설명된다.[63]

이와 같은 변화와 더불어 안익태의 표상도 변모한다. 「어떤 젊은 예술가」에서 안익태는 "빈한한 조선의 예술가"(141)로서 그려졌으며, 이 때 '조선'보다는 '빈한'에 초점이 맞추어져 있었

---

62) 한흑구가 자신의 유학생활에 대해 밝힌 해방 이후의 산문에는, 시카고의 한인과 관련하여 다음과 같은 내용이 나온다. 처음 미국에 건너갔을 때인, 1929년 3월 무렵에 "시카고에는 留學生이 三0여 명 있었고, 僑胞도 近 一00名이 살고 있었으며, 洋食堂을 경영하는 이들도 一三名이나 있어서 꽤 윤택한 生活을 하고 있었다.""(한흑구, 「巴人과 崔貞熙」, 『인생산문』, 일지사, 1974, 147쪽)는 것이다.

63) 한흑구는 『인생산문』에서 안창호가 절대적인 스승임을 고백하고 있다. "지나간 젊은 시절부터 지금까지 나의 생활을 움직여 주는 것은 島山 安昌浩 선생의 정신이다."(위의 책, 127쪽)라며, "나도 興士團의 일원으로서 하 자리에서 친히 그를 대할 기회를 五, 六 차 가질 수 있었다."(위의 책, 127쪽)고 말하고 있다. 그리고 도산의 핵심 사상으로는 "거짓 없는 진실"과 "務實力行"(위의 책, 128쪽)을 들고 있다. 한흑구가 도산의 사상에 연결되어 있음은 도산의 체포 소식을 듣고 지은 「잡혀간 님-도산 선생님께 드림」(新韓民報, 1932.10.6.)이라는 시에 잘 나타나 있다. "벌써 벌써 주고 간 님의 뜨거운 맘-아! 나를 어찌 떠나리이까?"라고 절규하는 이 시는 한흑구에게 도산이 거의 육친화된 숭배의 대상이었음을 증명하기에 모자람이 없다.

다.[64] 그러나 『젊은 예술가』에서는 '조선'의 의미가 크게 강조된다. 안익태는 단순한 음악가라기보다는 민족의 독립과 문명화의 사명을 짊어진 의인에 가까우며, 더욱 중요한 것은 그것을 성취하는 존재로 그려진다는 점이다. K는 A에게 세계일류가 되어야 한다며, 그것이 "우리 민족을 찾는 길"이자 "우리 민족을 세계에 알리는 것"(3회, 186)이라고 말한다. 그리고 안익태는 천재적 능력과 주변의 도움을 바탕으로 세계일류가 되는 것으로 작품은 끝난다. 이러한 안익태의 모습은 한흑구가 해방 이후 꿈 꾼 우리 민족의 이상적인 모습에 해당한다고 할 수 있다.

2) 사회진화론적 관점에서 표상된 미국

『젊은 예술가』에서 '은인으로서의 미국인'이 강조되는 것과 더불어, 문명의 상징으로 미국이 지닌 화려하고 기품 있는 모습이 강조된다. 「호텔 콘(HOTEL CONE)」에서는 위스콘신의 주청 소재지인 매디슨이 "조그만 도시"로 소개되며, 주인공이 "도서관, 박물관, 공원, 주립대학 등의 공공기관"(107)

64) 안익태가 처한 미국에서의 불우한 삶이 소설 전체를 통해 강조되는 것과 달리, '조선'의 의미가 부각되는 것은 "조선의 한 사람의 예술가가 세상에 빛나서 '조선'이라는 것을 세상에 아름다운 존재로 할 수는 있는 것이 아니냐?"(143)나 "그의 첼로소리는 꼭 '조선심(朝鮮心)', '조선의 설움', '조선의 애소(哀訴)'를 말하는 음색(音色)을 그가 가졌고나 하는 감각을 전하고 있다고 생각한다."(147) 정도의 언급만을 들 수 있다.

을 구경하였다고만 간략하게 언급된다. 또한 미국의 예술수준은 별로 높지 않은 것으로 그려진다. 시카고 미술학원에서 공부한 토마스는 "피카소의 그림 한 장이면 이 나라 그림은 비출데 없네."(110)라고 말하기도 한다. 미국의 미술은 "광고술(廣告術)의 실물품 외에는 특별한 것이 없고 아직 고전예술을 추적"(111)하는 수준으로 깎아 내렸던 것이다.

그러나 『젊은 예술가』에서 미국은 예술과 문명의 최첨단 도시로 새롭게 표상된다. 필라델피아, 시카고, 뉴욕과 같은 대도시를 배경으로 하여 그 곳의 선진적 풍물이 크게 강조되는 것이다. 세계적 명작들이 전시된 필라델피아의 로댕 기념관, 시카고의 번화가인 룹(Loop) 지대, 16차선의 쉐리단로드, 링컨 공원의 아름다운 풍경과 거기에 놓인 괴테와 쉴러 동상, 뉴욕의 유니온 스테이슌, 타임스스퀘어, 만하탄, 뿌로드웨이 116번가, 음악콩클이 열리는 으리버싸이드 쳐취(교회당), 넓은 자동차 도로, 헐슨강변의 공원, 와싱톤 뿌릿지, 강변에 서 있는 현대식 아파트와 병원, 사람들로 붐비는 뉴욕의 5번가, 화려한 뉴욕의 밤거리 풍경 등이 매우 매력 있게 묘사되는 것이다.

이러한 풍물들의 의미는 "나는 지금 인류의 행진 속에서 선두를 걷고 있다. 인류의 역사는 이 세계 제일의 도시에서 지금 바야흐로 기록 되어가고 있지 않는가! 사실, 지금 우린 인류행진의 선두에 서 있는걸세!"(4회, 186면)라는 K의 생각 속에 잘

압축되어 있다. 미국은 '인류행진의 선두'에 서 있는 문명의 선도자이며, 선진적 풍물은 이를 보증해주는 증거인 것이다. 식민지 시기 소설에서는 등장하지 않던 이러한 미국의 모습은 해방과 전쟁을 겪으며, 새롭게 형성된 당대의 미국관이 반영된 결과라고 할 수 있다.[65)]

나아가 아주 구체적으로 미국인의 입을 통하여, 한국전쟁 이후 한국사회에 형성된 한국의 미국관이 그대로 드러나기도 한다. 빤하우스 목사는 K에게 "미국사람들은 서로 도와주어서 다같이 독립생활을 하여야한다는 것이 우리의 정신인 것이야!"(2회, 188)라고 말한다. 또한 "하루라도 놀고서는 먹고 지낼 수가 없는 것이 미국"(3회, 186)이라거나 "미국서는 모든 것이 돈으로 움직이고, 돈으로 수지를 계산하였다."(3회, 190)라는 K의 생각이 등장한다. 이것은 한국전쟁 이후에 한국 언론을 통해 형상화 된 미국관, 즉 미국이 "'크고 부'한 '물질문명의 나라'이고, '공것이 없는' 나라이며, '치열한 경쟁'이 있는, 그러면서도 '개인 간의 협조와 조화도 잘 이루'어져 있는 나

---

65) 해방 이후부터 박정희의 본격적인 통치가 시작되기 이전까지, 한국인은 미국(인)에 대해 (무)의식적 선망을 품고 있었다고 이야기된다. (김덕호, 「한국에서의 일상생활과 소비의 미국화 문제」, 『아메리카나이제이션』, 김덕호 · 원용진 엮음, 푸른역사, 2008, 127쪽). 이 시기 한국인들은 미국을 "은혜의 나라, 문명의 땅"이자, 보고 배워야 할 "모범적인 나라"(한국생활사박물관편찬위원회, 『한국생활사박물관 12』, 사계절, 2004, 36쪽)로 여기게 되었다.

라"[66]라는 표상에 부합한다고 할 수 있다.

해방 이후 한흑구 소설에 나타난 미국 표상은 한국 사회에서 오랜 역사를 지닌 사회진화론적 입장에 바탕한 것이다. 사회진화론적 입장은 미국을 한없이 이상화하고, 우리가 추종해야 할 국가로서 여기는 태도를 말한다. 사회진화론적 입장에 따를 경우 발생하는 문제로는 '발전된 미국/저발전된 한국'이라는 수직적 위계를 생각할 수 있다.[67] 실제로 『젊은 예술가』에서는 뉴욕의 상점을 채우고 있는 "멋지고 새뜻한 상품들"(4회, 186면)에 비하면, "우리의 고향은 너무나 한심하고, 슬픈 곳"(4회, 186)이었다고 한탄하는 대목이 등장한다. 해방 이전 미국 배경의 작품에서는, 조선을 비하하거나 부정적으로 그린 대목이 부재한 것과 대비되는 모습이라고 할 수 있다.

'발전된 미국/저발전된 한국'이라는 수직적 위계는 해방 이후 창작된 장편 『마을을 내려다보며』(『농민생활』, 1956-1957)에서도 선명하게 나타난다. 『마을을 내려다보며』의 문철주는 한국의 전형적인 시골인 삼치골에 '현대적이고 과학적인 농촌'을 건설하고자 하는데, 이 때 미국은 대타자라고 할 정도로 문철주가

---

66) 김연진, 앞의 논문, 271쪽.

67) 유선영은 "식민 상황에서 자유와 풍요의 근대성을 향한 욕망이 만들어 낸 서구 백인, 미국에 대한 신화는 이렇게 그와 비교하여 스스로를 미개한 자, 열등한 자, 아름답지 못한 자, 약한 자, 가난한 자, 낙후된 자로 규정하는 식민지 주민들에게 자리 잡았다."(유선영, 앞의 논문, 68쪽)고 주장하였다.

지향하는 농촌의 절대적인 지표로서 기능한다.[68] 미국은 우리가 무조건 믿고 배워야 할 대상으로서, 제목인 '마을을 내려다보며'에서 내려다보는 주체는 바로 미국이라고 할 수 있다.

평소 문철주는 미국에서 온 농민 잡지를 읽으며, 미국 농장의 시설을 그림에서 볼 때마다 "잠을 잘 수가 없을 지경"[69]으로 동경한다. 문철주는 한 점의 의심이나 비판도 없이 "농사 짓기도 돼지 치기도 다 과학적으로 연구를 해서"(283) 시행하는 미국과 똑같이 농사를 짓고 가축을 기르고 싶은 욕망에 들려 있는 것이다. '선진국으로서의 미국/후진국으로서의 한국'이라는 구도는 이 작품의 핵심적인 주제를 이루며, 작품의 곳곳에서 반복해 나타난다.

> "땅은 좁고, 농민은 많고, 먹을 것도 적으니 어떻게 해야 우리가 살아나갈까 하는 것은 여간한 문제가 아니란 말입니다. 땅도 많고, 농사도 과학적으로 하고 있는 미국 같은 나라는 막대한 잉여 농산물이 연년이 쌓여지어서 우리와 정반대의 문젯거

---

68) 문철주는 서울에서 시골로 내려와 이상향을 건설하려고 하는 매우 이상적인 인간으로 그려진다. 시골에서 가축도 기르고 과수원도 하고 작물도 키우면서 꿈을 키운다. 철주는 농사나 축산만 하는 것이 아니라 개천 공사도 하고, 음력 대신 양력을 써야 한다는 등의 계몽운동도 펼친다. 이 과정에서 문철주만큼이나 이상적인 인물들인 상이군인 경득과 중학교 선생인 이상욱이 문철주를 돕는다.

69) 한흑구, 『한흑구 문학선집 2』, 민충호나 엮음, 아르코, 2012, 212쪽. 앞으로의 인용 시 본문 중에 쪽수만 표시하기로 한다.

리가 되지만. 먹을 것이 없어서 문젯거리가 되는 것과 먹을 것이 너무나 많아서 문젯거리가 된다는 것은 참 기가 막힌 대조이죠." (221)

"여러분도 다 아시다시피 우리나라에는 무엇보다 농촌의 현대화 과학화가 절대로 요망되고 있습니다. 현대에 있어서 모든 나라가 공업시대를 걷고 있지만, 공업의 원료를 제공하는 것도 농촌입니다. 미국 같은 나라는 공업의 원료를 원활하게 제공할 뿐만 아니라 식량은 몇 해를 두고 먹어도 부족함이 없을 잉여양곡 때문에 곡가 조절에 골머리를 앓고 있는 형편이 아닙니까. (중략) 어린이들과 늙은이들의 영양에 절대로 필요한 우유, 크림, 버터 등을 생산하지 못하는 나라는 현대국가라고 말할 수 없다고 어떤 이가 말하였습니다." (381-382)

첫 번째 인용은 문철주가 이선생과의 대화에서 나오는 말이고, 두 번째 인용은 문철주의 아들인 춘우의 미국유학 환송회에서 이선생이 하는 연설의 일부이다. 문철주와 이선생은 이 작품의 관점인물이라고 할 수 있으며, 이들의 발언에는 '미국/한국', '선진/후진', '우등/열등'이라는 선명한 이분법이 아로새겨져 있다. 미국이 "통조림 우유"(346)를 만들 정도로 발달한 곳인 것과 달리, 한국은 "독립이 된 지, 십 년이 넘어서도 남의 원조를 받아야 되니 민족의 장래를 생각할 때에도 한심하고, 암담하지 않을 수 없"(354)다고 일컬어지는 곳이다.[70)]

『마을을 내려다보며』에서 수남 아버지는 분단으로 고통 받으며 자립할 능력을 상실한 전후(이 작품의 시간적 배경은 1954년부터 1955년까지이다)의 한국인을 상징한다. 해방 이전 북간도에 있을 때 철주네 집의 일을 하던 늙은 수남 아버지는, 우연히 동대문 시장에서 철주를 만나 삼치골에 살게 된다. 북한에서 온갖 험한 일을 당하다 집안은 풍비박산 나고, 수남 아버지 홀로 월남한 것이다. 이런 수남 아버지에게 철주는 "그 악마 같은 공산주의의 악당들도 벌을 받고 다 망해버릴 겝니다. 그렇게 되면 새로 세운 대한민국이 남북을 통일하게 되고, 수백만 명이 만주에서 땀을 흘려 이룩한 땅의 권리도 찾을 수 있게 되겠죠."(280)라고 말한다. 모든 것을 잃어버리고, 가족과도 헤어진 채, 철주를 만난 이후에도 "매일같이 일만 하던 수남 아

---

70) 이 작품의 주인공인 철주는 농업생산량과 관련하여, 일제 시기보다도 못하다고 당대 현실을 진단하기도 한다. "왜정시대에도 쌀을 일본으로 오백만석 내지 팔백만석 가져갔어도 모자라는 일이 별로 없었고, 사과를 하얼빈이나, 싱가포르, 일본, 심지어는 영국 런던에까지 수출을 하고도 실컷 먹었는데 요새 사과는 몇 만 상자 수출을 한다지만, 나락은 몇 백만석씩이나 수입을 하게 되니 참으로 한심한 노릇입니다."(370)라고 말한다. 단편 「보릿고개」(『현대문학』, 1957.9)와 「귀향기」(『현대문학』, 1958.9)에서도 철빈의 고통에 시달리는 전후의 한국 풍경이 펼쳐진다. 「보릿고개」는 제목처럼 보릿고개라는 춘궁기의 고통스런 농촌이 묘사되고 있다. 사람들은 배가 고파 겨울내 간수한 종자를 먹고, 죽도 없어서 달래, 솔순, 솔잎 등을 먹는 극단적인 생활을 한다. 「귀향기」는 부산에서 양갈보로 살던 란이가 돈을 모아 고향으로 돌아오지만, 시골 사람들의 단순함과 어리석음에 결국 가출하는 비극적인 상황을 보여주는 작품이다.

버지"(356)는 결국 병으로 죽고 만다.

이 작품에서 문철주의 아들인 문춘우는 미국과 삼치골을 이어주는 중개자로서, 이 작품의 전망을 상징하는 인물이라고 할 수 있다. 문춘우는 과학을 좋아하며 관비생으로 미국 유학을 가려고 한다. 춘우는 "대학은 미국에 가서 해야지 연구를 할 수 있을 것 같아요."(262)라고 생각하는 것이다. 이 작품에서 미국은 그야말로 '희망' 그 자체이다. 춘우가 미국 관비 유학생 시험에서 통과되는 것이 핵심 내용인 14장의 제목은 '희망의 문'이고, 춘우가 미국으로 유학을 가는 것이 핵심 내용인 15장의 제목은 '희망의 나라로'일 정도이다.[71] 춘우는 아버지의 권유로, 오리건 주립대에 가서 "농산물, 축산물의 재배, 양육에 대한 화학적 연구"(369)를 하고자 한다. 이러한 공부는 이선생의 "춘우 군도 미국에 유학 가면, 우리들의 얘기를 잊지 말고 열심히 공부를 하여야 하네. 너희들 세대까지 이렇게 못살아간다면 한국은 아주 열등국가로도 존재해 갈 수가 없네."(371)라는 말에서 알 수 있듯이, 미국을 절대적인 스승으로 삼아서 열등한 상태를 벗어나 발전(진화)시키는 일에 해당하는 것이다.

이러한 사회진화론적 입장과 관련하여 『젊은 예술가』에는 식

71) 그러나 춘우가 미국 관비 유학생 선발 시험의 영어 과목에 떨어지는 것으로 설정되어 있는데, 이를 통해 미국과 한국 사이의 문명적 위계의 낙차를 다시 한번 강조한다.

민지 시기 소설에서는 상상하기 힘든 흑인에 대한 반응이 나온다. 그것은 집을 구할 때, “동양 사람이라고 거절”(1회, 130)을 당한 후에, “그러나 방 값이 싸고 방도 얼마든지 있지만 흑인들이 사는 동리에는 가고싶지가 않았다.”(1회, 130)고 고백하는 대목이다. 이어서 “나는 백인이 동양사람을 차별하는 것을 미워하고 원망하면서도 나 자신 흑인들과 가까이 하기를 꺼리워하고 싫어하지 않았는가.”라며, “사람이야말로 괴상한 감정을 가진 동물”(1회, 130)이라고 자기합리화를 시도한다. 이것은 해방 이전 작품인 「죽은 동무의 편지」에서 흑인들의 “설움을 같이 씹어보고 느껴보고”(246) 싶어 하던 것과는 매우 다른 모습이다. 이것은 사회진화론이 상정하는 위계화가 인종에 대한 위계화를 수반할 위험성과 연관된 것으로 볼 수 있다.[72)]

4. 결론

해방 이전 한흑구의 미국 배경 소설은 1932년부터 1937년 사이에 창작되었다. 이 시기에 창작된 소설에서 미국은 무엇보

---

72) 이것은 근대화의 이상적 모델을 서구로 상정한 20세기로의 전환기에 인종주의 담론이 조선에 생겨난 것에서도 확인할 수 있다. 1900년도 『제국신문』의 논설을 보면 백인종, 흑인종, 황인종의 신체적 특성을 비교하고 백인우월주의를 생물학적 그리고 역사적 진실로 간주하는 인식이 적나라하게 드러났다고 한다.(유선영, 앞의 논문, 65쪽)

다도 인종주의가 강력한 곳으로 그려진다. 이로 인해 조선인들은 심각한 고통을 당하는 것으로 반복적으로 형상화된다. 이러한 상황에서 조선인들은 중국인과 당시 미국 사회에서 가장 억압받는 인종인 흑인에 대한 강렬한 관심과 연대의식을 드러낸다. 이것은 조선의 식민지 상황에 대한 우회적 저항의 의미도 갖는 것으로 판단된다.

한흑구는 한국문학사에서 미국과의 관련성이 가장 깊은 작가이다. 그는 미국에서 6년간 수학하였으며, 미국에 관한 수많은 시, 소설, 수필을 창작하고, 미국 문학을 적극적으로 한국에 소개하였다. 특히 이 글에서 주목한 소설과 관련하여, 한흑구는 해방 이전과 해방 이후에 달라진 미국 표상을 살펴봄에 있어 매우 의미 있는 작가이다.

한흑구가 미국에 널리 퍼진 인종주의에 이토록 민감하게 반응할 수 있었던 이유로는 두 가지를 생각할 수 있다. 첫 번째는 한흑구가 유학했을 당시의 미국이 대공황이나 이민법 등의 영향으로 인종주의가 그 어느 때보다 극심했던 사회라는 것이다. 소설에 형상화된 인종주의는 한흑구의 직접적인 체험이 반영된 결과라고 할 수 있다. 다음으로는 한흑구의 기본적인 정신세계를 이루는 기독교와의 관련성을 고려할 수 있다. 한 연구자에 따르면 식민지 시기 조선의 프로테스탄트 교회는 정치적으로 불간섭주의를 고수했지만 기본적으로는 휴머니즘에 입각하여

"사회 정의, 인종차별주의 부인, 식민지 조선인들의 독립 열망 인정 등 초국가적인 교회"[73]를 지향했다고 한다. 유명한 목사를 아버지로 둔 한흑구 역시 프로테스탄트 교회의 영향력 아래에 있었고, 이러한 상황에서 자연스럽게 '인종차별주의 부인'이라는 문제의식을 갖게 된 것으로 판단된다.

그러나 이번에 발굴하여 소개하는 『젊은 예술가』를 살펴보면, 해방 이후 미국에 대한 한흑구의 표상 방식이 크게 변화했음을 알 수 있다. 미국은 인종주의의 나라라기보다는 한국인의 은인일 뿐만 아니라 문명의 선도자라는 의미를 부여받는 것이다. 이것은 해방과 한국전쟁을 겪으며, 한국 사회에 널리 퍼진 긍정적인 미국관이 반영된 결과라고 할 수 있다. 해방 이후 한국 사회에서는 "미국 정치와 문화에 대한 긍정적인 인식을 중심으로 매우 〈이상화〉된 미국관이 지배적"[74]으로 되었으며, 한국전쟁 이후에는 한국인의 대미인식이 "전보다도 더욱 긍정적이고 우호적인 것으로 강화"[75]되었던 것이다. 많은 사람들이

---

73) Robert Delavignette, J.R.Foster trans., Christianity and Colonialism, New York:Hawthorn Books Publishers, 1964, pp.104-105, 유선영, 앞의 논문, 71쪽에서 재인용.

74) 임희섭, 「해방후의 대미인식」, 『한국인의 대미인식』, 민음사, 1994, 231-236쪽.

75) 위의 논문, 237쪽. 대다수의 일반 국민들은 미국이 "〈가장 가까운 우방이고 혈맹〉일 뿐만 아니라 〈세계에서 가장 부강하고 선진적인 문화를 가진 나라〉라는 미국관을 가지고 미국을 동경하고 이상화하였으며 미국적 생활양식과 가치관을 피상적으로라도 모방하려는 태도를 가지고 있었다."(위의 논문, 243-244쪽)는 것이다.

미국은 문명화의 모범이며, 한국인은 미국을 잘 따르면 발전할 수 있다고 믿었던 것이다. 이러한 생각은『젊은 예술가』에도 잘 나타난다.『젊은 예술가』에서 안익태가 미국에서 성공하는 이야기는 다음과 같이 번역될 수도 있다. 미국인들은 한국에 대한 특별한 호의를 가지고 한국인을 도우려 하며, 한국인들은 그들의 도움을 받아 열심히 노력하면 세계 무대에서도 성공할 수 있다는 것이다. 이처럼 해방 이후 한흑구 소설에 나타난 미국 표상은 '선진/후진'이라는 이분법을 바탕으로 한 사회진화론적 입장에 바탕한 것이다. 이러한 특징은 해방 이후 창작된 장편『마을을 내려다보며』에도 분명하게 드러나는 특징이다. 이러한 사회진화론은 인종이나 민족의 위계화를 동반할 수 있는 위험성이 있으며, 이러한 위험성은 한흑구의『젊은 예술가』를 비롯한 다른 소설들에서도 발견된다.

한국문학사에서 미국과 가장 깊은 인연을 지닌 한흑구는 참으로 진지하고 깊이 있게 미국을 형상화하였다. 그가 문학적으로 형상화 한 미국은 한국문학이 가닿은 미국 이해의 정점에 해당한다. 이러한 한흑구 소설의 미국 표상은 해방을 기점으로, 크게 두 가지로 나누어 볼 수 있다. 식민지 시기에 창작된 소설에서 미국은 주로 인종차별주의가 만연한 부정적인 국가로서 형상화 되었다. 이와 달리 해방 이후의 미국은 사회진화론적 입장에 바탕해 한국이 믿고 따라야 할 모범으로 드러나고 있다.

이러한 변모는 당대 담론과의 밀접한 관련성을 지닌다는 점에서 그 문학사적, 사회사적 중요성이 더욱 크다고 할 수 있다.

참고문헌

1. 자료

한흑구, 『인생산문』, 일지사, 1974.

한흑구, 『한흑구 문학선집』, 민충환 엮음, 아시아, 2009.

한흑구, 『한흑구 문학선집Ⅱ』, 민충환 엮음, 아르코, 2012.

한흑구, 「젊은 예술가」, 『새길』, 1961.6.-10.

2. 논저

강철구, 「서론 : 서양문명과 인종주의」, 『서양문명과 인종주의』, 한국서양사학회 엮음, 지식산업사, 2002.

강호정, 「해방기 '흑인문학'의 전유 방식-한흑구, 김종욱의 '흑인시' 번역을 중심으로」, 『한국시학연구』 54, 한국시학회, 2018.5, 9-34쪽.

강호정, 「한흑구 시 연구-미국 체험의 시적 수용 양상을 중심으로」, 『한국시학연구』 57집, 한국시학회, 2019.2, 85-116쪽.

권택양, 「한흑구의 수필세계 : 보리와 농부의 관조, 죽음과 삶의 대조」, 『에세이 문예』 44호, 에세이문예사, 2015년 가을, 239-246쪽.

김덕호, 「한국에서의 일상생활과 소비의 미국화 문제」, 『아메리카나이제이션』, 김덕호 · 원용진 엮음, 푸른역사, 2008.

김덕호 · 원용진, 「미국화, 어떻게 볼 것인가」, 『아메리카나이제이션』, 김덕호 · 원용진 엮음, 푸른역사, 2008.

김시헌, 「한흑구의 수필과 인간」, 『좋은수필』 67호, 좋은수필사, 2017. 2, 34-42쪽.

김연진, 「'친미'와 '반미' 사이에서」, 『아메리카나이제이션』, 김덕호 원용진 엮음, 푸른역사, 2008.

김영기, 「생명의 바다, '동해' 탐색 : 한흑구의 수필 『동해산문』」, 『수필학』 10집, 한국수필학회, 2002. 11, 6-17쪽.

김용성, 『한국현대문학사탐방』, 국학자료원, 2011.

김지연, 「1920-30년대 캘리포니아 한인 사회 연구」, 『정신문화연구』 31권 4호, 한국학중앙연구원, 2008, 25-50쪽.

김지원, 「제1차 세계대전 이후 미국에서의 일본인 배척운동, 1919-1924」, 『미국사연구』 44집, 한국미국사학회, 2016.11, 289-318쪽.

김지원, 「한인 사진신부의 적응과 특성, 1920-1945」, 『세계역사와 문화연구』 55집, 한국세계문화사학회, 2020, 225-246쪽.

김진경, 「한흑구 수필 연구」, 이화여대 석사, 1991.

김휘열, 「해방기 『문화시보』의 매체적 위치와 의미 연구」, 『반교어문연구』 41집, 반교어문학회, 2015, 483-510쪽.

노선희, 「일본의 식민지적 통제와 미국 이민법의 네트워크」, 『사회와 역사』 129집, 한국사회사학회, 2021, 229-261쪽.

류영익, 「통시기적으로 본 대미인식-다섯 가지의 대미 고정관념」, 『한국인의 대미인식』, 민음사, 1994.

맹문재, 「한흑구 수필의 세계 고찰」, 『인문과학연구』 제19집, 안양대 인문과학연구소, 2011.12, 89-100쪽.

맹문재, 「한흑구의 시에 나타난 민주주의 고찰」, 『동서비교문학저널』 54호, 동서비교문학저널, 2020년 겨울, 189-206쪽.

박경태, 『인종주의』, 책세상, 2009.

박양근, 「한흑구의 수필론과 수필세계」, 『수필학』 10집, 한국수필학회, 2002. 11, 147-168쪽.

박유영, 「한흑구 수필 연구」, 동국대 석사학위논문, 2010.

박정숙, 「이양하 한흑구 수필 연구 : 노장사상적 측면에서」, 성신여대 박사학위논문, 2000.

박지영, 「해방기 지식 장의 재편과 '변역'의 정치학」, 『대동문화연구』 68집, 성균관대 출판부, 2009, 423-478쪽.

신문수, 『타자의 초상-인종주의와 문학』, 집문당, 2009.
양신호, 「대공황과 노동시장의 변화」, 『1930년대 세계 대공황 연구』, 양동휴 편저, 서울대 출판부, 2000.
양호민, 「일제시대의 대미인식」, 『한국인의 대미인식』, 민음사, 1994.
유선영, 「대한제국 그리고 일제 식민지배 시기 미국화」, 『아메리카나이제이션』, 김덕호 · 원용진 엮음, 푸른역사, 2008.
안성수, 「한흑구의 〈보리〉」, 『수필과 비평』 129호, 수필과비평사, 2012. 7, 50-75쪽.
이영조, 「한국 현대 수필론 연구」, 배재대 박사학위논문, 2007.
이행선, 「해방공간 '미국 대리자'의 출현, 조선의 미국화와 책임정치」, 『한국문학연구』 45호, 동국대 한국문학연구소, 2013.12, 269-304쪽.
이희정, 「식민지 시기 미국유학 체험과 자기 인식-한흑구 문학을 중심으로」, 『세계문학비교연구』 49집, 한국세계문학비교학회, 2014년 겨울호, 5-26쪽.
임희섭, 「해방후의 대미인식」, 『한국인의 대미인식』, 민음사, 1994.
장성규, 「식민지 디아스포라와 국제연대의 기억-한흑구를 중심으로」, 『한민족문화연구』 50집, 한민족문화학회, 2015.6, 393-413쪽.
전정임, 『안익태』, 시공사, 1998, 18-20쪽.
최호빈, 「민족문학의 기획과 외국문학 수용」, 『현대문학이론연구』 66집, 현대문학이론학회, 2016, 291-317쪽.
한국생활사박물관편찬위원회, 『한국생활사박물관 12』, 사계절, 2004.
한명수, 「한흑구는 민족시인이다」, 『포항문학』 46호, 포항문학사, 2019, 10-50쪽.

3. 국외 논문 및 단행본

小森陽一, 『인종차별주의』, 배영미 옮김, 푸른역사, 2015.
Delavignette, Robert, J.R.Foster trans., Christianity and Colonialism, New York:Hawthorn Books Publishers, 1964, pp.104-105.

Frankl, John M., 『한국문학에 나타난 외국의 의미』, 소명출판, 2008.
Hong, Cathy Park, 『마이너 필링스』, 노시내 옮김, 마티, 2021.
Rattansi, Ali, 『인종주의는 본성인가』, 구정은 옮김, 한겨레출판, 2011.
Tyson, Lois, 『비평 이론의 모든 것』, 윤동구 옮김, 엘피, 2012.

흑구 한세광은 민족시인이었다

한명수

한명수

- 1963년 출생. 문학평론가, 시인, 한흑구문학연구소장.
- 대구가톨릭대학교 대학원 종교학과 박사.
- 문학과 언어학, 철학과 미학, 신학과 종교학, 심리학과 상담학, 역사(교회사)학, 교육학, 그리스도교 종교교육(가톨릭 교리교육) 등 다양한 분야의 학문적 관심을 바탕으로 오랫동안 대구가톨릭대학교에서 가톨릭 사상과 윤리에 관한 강의를 함.
- 저서 문학평론집『수필의 정신세계』, 시집『꽃마중』 등 다수.

흑구 한세광은 민족시인이었다*

한 편의 시를 써도 나라를 생각하지 않을 수 없다.
– 한흑구, 『인생산문』 중에서

한명수 (문학평론가, 시인)

1

1929년 1월[1], 부산을 떠나 일본 요코하마 항에서 미국을 향해 가던 한흑구는 태평양을 건너 미국까지 따라온 한 마리 검은 갈매기를 보고 자기의 처지가 '조국도 잃어버리고 세상을 끝없이 방랑하여야 하는 갈매기 같은 신세'라 생각했다. 그래서 자

---

*《포항문학》 46호(2019)에 게재한 것을 수정 보완한 글임.

1) 한흑구가 미국 이민국에 도착한 날은 1929년 2월 4일이다. 이민국에서 수속을 마친 후, 2월 5일 오후 4시 기차를 타고 그의 부친이 있는 시카고를 향해 떠났다.(《신한민보》 1929년 2월 7일자.) 한흑구의 수필 「나의 필명의 유래」에 보면 "나의 스무 살 때, 아버님이 계시던 미국 시카고로 건너가게 되었다. 그때는 1929년 3월이었다."라는 기록은 오류이다. 한흑구가 미국 이민국에 도착한 날이 2월 4일인 것으로 보아, 그가 일본 요코하마 항에서 미국을 향해 출발한 날은 최소한 1929년 1월이라는 것을 알 수 있다. 그리고 「파인과 최정희」에 보면, "2월 23일 시카고에 도착한 지 일주일 후에 3·1절을 맞이하게 되었다."라는 기록 또한 이를 뒷받침한다.

기의 필명을 '흑구'(黑鷗), '검갈매기'[2]로 정하고, 약 50년 동안 수많은 문학작품을 남긴 그는 오늘날 수필 「보리」의 작가로 널리 알려졌다. 그가 우리에게 남겨놓은 작품이 수필 「보리」뿐만 아니라, 시적 언어로 그려낸 주옥같은 수필도 많고, 시와 소설, 평론, 논문, 논설문, 서간문 등이 있지만 그는 '수필가'로 많이 알려졌다.

한흑구의 수필을 비교적 쉽게 접할 수 있었던 것은 그가 지난 1970년대에 엮은 산문집 『동해산문』, 『인생산문』, 『보리』 등을 통해서이다. 우리나라 정부 수립 후 정부에서 국민교육의 한 방편으로 그의 수필 「나무」, 「보리」, 「닭 울음」 등을 교과서에 수록하면서 그의 인지도가 더욱 높아졌고, 거기에다가 여러 평론가와 작가들, 그리고 연구자들의 논평에 힘입어 한흑구는 '시적 수필을 쓰는 수필가'로 자리매김하게 되었다. 만약에 그의 시가 국민교육의 중요한 작품으로 평가를 받고 교과서에 수록되거나 대중의 사랑을 받는 시 한두 편 정도가 회자하였다면, 다른 칭호가 그를 수식하고 있을지도 모르겠다. 그가 시와 수

2) '검갈매기'라는 용어는 한흑구가 그의 필명으로 사용한 '흑구'라는 한자어를 순우리말로 풀어 '검갈매기'라고 사용한 것이다. 이는 미국에서 활동할 때나 유학을 마치고 조선에 귀국하여 작품을 발표할 때나 '검갈매기' 혹은 '흑구'라는 필명을 사용한 것을 확인할 수 있다. 그의 사후 많은 이들이 그를 칭할 때 '검은 갈매기'라는 용어를 사용해왔는데, 정작 한흑구는 자신을 '검은 갈매기'라고 말하지 않았음을 고려할 때, 우리는 그를 '검갈매기'라고 칭하는 것이 맞고, 이렇게 하는 것이 그에 대한 예우라고 생각한다.

필, 소설, 평론, 논문 등을 쓴 작가라는 사실은 일부 연구자들 사이에는 공유된 정보이지만, 그가 생전에 시집이나 소설집, 평론집을 발간한 적이 없기에 실제로 그런 작품의 실체를 접한 연구자들도 그리 많지는 않다.

한흑구가 시인이었다는 사실을 말하면 적잖이 놀라는 이들도 있다. 더군다나 일제의 압박과 박해를 견디며, 꿋꿋하게 민족의 자존심과 자리를 지킨 민족시인이었다는 사실을 말하면 어떤 이들은 놀라움과 함께 더욱 존경의 마음을 가지기도 하였다. 그가 민족시인이라는 사실이라는 것을 처음 듣는 이들도 많을 것이다. 그도 그럴 것이 2020년 현재까지 발굴한 그의 시작품 중에서 마지막 작품으로 추정되는 1940년 6월에 발표한「동면」(冬眠) 이후의 작품들이 발견되지 않을 뿐 아니라, 생전에 그가 엮은 시집도 없고, 또 누가 시를 모아 펴내려는 노력도 없었기에 우리는 참으로 오랜 시간 그의 시를 만날 기회가 적었기 때문이다. 물론 미주 한인 작가들의 작품을 소개하는 글에 일부 게재되기도 하였고, 2009년의『한흑구 문학선집』과 2014년에『한흑구 시선』이, 2019년에『한흑구 시전집』이 나와 관심 있는 이들의 사랑을 받고 있지만, 대중적으로 널리 알려지지는 않았다.

필자는 지난 몇 년간 그의 작품을 찾았다. 그가 발표한 작품들을 모아 정리하면서 몇 번이나 가슴이 먹먹해지는 순간을 맞이했는지 모른다. 그의 시편 상당수가 국권을 상실한 조국과 민족의 슬픈 현실을 노래하거나, 조국의 독립을 기다리며 그 꿈을 잃지 않기를 독려하고 갈망하는, 우리 민족의 정신을 되살리고 이어가려는 의지가 담긴 시편이 많았기 때문이다. 그가 남긴 시편의 많은 작품이 민족의 자존심과 우리의 자리를 지키려는 의지를 담고 있고, 잃어버린 나라를 되찾기 위한 절절한 마음을 표현하고 있어 향후 그의 작품 전체를 심도 있게 연구하는 것이 바람직할 것이라고 본다. 이 글에서는 한흑구가 남긴 시편 중 몇 편을 통하여 그가 민족과 고국을 걱정한 애국시인이요 우국시인이며, 우리 민족의 얼을 지킨 민족시인이라는 사실을 말하고자 한다.

2

한흑구는 1909년 평양에서 태어나 유년 시절에는 평양 산정현교회(山亭峴敎會)에서 교육을 받았고, 평양의 숭덕학교

(崇德學校)와 숭인학교(崇仁學校)를 졸업한 후[3], 서울 보성전문학교 수학 중 1929년 그의 아버지 한승곤(韓承坤)이 조국의 독립을 위해 활동하던 미국으로 유학을 떠났다. 그가 20세 되던 해였다. 미국에 도착한 그는 학업을 위해 루이스 학원(Louis Institute)에 입학한 후 노스 파크대학(North Park College)에서 영문학을 공부하고, 이어 템플대학교(Temple University) 신문학과(School of Journalism)에서 공부하였다. 미국으로 유학 떠나기 전 1925년에 고향의 문학 소년들과 '혜성(彗星)' 문학 동인 활동을 하였고, 1926년에는《진생(眞生)》에 시를 발표하고, 서울의 보성전문학교 시절이었던 1928년에는《동아일보》에 수필을 발표하는 등 이미 문학 창작

3) 한흑구에 관한 기록들을 보면, 한흑구가 '숭덕보통학교 졸업', '숭인상업학교 졸업'한 것으로 표기된 것이 많다. 누군가가 기록한 그 최초의 기록에 대한 검증 없이 인용이 반복되면서, 한흑구의 이 기록은 고착되는 분위기이다. 필자는 한흑구의 학력에 관한 이 기록이 '숭덕학교 졸업'과 '숭인학교 졸업'으로 정확하게 기록되길 희망한다. 이는 한흑구가 1930년 미주 흥사단원에 가입하면서 단우 기록을 작성할 때, 본인이 직접 '숭덕학교 졸업'과 '숭인학교 졸업'이라고 하였고, 실제로 그러한 사실에 근거를 둔다. 숭덕학교는 1984년 평양의 관후리에 처음 설립되었고, 1908년 보통과 4년과 고등보통과 2년의 학제를 갖추고 고등과 교육을 시작하였고 1914년 고등보통과는 4년제로 학제를 개편하여 운영되었다. 이후 1922년 숭덕학교는 고등보통과를 '숭인학교'라는 이름으로 분립하고 5년제 학제로 개편한 후, 총독부에 설립허가원을 제출하였지만 불허되었다. 그 후 비교적 설립허가가 쉬운 상업학교 설립인가를 신청하여 1931년 1월 각종실업학교로 인가를 얻고, '숭인상업학교'가 되었으며, 1935년 제1회 졸업생을 배출하였다. 이때는 한흑구가 1934년 미국 유학 중 귀국하여 평양에서《대평양(大平壤)》을 주재하던 시기이다. 한흑구의 학력에 관한 기록에서 그가 '숭인상업학교'를 졸업하였다는 것은 '숭덕보통학교 졸업'은 '숭덕학교 보통과'의 오류이며, '숭인상업학교 졸업'은 '숭인학교 졸업'의 오류이다.

활동을 하였다.

그가 7살이 되던 1916년, 중국 상해를 거쳐 미국으로 망명을 떠나는 아버지와 이별의 아픔을 겪었다. 그로부터 3년 뒤, 당시 숭덕학교 학생이었던 그는 우리 민족의 거사였던 3·1독립운동의 한가운데 있었다. 한흑구는 평양 숭덕학교 학생이요 산정현교회 주일학교 학생으로서 그리스도교적 민족교육을 받고 있었다. 당시 산정현교회의 담임 목사는 강규찬(姜奎燦)인데, 105인 사건 때 옥고를 치르기도 하였던 그는 3·1독립선언 때 평양의 만세 운동을 주도하였다.

1919년 3월은 한흑구가 만 10세가 되던 해였고, 3·1독립선언 때 한흑구도 그 운동에 참여했다. 그가 참여한 당시의 상황을 간단하게 말하면 이러하다. 거사가 있기 전 이미 한 달 전부터 독립선언을 준비해온 교회 관계자와 숭덕학교 교사들은 1919년 3월 1일 오후 1시 평양의 장대현교회와 붙어 있는 숭덕학교 운동장에서 광무황제 봉도식을 열고, 이어서 독립선언식을 열었다. 김선두(金善斗) 목사의 사회로 진행된 독립선언식은 단상에 대형 태극기를 걸고, 정일선의 독립선언서 낭독-강규찬의 독립운동 연설-윤원삼의 만세 삼창으로 이어졌다. 선언을 마친 군중들은 숭덕학교와 숭현학교의 교사와 학생들이 준비한 태극기를 흔들며 시내 행진을 시작하였다. 이 운동에 한흑구가 참여한 것이다. 우리는 미북장로회 선교사 번하이젤(C.F. Bernheisel)의 기록에서 이것을 확인할 수 있다. 그가 쓴 보고서에 이런 내용이 있다.

> 한국인들 사이에는 요 며칠 동안 분명히 억누른 흥분이 감돌고 있고, 우리는 그때에 무엇인가 중요한 일이 일어나리라는 소문을 많이 들었다. B씨 그리고 나는 그 모임에 직접 참가해서 우리 눈으로 무슨 일이 일어나는가를 보기로 하였다. AA의 F씨도 후에 늦게 와서 운동장 뒤편에 서 있었다. 운동장은 3,000명의 인파로 발 디딜 틈이 없었다. 우리는 아주 앞쪽의 한쪽 열 옆으로 자리가 비어 있는 것을 보았다. 우리의 모든 교회학교와 대부분의 공립학교에서 온 학생들이 참석하였다. (중략) 이 회합이 진행된 때는 일본 경관 수십 명이 달려와서 이 운동의 지도자들을 체포하려 하였으니 수천 군중이 달려들어 우리를 전체로 잡아가라고 고함과 반역을 하니 그들은 실색을 하고 달아나 버리고 말았다. 큰 태극기를 선두에 내세우고 해추골로 시가행진을 하려고 나와 본 즉, 거리는 인산인해를 이루고 만세를 부르고 있었으며 좌우 상점에는 눈부시리만큼 태극기가 게양되어 있었다. 일장기가 삽시간에 변하여 태극기가 된 것은 장차 일본이 한국의 국권 앞에 머리 숙일 예표인 양 보였다.[4)]

---

4) 김승태, 「평양에서의 3·1운동」, 『서울과 평양의 3·1운동』, 서울역사박물관, 2019, 278쪽.

번하이젤(C.F. Bernheisel)은 한흑구의 부친 한승곤 목사와 함께 평양 산정현교회에서 활동한 선교사로서 평양지역의 교회학교 설립에도 지대한 공헌을 하였고, 평양에서 일어난 3·1운동의 현장을 목격하고 보고서[The Independence Movement in Chosen. Pyengyang, Chosen, March 1st, 1919.]를 작성한 사람이다. 당시 '모든 교회학교'의 학생들이 참석한 이 운동에 번하이젤이 구체적으로 한흑구의 이름을 거론하지는 않았지만, 한흑구가 현장에 있었다는 것은 충분히 짐작할 수 있다. 그리고 이런 사실을 확인할 수 있는 그의 시가 있다. 바로 「3월 1일!」이라는 작품이다. 그 가운데 일부를 인용하면 다음과 같다.[5)]

이 위대한 한날의 선언은
사천 년 내 정신을 밝히려는
새 조선의 행진곡이었노라!

아버지는 창끝에 찔려 넘어졌고,
어머니는 머리 풀려 엎드러졌고,
형은 총에 맞아 죽고,

---

5) 이하 시들은 『한흑구 시전집』(한명수 편, 마중문학사, 2019.)에서 인용하였다.

사돈은 뒷짐 지워 옥에 갇히고,

나와 동무는 도망하여 나왔노라!

–「3월 1일!」 중에서

이 시는 1933년 3월에 쓴 시이다. 1919년의 경험을 바탕으로 3·1독립선언이 있은 지 만 14년이 되던 해에 그가 당시의 독립선언과 만세 운동에 대한 의미를 '새 조선의 행진곡'으로 규정하고, 자신이 경험한 것을 시로 형상화한 작품이다. 그는 평양 숭덕학교 마당에서 시작한 만세 운동에 참여하고 사람들이 죽어가는 모습을 그리고 있다. '아버지는 창끝에 찔려 넘어졌고, / 어머니는 머리 풀려 엎드려졌고, / 형은 총에 맞아 죽고, / 사돈은 뒷짐 지워 옥에 갇히고, / 나와 동무는 도망하여 나왔노라!'라고 노래하는 그 주인공, 시적 자아의 '나'는 바로 한흑구이다. 물론 여기서 말하는 아버지는 한흑구의 부친 한승곤 목사를 말하는 것은 아니다. 그의 부친은 1919년 당시 미국 흥사단(興士團) 본부의 의사장(議事長)을 맡았기 때문에 평양의 만세 운동 현장에는 있을 수 없었다. 실제로 창에 찔린 아버지는 친구의 아버지나 동네 어른을 상징하는 것으로 판단된다. '나와 동무는 도망하여 나왔노라'라고 하는 것은 자신의 체험이다. 그가 만세 운동에 참여하고 일경에게 체포된 상태에서 도망하였는지, 아니면 사람들이 무리를 지어 가는 가운데 일경의 진압에서 도망쳐 나왔는지 구체적으로 알 수는 없지만, 한 가지 분명한 사실은 그가 바로 그 만세 운동에 참여했다는 것이다.

그의 아버지 한승곤은 평양신학교를 졸업하고 1913년 평양 산정현교회 초대 목사로 활동하였다. 1916년 미국으로 건너가 대한인국민회 북미지방회에 소속되었다. 그리고 교민들에게 성경을 가르치면서 목회를 했다. 그리고 노동과 농업에 종사하면서 독립운동을 하였다. 시카고 한인감리교회, 로스앤젤레스 한인감리교회, 다뉴바 한인장로교회 등에서 시무하면서 1919년에는 흥사단 본부 의사장에 선임되면서 흥사단 활동에 적극적으로 참여했다. 1924년 미주 흥사단 단우 수가 고국에서 온 유학생들로 인해 많이 늘어날 때 한승곤은 이사부장에 선임되어 문명훤, 홍언 등과 함께 이사부를 이끌었다. 1925년 1월 1~2일 미주 로스앤젤레스 청년회관에서 개최된 흥사단 제11차 서부대회는 도산의 미주순방 일정에 맞춰서 일정이 조정되었는데 한승곤은 문명훤, 홍언, 장리욱과 함께 행사를 주관하여 대회 사회를 직접 맡아 진행했다. 1930년 12월 27~28일, 뉴욕한인기독교회당에서 제17차 뉴욕대회가 개최되었는데 한승곤이 대회 주석으로 대회장을 역임했다. 1936년 5월 17일 개최된 북미대한인국민회에 대표로 참석하여 대한민국임시정부 재정후원과 항일 독립운동 세력 규합 등의 문제를 논의한 후 1936년 6월경 귀국하면서, 국내에서 다시 동우회를 통하여 독립운동을 추진하다가 1937년 소위 수양동우회 사건으로 일경에게 체포되어 1940년 8월 21일 경성복심법원에서 소위 치안유지법 위반으로 징역 2년에 집행유예 3년을 받았다. 정부는 1993년 건국훈장 애족장을 추서하였다. 한승곤 목사는 조선에서나 미국에서나 한글 교육에 힘을 썼으며, 다음 세대의 교육과 민족교육을 중심으로 한 우리 민족의 얼을 키우는 데 가장 기본이 되는 우리글과 철자법을 표준화하려는 노력을 기울이기도 한 독립운동가 아버지를 찾아 미국으로 떠난 한흑구 역시 미국 땅에서 본격적으로 독립운동을 하였다.

3

한흑구가 미국에 도착한 1929년 2월은 3·1독립선언기념 10주년을 앞둔 시기였다. 그가 시카고의 오크데일(Oakdale)에 있는 한인예배당에서 시카고 한인 유학생 환영 모임에 참석했을 때, 당시 시카고에서 생활하던 이들이 그에게 조선에서 보고 겪었던 일을 동포들에게 들려주기를 권했다. 그래서 한흑구는 자신이 보고 들은 바를 이야기를 했는데, 그는 당시의 상황을 이렇게 기록하고 있다.

2월 23일 시카고에 도착한 지 일주일 후에 3·1절을 맞이하게 되었다. 신도학우인 나에게 고국에 대한 소식을 전하는 이야기를 하라고 권해왔다. 그때 시카고에는 유학생이 30여 명 있었고, 교포도 근 100명이 살고 있었으며, 양식당을 경영하는 이들도 13명이나 있어서 꽤 윤택한 생활을 하고 있었다. 옥데일 아베뉴에 자리하고 있던 한국교회당에서 저녁에 3·1절 기념회가 열리고 교포들이 거의 다 모이게 되었다. 내 차례가 되어서, 나는 고국의 슬픈 소식을 눈물을 흘리면서 전하여주었다. 날마다 동포들이 생활고에 쫓겨서 남부여대하여 만주와 서북간도로 유랑의 길을 떠나는 사람들이 해마다 몇 만 명인지도 모른다는 사정과, 언론과 결사의 자유가 없을 뿐만 아니라, 〈요시찰인의 명부〉라는 것을 만들고, 기념행사나 결사조직이 있으리라고 생각이 되면 미리 〈예비검속〉을 하는 비인도적이고 비법적인 강압 정책을 함부로 쓰고 있는 일제의 극악무도함을 호소했다. 청중도 나도 비분과 격동의 눈물을 흘렸다.(한흑구.『인생산문』147쪽.)

한흑구는 그렇게 3·1절 10주년 기념일을 맞이하였고, 그 비감(悲感) 어린 시「그러한 봄은 또 왔는가」를 발표하였다. 그가 고향에서 보아온 장면과 상황을 그리며, 주권 상실 앞에 민족이 저항하며 일어선 그 부르짖음의 봄이 또 왔는가를 묻지만, 그 이면에는 자신이 처한 현실적 비감이 깔려 있다. 주권을 빼앗긴 조국의 현실과 고향에 어머니와 누이를 두고 아버지를 찾아 멀리 미국으로 건너온 자신의 처지가 잘 드러나 있다.

1

대동강 얼음이 풀리면
뱃노래 포구에 어즈럽고
뒷마을 거라지 떼-
한숨에 젖어 빨래하는 내 고향
아! 그러한 봄은 또 왔는가-
강물 위에 웃음 띄워 또 노래 띄워
청춘의 귀한 생명 불타는 노래여!
능라도 실버들 땅에서 높아지고
반월도 흰 모래 위에 조약돌 드러나는
아! 빛 낡은 내 고향!
그러한 봄은 또 왔는가!
진달래 꽃향내 목단봉 위에 사라졌으나
꽃 구경군의 발자국 더욱이 어즈러움이여!
빛 낡은 유정 아래 늙은이의 담뱃대 터는 소리
아! 내 고향 산천에 내 고향 산천에
그러한 봄은 또 왔는가!

2

새벽부터 어즈러운 기적 소리에
밥그릇 옆에 낀 허리 굵은 뒷마을 사람들
눈 비빌 새도 없이 공장에 가는 무리들이여
젓 달라고 우는 애 울음 귀에 담았는가!
아직도 그 모양 내 눈에 빗긴– 아 내 고향!
그러한 봄은 또 왔는가
무리를 위한 무리들의 부르짖음이여!
아직도 그 부르짖음 나 이곳서도 찾나니
그나마 내 귀에 멀어질 때면
원망할 리도 없는 내 고향아!
부르짖음의 봄!
생명의 봄!
그러한 봄아! 또다시 왔는가!
그러한 봄이여! 그대 품에 또다시 왔는가!

3

봄이야 안 왔으려고
눈살을 찌푸리고 이마에 놋 얹으라만!
오가는 봄 하나이언만 ……
내 고향의 봄 몇인가! 난 몰라!

멀고 먼 물 밖에서
옛꿈을 그림 하면 문걸쇠 잡으니
조는 듯 꿈인 듯 봄 바다 위에
크고도 작은 소리- 굵고도 가는 소리-
아침부터 내 가슴을 울려주네-
아침부터 내 가슴을 울려주네-
봄 바다를 건너는 내 고향 소리가 ……

-「그러한 봄은 또 왔는가」 전문

시인은 고향에서 보아온 장면과 상황을 담은 그 부르짖음의 봄이 또 왔는가를 물으면서도 새로운 봄이 가져오는 그 새로움과는 달리 아무런 변화가 없는 것 같은 고국의 봄에 대해 안타까움을 드러내고 있다. 그 안타까움은 '옛꿈을 그림 하면 문걸쇠 잡'는 모습으로 나타나지만, 마침내 '조는 듯 꿈인 듯 봄바다 위에' 옮아간 자신의 마음은 하나의 환상 안에 놓인다. '크고도 작은 소리- 굵고도 가는 소리-', '봄 바다를 건너는 내 고향 소리가' 화자의 마음을 울리는 것으로 묘사하고 있다. 그 소리는 고향의 가난한 사람들이 부르짖는 고통의 소리이기도 하고, 우리 민족이 항거하는 소리이기도 하다. 복합적으로 울려오는 그 소리가 바로 고향의 소리가 된다. 상실과 부재에 대한 복원의 꿈, 그리고 그것에 대한 슬픔과 현실적 한계에 대해 안타까움이

혼재된 시를 발표한 다음, 이어서 그는 미국독립기념일을 맞아 기쁨이 가득한 미국인들의 모습과 국권을 상실한 우리 민족의 슬픔을 대비한 시 「7월 4일」을 발표한다.

7월 4일! 누구나 맞는 오늘이지만
이 땅의 사람들은 왜 그리 기뻐하누 —
나는 혼자 이 땅의 거리 위에서
가슴을 안고 숨차게 돌아단기네 —

부러움과 부끄러움 속에
거리 모퉁이에 우두커니 혼자 섰네 —
그러나 내 가슴 끓는 소리
내 다시 주먹을 불끈 쥐고 이 거리를 달음질치네 —

– 「7월 4일」 중에서

7월 4일은 미국의 독립기념일이다. 나라를 잃고 멀리 미국 땅에서 고학 생활을 하는 그에게 미국인들이 그들의 독립기념일을 즐기는 모습을 보고 어찌 만감이 교차하지 않았겠는가? '부러움과 부끄러움'이라는 말로 대변되는 그의 심장은 조국의 독립을 향한 강한 결심의 피가 끓어오르고, '다시 주먹을 불끈 쥐고 이 거리를 달음질치'는 모습을 보여준다. 이 작품은 당시 미주 한인문단에서 평론가요 흥사단의 단우로 독립운동을 하던 이정두의 호평을 받았다. 그의 논평을 인용한다.

한세광 씨의 「7월 4일」이라 한 시는 성공한 시다. 작가의 내용 사상이 풍부하니 만큼 그 표현도 현저하다. 지교의 표현이 순하면서도 그의 내면생활을 잘 표현시킨 시다. 나는 이 시의 제3장과 4장을 재삼 독하였다. 끝에 가서는 나도 그와 같은 동감을 가졌다. 독자로 하여금 작가의 본감과 동감을 느끼게 함은 실로 시인의 능란한 수단이다. 나는 저윽이 우리 미주 문단에도 이러한 시가 있음을 볼 때 위안을 얻었다. 그의 작품 중 수장을 소개하건대(이정두는 필자가 위에서 인용한 시를 이 글 다음에 인용함-필자 주), 과영 그럴 것이다. 7월 4일은 누구나 다 같이 맞는 날이다. 더욱이 미국에서 쓰라린 생활에 갖은 고통을 당하는 우리도 맞기는 맞는다. 그러나 남들이 기뻐할 때 우리는 왜 가슴을 부둥켜 쥐고 숨차게 방황하는가! 명절날을 당하여 가난한 집 아이가 부잣집 담 구멍으로 들여다보고 갔을 때 만일 그 아이가 의심이 없었다면 얼마나 가지가지의 생각이 번민과 함께 쏟아져 나오겠는가! 남들은 기뻐서 춤추고 잘 놀건만 그것을 못하는 그들에게는 명절이 와도 다 막 병들어 생명이 없어져 가는 이의 슬픔일 것이다! 자유를 위하여 남녀노소의 무수한 생명을 영국 군사의 창금 밑에서 피를 나누며 지던 난리는 지나갔다. 그러나 오직 그들의 공훈이 빛나는 비석과 일억 이원만의 웃음소리는 남아 있다. 그것은 아침부터 저녁까지 밤 깊은 줄 모르고 오늘의 황금국의 찬미를 진동하는 것이다. 우리도 마땅히 기뻐하여야 될 것이다. 남이 잘 되는 것을 볼 때…… 그러나 왜 작가와 같은 우리는 웃음 찬 그날에 가슴을 안고 거리모퉁이에서 방황하였는고-부러움과 부끄러움 속에서- 그러나 그는 부러움과 부끄러움에서 고개를 숙이지 아니했다. '그러나 내 가슴 끓는 소리 / 내 다시 주먹을 불끈 쥐고 이 거리를 달음질치네 —' 한번 다시 독자에게 쾌감과 흥분을 주었다. 그의 가슴 끓는 소리는 그로 하여금 주먹을 쥐게 하였고 달음질치게까지 하였다. 아마도 그가 주먹을 쥘 때는 이빨을 악물었을 것이고 달음질할 때는 발소리가 힘차게 땅을 울렸을 것이다.[6)]

이정두의 표현대로 20세의 청년 한흑구는 그렇게 이국땅에서 서러움을 딛고 민족 독립을 향한 강한 의지를 불태우며 살았다. 일제의 압제에 항거하는 물리적 전쟁을 수행하는 것은 아니지만, 그에 못지않은 정신적 무장을 통하여 극일의 길을 모색하는 그의 투쟁 방식은 도산 정신을 바탕으로 한 우리의 문화적 성숙을 통한 우리 민족의 정신적 단결을 촉구하는 일이

6) 이정두, 「1년시단 총회고」, 《신한민보》 1929년 12월 12일자.

었다. 구체적으로 이렇게 말하였다.

> 우리 민족의 가장 미워할 약점은 거짓을 일삼는 데 있다고 생각한다. 권력에 아부하는 것도 거짓이요, 사리(私利)를 위해서 남을 속이는 것도 커다란 거짓이다. 우리는 자아의 진실을 찾고, 애족애국의 진실한 정신을 찾아서 하나의 가정과 부락과 국가 사회를 이룩하는 데에 기초를 삼아야 할 것이다.(『인생산문』 127-128쪽.)

그는 조국 독립을 위하여, 그리고 독립 후 민족의 미래를 어떻게 열어갈 것인가에 대한 고민을 하며, 젊은이로서 국가 사회에 어떻게 기여할 것인가를 모색하기도 했다. 그는 당시 미주 사회의 청년들이 분열되는 모습을 보고, 「그대여 잠깐만 섰거라」를 발표하면서 미주 사회의 청년들이 우리의 현실을 직시하고 일치단결할 것을 촉구하기도 하였다. 그 내용의 일부를 보자.

> 그대의 갈 길은 오직 한곳에 있나니 해 뜨는 동편 하늘 아래로 그대는 나갈 것이다. 오직 동편이다. 서편도 아니요 북과 남도 아니다— 지금이라도 그대는 다시금 명예와 세력의 노예가 되지 말고 한곳에 모여서 한 깃발 아래에서 고함 소리를 합하여라—

먹을 것 없는 사람에게 명예와 지위만이 쓸데없는 것이다. 그대여! 작은 돌을 들어 큰 돌을 치여 보라! 오히려 작은 돌이 세어질 것이다. 어느 때든지 큰 힘을 이기려는 작은 힘은 합치어야 될 것이다. 그대여! 만일에 너희 가운데 나라의 이름을 팔며 사리를 도모하는 가가 있느냐! 만일 만일 나랏일을 빙자하고 사리를 취하는 자가 있거든 그는 도저히 용서할 수 없는 것이다. 그는 이완용에 몇 백 배 더 악한 매국자일 것이다— 그대여! 그대는 무엇을 배우는가? 젊은 청춘을 그대로 썩히면서 그대는 무엇을 배우는가— 그대는 참으로 위대한 자다. 그대야말로 새로운 나라의 어머니요 지도자일 것이다— (현대어 필자) (《신한민보》 1929년 6월 27일자.)

한흑구는 당시 미국에 거주하고 있는 젊은이들, 특히 공부하는 젊은이들을 대상으로 이 글을 썼다. 젊은이들이 민족의 독립을 위하여 투신할 것을 호소한 이 글은 조국의 독립을 위하여 우리 젊은이들이 무엇을 해야 하는가에 초점이 맞추어져 있다. 20세의 젊은 작가 한흑구는 이후 다양한 학생 활동 속에서 자신의 위치를 공고히 하는 모습들을 볼 수 있는데, 그의 이런 면모를 가늠할 수 있는 작품이라는 것도 중요한 사실이다.

청년 한흑구, 그는 이국땅에서 유학하면서도 조국의 잃어버린 주권을 되찾기 위한 자신의 마음이 흐트러지지 않도록 노력하였다. 고학 생활의 어려움 속에서도 조국을 향한 그의 마음은 변함이 없었고, 그 마음을 '님'을 향한 고백으로 드러내었다.

호미를 들까!
칼을 들까!
내 팔의 힘을
정성 다해 살펴보네-

이것저것
모두 내 님을 위함이어니
내 이제 숨김없는 내 가슴의 피로
님 위해 끝내 노래하려네-

-「무제록」 중에서

그는 알고 있었다. 지금 당장 총칼을 들고 일제와 맞서 싸우는 것도 중요하고, 내일의 조국을 위하여 힘을 기르는 것도 중요하다는 것을. 한흑구는 이제 미국 땅에 들어온 지 10개월 남짓한 시간이 흘렀고, 무엇보다도 조선의 내일을 위하여 지금 그가 할 일은 열심히 공부하고, 시인으로서 조국을 노래하고, 조국을 사랑하는 마음을 더욱 깊이 새기는 일이라는 것을 알기에 자기의 『습작집』에 이 시를 기록하면서 "울거나 웃거나 내 가슴의 맥박 위에 / 위대하신 내 님을 노래하네!"(「무제록」 마지막 행)라고 조국을 향한 사랑을 고백하기도 하였다.

그는 시카고에서 '자주의 의식에서 출발하자'라는 기치를 내세우며 청년운동을 전개하기도 하였고, 1930년 3월 흥사단에 입단(단우 번호 258), 고학하며 흥사단 활동을 하였다. 시카고 청년들을 중심으로 '사회과학연구회'[7]를 창립하여 시국 토구회를 개최하기도 하고, 법의 정신과 인권 문제를 연구하기도 하였다. 시카고 국민회 지방회 주최 대한독립선언 12주년 기념식에서 충혼위로문을 낭독하고, 하와이 시국 강연에서 '대중적 혁명'을 강론, 코즈모폴리턴 클럽 초청 International Institute의 '코리안 나이트'에서 '조선의 정치와 문화사', '조선인이 본 만주 문제' 등을 강론하는 등 문학과 문화를 통한 청년 의식 운동을 전개하였다.

그의 글 '그대여 잠깐만 섰거라'에서 보는 바와 같이 조국의 독립을 위하여 우리 젊은이들이 무엇을 해야 하는가에 초점을 맞추고, 가던 길을 잠시 멈추고 자기 말을 들어달라는 애원, 그 간절한 마음을 전하고 있다. 미국으로 건너온 지 4개월 남

---

7) 1931년 11월 이전에 한흑구는 노스 파크(North Park) 대학에서 영문학을 공부하는 일 외에도 시카고 한인교회에서의 활동뿐만 아니라 '사회과학연구회'(社會科學硏究會)의 일원으로 활동하였다. 이 연구회는 1930년 10월 18일 시카고 재류 한인 유학생들과 청년들을 중심으로 결성된 단체로서 발기인은 강해주, 김고려, 김호철, 김태선, 이태호, 이승철, 변민평, 한흑구였다.

짓한 기간 동안 그의 눈에 보인 한인사회의 모습, 그리고 젊은 이들의 행태는 분열의 모습이었다. 독립을 갈구하는 마음은 같지만 서로의 마음이 다르고 방향과 길이 다른 모습에서 힘이 모이지 않는 것을 보았다.

이런 상황을 인지하였던 한흑구는 「젊은 시절」(《동광》 제27호, 1931년 11월 10일)을 발표하면서 젊은 시절을 무의미하게 보내는 이들에 대한 일침을 가하기도 하였다. 1930년대 초 경제공황에 빠진 세계 사회의 흐름 앞에서 오히려 젊은이들이 새로운 희망을 품어야 할 때임을 강조하면서 조선의 젊은이들에게 그 초점을 돌린다. 유학생들의 고뇌와 본국에 있는 젊은이들의 괴로움도 알고 있다며, 내외 젊은이 모두에게 그 시선을 돌리는 그의 시각은 민족운동을 전제로 한 시각이며 한인사회의 지도자적인 자질을 보여주는 것이다. 우리가 처한 현실 앞에 쉽게 낙망하는 낙오자, 그들은 '환멸과 절망 속에 벼랑타리 길을 걷고 마는 것'이라고 안타까워한다. 결국 '내가 나갈 길, 내가 살 길, 내가 싸울 길을 인식할 때 우리에게는 생의 희망과 고뇌의 가치와 승리의 환희가 있는 것'을 강조하며 젊은이들이 자신의 길을 명백히 인식할 것을 희망하기도 하였다.

「젊은 시절」에서 한흑구가 말하고자 하는 것은 젊은이의 생기와 정열을 잃지 말고 자신의 길을 개척해나가자는 것이다. "우리는 먼저 세상을 인식하고 내가 젊었고, 세상이 젊었다는 것을 재의식할 것이 아니냐! 삶을 긍정하고 살아 있는 이상 우리는 탄력을 갖고 움직이어야 할 것이다."라는 문장 안에 그가 말하고자 하는 바가 잘 드러난다. 그런데 문장을 곰곰이 살펴보면, 그가 이러한 글을 발표하게 된 배경이 궁금해진다. 그는 이 글을 발표하기 전에 이미 여러 편의 글을 발표하였고, 대중 앞에서 연설하는 등 당시 한인사회의 젊은이들에게 영향을 주는 인물이었다.

1929년 한흑구가 미국에 도착하던 해 가을, 뉴욕의 증권폭락에서 시작된 세계대공황은 미국 내 한인사회에 경제적 타격을 주었고, 사상적인 측면에도 영향을 주었음은 쉽게 짐작할 수 있다. 또한 미주 한인사회를 이끌었던 이민 1세대의 고령화로 세대교체가 진행되고 있었고, 일본의 만주 침공으로 동북아의 정세가 급변하는 가운데 민족운동의 새로운 방향을 모색하는 흐름이 있었다. 한흑구가 참여한 사회과학연구회는 바로 이러한 상황 변화를 반영하는 것이었다. 그들은 연구회의 창립 취지서에서 "우리는 세계 무산계급의 부르짖음에 보조를 같이하며 약소 민족의 설움을 위하여 투쟁 전선에 나아갈 것이다."라고 하였다. 이들은 다양한 형태의 모임과 매스컴을 통하여 자신들의 뜻을 공식적으로 드러내곤 하였는데, 대표적으로 1931년 3월 25일에는 신간회 해소론에 대한 토론회, 6월 14일에는 시국 강연회를 통하여 '현 경제 제도에 대한 우리의 태도'라든가 '제 일세기 사회주의자'와 같은 주제 발표, 12월 19일에는 만주 문제에 대한 강연회 등이 그것이다. 당시 우리나라가 처한 시대적 상황 안에서 어떻게 우리 민족의 길을 열어 갈 것인가를 고민하던, 다시 말하면 '민족운동의 새로운 방향'을 모색하던 시기의 활동들이었다는 것이다. 한흑구 역시 이러한 고민을 하였으며, 당시 자신이 몸담고 있던 미국 사회에 대한 전망과 우리나라의 미래를 종합적으로 바라보고 있었던 때였다. 이러한 시대적 상황을 배경으로 「젊은 시절」이 나온 것이다. 당시 민족운동지로서의 성격을 분명히 하였던 《동광》에 이 글을 발표한 것에는 그가 당시 흥사단의 단우로서 활동하고 있었고, 사회주의 사상을 연구하지만, 궁극적으로는 우리 민족의 독립과 민족이 가야 할 길을 모색하는 방향이 민족운동에 닿아있기 때문이다.

그의 초기 글들은 민족과 청년을 중심으로 한 그의 생각을 담은 것이 많다. 그가 조선을 떠나 미국으로 들어갈 때, 그리고 미국 생활의 심정을 엿볼 수 있는 그의 작품에서 발견되는 민족에 대한 사랑과 젊은이에 대한 애정은 당시 지식인으로서의 깊은 고뇌와 함께 약소국가의 국민으로서의 설움을 잘 보여주고 있다. 특히 매년 3월 1일이면 성대하게 열리는 3·1절 기념식은 더욱 특별하게 다가왔고, 한흑구는 매년 거행되는 기념식의 한 부분을 담당하기도 하였다. 「젊은 시절」을 발표하던 1931

년 당시에도 그러했다. 국민회 지방회 주최로 시카고 한인예배당에서 3·1절 12주년 기념식이 성대하게 열릴 때, 한흑구는 '3·1 충혼위로문'을 낭독하였다. 당시 미국의 한인사회에서 정식 작가로 알려진 그는 자신의 천부적 재능을 국가와 민족을 위하여 봉사할 기회를 저버리지 않았다. 바로 그러한 마음과 젊은이들을 향한 사랑과 젊은 시절을 낭비하는 일에 대한 안타까움 등이 「젊은 시절」에서도 드러나고 있다. "나는 젊은 시절을 안고 지나간 젊은이들과 젊은 세상을 찾아 헤매고 있다."라는 한흑구의 말이 많은 시간이 지난 후 발견되는 화석의 소리가 아니라 살아 있는 오늘의 목소리로 들려오지 않는가? 손으로 만질 수 있는 한흑구는 가고 없지만, 영혼으로 만질 수 있는 한흑구는 우리 가슴에 남아 있지 않은가?[8)]

4

한흑구의 미국 생활이 1년 정도 지난 1930년 5월, 주체적인 근대교육의 선구자요 독립선언서에 서명한 민족대표 33인 가운데 한 분인 남강 이승훈(李昇薰)의 서거 소식이 조선으로부터 들려왔다. 그의 서거 소식이 미주 한인사회에도 전해지자

---

8) 한명수, 원문으로 읽는 한흑구 수필(2)-젊은 시절, 《에세이 21》 제59호(2019 봄).

한인교회를 중심으로 그를 추모하는 예배가 열렸다. 마침 시카고 한인사회에서도 그를 추모하는 물결이 일었고, 교회에서는 추모예배가 열렸다. 추모예배를 다녀오던 한흑구는 조국의 독립과 민족의 교육에 헌신하였던 남강 선생의 서거를 애통해하며 한 편의 추모시 「고 남강 선생을 도상함」을 바쳤다.

한 잎사귀 낙엽이
시들어 떨어지니
이 강산에 가을이라 함을 —

칠십 고개 넘어서
가시는 선생님을 —
매달리고 붙잡고
애원한들 대답하시리!

바다를 건너는
서러운 부음을
고개 숙여 몇 사람이
뜨거운 눈물로 나눕니다.

그래도 선생이 누운 자리

열정을 퍼붓던 그 땅인 걸
목매여 우는 여울가에
선생의 부르는 소리를 뉘 아니 들을쏘냐.

선생은 가시고 못 오셔도
뜨거운 선생의 사랑은 끝없어
바람이 되고 냇물이 되어
쓸쓸한 뜰 밖에서 부르실 걸 —

가슴 복판에 우러나는 정을
붓으로 다 할 수 없사오니 —
태평양의 물결아 잠잠하여
말할 수 없는 우리의 정을 전하여라!

–「고 남강 선생을 도상함」 전문

우리가 이미 알고 있듯이 남강은 신민회 운동과 3·1운동 등으로 모두 세 차례의 옥고를 치렀을 뿐 아니라 독립선언서에 서명한 33인 중에서도 가장 늦게 출옥한 이후에도 민립대학기성회 운동 등에 헌신했던 분이다. 그가 1930년 5월 9일 서거하였는데, 그는 숨을 거두기 전 "내 뼈는 표본으로 만들어 학교에서 사랑하는 학생들에게도 보여주고 교육에 진력하는 사람들에게도 보여주기 바란다."라는 유언을 남겼다. 장례는 사회장으로 치렀고, 그의 유언에 따라 유해는 경성제대 병원으로 옮겨져 살을 빼고 뼈를 표백해 표본으로 만드는 절차에 들어갔으나 일본의 조선총독부는 이를 강권으로 금지해 표본 제작을 저지하였다. 그의 남은 뼈조차도 일제는 두려웠던 것이다. 이러한 사실들이 미주 사회에도 알려지게 되고, 그를 추모하는 예배가 미주 전역으로 퍼져갈 때, 그의 정신을 본받으려는 마음뿐만 아니라, 일제의 강압에 유언도 지키지 못하게 된 그 슬픔과 남강에 대한 사랑과 정을 담아 한흑구는 시를 읊었다.

한흑구는 남강 이승훈의 서거뿐만 아니라 도산 안창호의 체포 소식에도 통탄하며 시를 쓰기도 하였다. 1932년 4월 29일, 중국 상해의 홍커우 공원에서는 윤봉길의 의거가 있었는데, 이날은 안창호가 상해의 우리 동포 소년들이 조직한 소년단에게 기부금을 주기로 약속한 날이었다. 윤봉길의 의거로 일본의 경계가 더욱 강화된 상해, 체포 위험이 어느 때보다 컸던 그때, 안창호는 약속을 지키기 위해 당시 흥사단원인 이우필의 집을 방문했고, 일제는 안창호를 체포해 조선의 경성(서울)으로 압송, 서대문형무소에 수감했다. 이런 사실이 미국에 있던 동포사회에도 알려지게 됐고, 이 소식을 들은 미국의 한인사회와 흥사단의 모든 단우에게는 커다란 충격이 아닐 수 없었다. 당시 미국 필라델피아의 템플대학에서 신문학을 공부하던 한흑구에게도 이 소식이 전해졌다. 그의 아버지 한승곤과 함께 흥사단 단우로 활동하면서 안창호를 자주 대면했던 한흑구에게 안창호의 수감 소식은 청천벽력과 같았다. 땅을 치는 울분에 싸여 한동안 슬픔에 빠져있던 한흑구는 그의 심정을 한 편의 시로 표현했다.

떠 단기는 나의 님이매
내 맘도 떠 단기었나이다.
괴로우신 나의 님이매
내 맘도 괴로워하였나이다.
외로우신 나의 님이매
내 맘도 외로워하였나이다.
오! 그러나 옥중에 계신 님이매
우리 맘도 그러하오리까?

옥중에 드신 님이매
맘은 더욱 나와 같이 하나이니까?
전에 같이 하든 맘이
오늘 더욱 같이 하나이니까?
님의 몸은 옥중에 계셔도
주고 간 님의 맘, 어이 그러하오리까?

벌써 벌써 주고 간 님의 뜨거운 맘-

- 아! 나를 어찌 떠나리이까?

-「잡혀간 님-도산 선생께 드림」 전문

한흑구는 그가 대상에 대한 극존칭을 나타낼 때 주로 '님'이라는 단어를 사용하였던 것으로 볼 때, 안창호에 대한 그의 마음이 어떠했는가를 이 시어 하나로도 충분히 가늠할 수 있다. 한흑구는 안창호와 사실상 '하나의 마음'이라는 것을 드러내며, 그에 대한 사랑과 존경을 드러내면서도 자신을 비롯한 흥사단우들, 그리고 조국의 독립을 위해 헌신하는 모든 이의 슬픔을 직설적으로 표현했다. 안창호가 자기에게 주고 간 그 뜨거운 마음, 즉 조국을 사랑하고 조국의 독립을 위해 무엇을 해야 할 것인가에 대한 굳은 의지와 애국심 등이 결코 자기를 떠나지 않을 것이라는 고백도 담고 있다. 그의 시가 오늘의 우리에게도 가슴 울리는 것은 일제강점기 조국의 독립을 위해 자신의 목숨까지 바쳤던 선열들의 붉은 마음이 지금의 우리에게도 살아 전해지기 때문이다.

이후 안창호가 석방되어 평안남도 대보산 송태산장에 머물 때, 1934년 조선으로 귀국한 한흑구는 일경의 감시를 피해 안창호를 만났고, 1936년 귀국한 한승곤 목사도 재회의 기쁨을 나누며, 미국 흥사단의 상황을 전해주기도 했다. 그 후 1937

년 6월 수양동우회 사건으로 세 사람 모두 일경에게 체포되는 고통을 겪기도 했다.

남강의 서거와 도산의 피체 이후, 한흑구의 일제 강제 지배 앞에 놓인 고국에 대한 그리움과 독립에 대한 열망은 더욱 높아 갔다. 한흑구는 그의 시 「고국」에 그런 마음을 그려놓았다.

조선, 나의 고국이여!
조선 사람, 나의 동포여!
산 높고, 물 맑은 네 품.
그러고 그리운 한 겨레여!
(중략)
아! 나의 조선!
아! 나의 동포여!
새벽 항구, 종소리 포구에 울 때까지
성좌를 쳐다보고, 나가고 나가소서!
(중략)
오! 나의 조선!
오! 나의 동포!
그러고 높은 산!
밤낮 흐르는 시냇물!

고국이 그립구나!

–「고국」 중에서

이 시는 《신한민보》와 《동광》에 동시 발표한 작품이다. 《신한민보》에는 '8월 29일을 맞고'라는 부제가 달렸다. '8월 29일'이 어떤 날인가? '경술국치(庚戌國恥)'라고 부르는 이 날을 기억하며, 한흑구는 고국이 처한 현실적 아픔과 고국에 대한 그리움을 노래하였다. 그는 조선을 떠나 미국에 머물기 때문에 고국에 대한 그리움도 있지만, 8월 29일이라는 부제를 명기한 것으로 볼 때, 우리나라가 일제로부터 국권피탈 되기 전의 그 온전했던 고국을 생각한 것으로도 보인다. 그리고 《동광》에는 일제의 검열을 피하려고 복자를 사용하여 '고국'을 '故×'이라고 발표하기도 하였다. 한흑구는 당시의 상황을 이렇게 기록하고 있다.

시의 검열이 가혹해지기 시작했다. 1931년 시카고에 있을 때 「대륙방랑시편」이라는 제목 아래 시 열 편을 써서 「동광」지의 주요한 씨에게 보낸 일이 있었다. 그 가운데에 「조국」이라는 일 편을 써 놓았으나, 빼앗긴 조국을 그대로 조국이라고 쓰면 검열 통과 같은 것은 문제도 안 되고, 나를 잡아 가두려고 할 것은 뻔한 노릇이었다. 그래서 선수를 써서 「故×」라고 시제를 한 자 ×자를 넣어서 카무플라즈해 버렸다. 요행히 통과를 하면 〈고향〉이라고 읽든지 〈고국〉이라고 읽든지, 〈조국〉이라는 이미지가 나타날 것이라고 생각했던 것이 통과되었다.(『인생산문』 150쪽.)

윤봉길의 상해 의거 때 붙잡힌 도산 안창호 선생에게 드린 시 「잡혀간 님」을 발표한 지 1주일 만에 발표한 작품으로, 고국산천의 아름다움과 국권 상실의 비감이 혼연되어 있다. 우리의 역사가 어디로 흘러갈지를 고민하면서도 젊은이들이 또 어디로 가는지를 물으면서 조국의 미래를 걱정하는 시인의 마음이 잘 드러나 있다.

여기서 한 가지 짚고 갈 문제가 있다. 한흑구가 「대륙방랑시편」이라는 제목 아래 보낸 10편의 시 중에는, 그가 말한 「故×」이라는 시는 위에서 본 바와 같지만, 그 내용에 있어서는 매우 다르다. 한흑구는 「故×」이라는 시에 아래의 내용이 있다고 했는데, 대조 결과 다른 내용이었다. 그래서 필자는 그가 처음부터 '「조국」이라는 일 편을 써 놓았으나, 빼앗긴 조국을 그대로 조국이라고 쓰면 검열 통과 같은 것은 문제도 안 되고, 나를 잡아 가두려고 할 것'(「파인과 최정희」 중에서)으로 생각하였던 그 「조국」이라는 시를 비록 전문은 아니지만 하나의 독립된 시로 분류하고자 한다. 그 내용은 다음과 같다.

그대여, 실연(失戀)하였거든

바다 밖으로 나오라,
그때 그대는 새로운 애인(愛人)을
만날 것이오니
그이에게는 실연(失戀)이 없고
오직 뜨거운 사랑만이 있도다,
그대의 생명을 다 바치는
뜨거운 사랑과 정열(情熱)도
그이에게는 외이려, 외이려
부족할 뿐이다.

–「조국」 일부분

일제강점기 아래에서 언론 통제는 극에 달하였기에 한흑구의 표현대로 '조국'이라는 말을 직접 언급하는 일은 발표는커녕 탄압받을 수도 있는 일이기에 조국이나 독립은 은유적으로 혹은 상징적으로 표현할 수밖에 없었다. 조국을 잃은 것을 '실연'에, 독립 혹은 광복을 '새로운 애인'이라는 비유를 통하여 조국에 대한 강한 사랑을 노래하고 있다. 겉으로 보면 남녀 간의 사랑 이야기처럼 보일지도 모르는 이런 비유 혹은 상징을 통하여 한흑구는 조국 독립과 민족정신의 회복을 노래하는 시를 많이 발표하기도 하였다.

한흑구는 기회 있을 때마다 고국에 대한 사랑과, 그 사랑의 마음을 담은 애국시와 우국시를 발표하여 당시 함께 생활하던 한인 청년들이 고국에 대한 사랑을 잃지 않도록 촉구하였다. 그는 후일 이렇게 회고하였다. "한 편의 시를 써도 나라를 생각하지 않을 수 없고, 나라를 사랑하는 행동을 하려도 할 수 없는 인간-자유가 없고, 나라가 없는 민족같이 서러운 것은 이 세상에 다시 없을 것이다."(『인생산문』 151쪽)

고국에 대한 사랑이나 독립을 위한 생각을 직접 드러낸다는 것은 곧 수감으로 이어지는 일이기에 한흑구는 이런 상황을 초래하지도 않고, 민족의식을 불러일으키기 위하여 "흑노(黑奴)들이 〈집〉, 〈고향〉을 동경한다는 것을 강조하면서-우리도 잃어버린 우리 집, 우리의 조국인 대한을 찾아야 하겠다는 것을 은유로 삼아서"(『인생산문』 169쪽) 글을 쓰기도 하였다.

5

1931년 시카고의 한인예배당에서는 새해맞이 모임이 있었다. 한흑구는 그 자리에서 자작시 「첫 동이 틀 때」를 낭송하였다. 다음 날 제17회 흥사단 중서부대회(시카고) 임원(서기)으로 선출되기도 한 그는 1월 2일 시카고학생회 주최 학생영신대회(시카고 한인예배당)에서 신년시로 자신의 자작시를 낭송하였다. 그 일부를 보면 다음과 같다.

(전략)

암흑의 거리-
도살장 같은 골목길-
첫 동은 빨간 열정의 파문을 타고서
새로운 맹세의 몽둥이를 들어
너희의 팔뚝을 두드려보지 않느냐!

보라!
네 옆구리에 가로놓인 시체들을
감지 못한 눈에는 정의의 빛이 가득하고
탈 듯이 마른 두 입술에는 자유의 부르짖음
아! 이 웬일인가! 이 착한 사람들이!
그러나 다시 그 옆구리에 손을 대어보라!
창의 흔적- 그리고 주린 장자(腸子)를-

(중략)

우리의 팔뚝은 아직도 몸에 붙어
아! 움직임 없는 넘어진 자의 몸에 붙었나니
먼저 땅 위에 팔뚝을 디디고
넘어진 넘어진 네 몸뚱이를

일으키지 않으려는가! 않으려는가!

—「첫 동이 틀 때」 중에서

청년 한흑구의 혈기가 묻어 있다. 당시 시카고의 한인예배당은 한흑구가 1929년 시카고에 도착하기 1년 전인 1928년 2월 5일 오크데일(Oakdale) 애비뉴의 826W에 있는 건물을 예배당으로 사용하고 있었다. 1층에는 사교실과 관리인이 쓰는 침실과 부엌이 있었고, 2층 중앙에는 예배실, 그 좌우에는 2~3개의 침실을 갖추었는데, 좌우의 침실은 주로 한인유학생들이 기거하기도 한, 시카고 한인이나 유학생들의 소통 공간이었다. 이 예배당은 시카고 지역 한인들의 예배당 기능뿐만 아니라 독립운동을 위한 집회 장소로 활용되었는데, 마침 1931년 새해 아침에는 신년 인사 모임에서 신년시로서 한인들의 독립 의지를 결집하는 내용을 낭송하였다. 이날 한흑구는 자작시를 낭독하며, 그날 모인 한인들과 함께 조국 독립의 의지를 다지기도 하였다.

그가 미국에 도착하여 아버지 한승곤을 찾아갔었다. 바로 시카고이다. 그는 시카고에 대한 정감을 담은 여러 시편을 발표하였는데, 그 많은 시편에는 이국에서 생활하는 조선인으로서 조국과 고향에 대한 그리움이 담겨 있다. 시카고를 제2의 고향이라고 할 만큼 마음의 평안을 얻은 한흑구이지만 마음 한쪽에는 언제나 원고향에 대한 그리움과 국권을 잃은 조국을 되찾아야 한다는 강한 의지가 내재하여 있다.

> 시카고는 나의 둘째 고향
> 거기에는 나의 동무가 있고.
> 조국을 위하여 싸우는
> 내 동무들의 숨길이 있는 곳.
>
> –「시카고」 중에서[9)]

이 작품은 한흑구가 사회과학연구회의 임원으로 있을 때 동지들에게 보낸다는 부제가 달려 있다. 한흑구에게 있어 시카고의 중요 이미지는 그 무엇보다도 '둘째 고향'이요 '조국을 위하여 싸우는 동무(동포)'들이 있는 곳이다. 조국을 위하여 싸우는 일, 그것은 바로 조국의 독립을 위한 여러 활동이 아닌가? 조국의 독립을 갈망하는 한흑구의 마음은 그의 시편에서 쉽게 읽을 수 있다. 그의 마음은 젊은 혈기에 따른 일시적 충동이나 감정에서 나오는 것이 아니라 그의 마음 깊은 곳에, 마치 신을 향한

9) 한흑구는 같은 제목의 시를 《신한민보》, 《우라키》, 《조선문단》에 다시 발표하였는데, 전체 흐름은 거의 유사하지만 마지막 연은 다소 차이가 있다. 이는「시카고」의 첫째 연으로써 《신한민보》(1932. 4. 21.)의 것이다. 《우라키》에는 1연의 마지막 행에 '동무'라는 단어 대신에 '동포'라는 단어를 사용하고 있다.

믿음처럼 한결같이 이어지는 애국심이요 목숨을 걸어도 아깝지 않은 절대 가치의 정신이다. 그가 《동광》에 발표한 '방랑시편'들을 보면 조국의 주권을 상실하고 해외로 떠도는 지식인의 고민과 갈등, 설움 등이 그대로 나타나 있다. 그가 1933년 북미 학생총회의 기관지 《우라키(The Rocky)》에 「시카고」를 다시 발표하면서 같이 발표한 시 「목마른 무덤」은 조국 독립에 대한 열망이 얼마나 강한지를 잘 드러낸다. 그 전문을 보면 다음과 같다.

님이여!
내가 만일 죽거든
님의 이슬을
나의 무덤가에 나리소서

세상에 무덤이
많이도 누웠지만
아! 나의 무덤같이
목마른 무덤이 어디 있으리까?

산과 바다를 건너
떠 단기는 내 몸은

죽을 때까지 못 뵈올까

목이 타고 타고 합니다.

-「목마른 무덤」 전문

죽을 때까지 님(독립된 조국)을 만날 수 없을지도 모른다는 생각에 혹시 자신이 죽으면 님의 이슬을 무덤가에 내려달라는 그 간절한 목마름을 통하여, 진실로 죽음이 오기 전에 독립을 맞이하고 싶은 마음을 표현하였다. 한흑구에게 조국을 사랑하는 마음은 죽을 때까지도 버릴 수 없는 가치였고, 조국 독립의 날을 맞이하는 것은 삶의 중요한 희망이었다. 그가 템플대학 재학 중에 발표한 시 「목마른 무덤」은 '조국의 독립'을 '님'으로 인격화한 것으로 그가 죽음의 그 날까지도 조국의 독립을 맞이하지 못할까 봐 안타까워하는 마음이 잘 드러나 있다. 자신의 무덤가에 님(독립)의 이슬이 내리기를 바라는 한흑구는 이 세상에서 그 이슬(조국 독립의 날)을 기다리는 자신의 무덤보다 더 목마른 무덤은 없다고 한다. 그만큼 조국 독립을 갈구하는 마음이 강하고, 인간적으로 방랑의 신세인 자신이 죽을 때까지 조국 독립을 맞이하지 못할까봐 안타까워하였다. 실로 '죽을 때까지 못 뵈올까 / 목이 타고 타고 합니다.'라고 고백하는 그 진실함은 잃어버린 조국을 애인에, 되찾은 조국을 새 애인에 비유한 그의 시 「조국」으로도 이어지는 것을 확인할 수 있다. 이렇게 '님'으로 표현되는 '조국' 혹은 '독립', '광복'에 대한 의지는 그의 시 「우리 님께 드림」에서 더욱 구체화한다.

만일 내 사랑이 식었거든
님의 가슴을 치워다오
한 번 식어진 가슴의 피가
전보다 더 끓을 날이 있으려니

(중략)

식어진 내 뺨을 후래치고
힘없는 내 가슴을 문질러라…
오! 한 번 식어진 이 가슴의 피가
전보다 더 끓을 날이 있으려니!

-「우리 님께 드림」 중에서

조국에 대한 사랑이 식으면 '뺨을 후려치고 힘이 없는 가슴을 문질러라.'라고 한다. 그러면 가슴의 피가 '전보다 더 끓을 날이 있'을 것이라고 한다. 이는 곧 조국에 대한 사랑이 식지 않을 것이며 식더라도 다시 피가 끓게 하겠다는 의지를 드러낸 것이다. 일관되면서도 진실한 그의 마음과 정신의 흐름은 바로 우리 겨레가 온전히 추구하는 독립 국가를 향한 일편단심이 아니겠는가?

6

1933년에 접어들면서 한흑구의 일상에는 여러 가지 변화가 생겼다. 우선 미국에서의 학업을 위하여 템플대학교에서 남가주대학교로 전학을 취한 상태였다. 이주 문제를 비롯해 개인사적으로 매우 분주할 터였지만, 조국의 독립을 위한 일은 개인사보다 우선하는 일이었다. 이미 1930년대가 시작되면서, 일본은 러일전쟁의 결과로 얻은 만주에서의 권익을 행사하고 있었고, 중국에는 국권을 회복하기 위한 운동이 거세게 일고 있었다. 일본군은 1932년 초까지 만주 지역의 대부분을 점령하고, 같은 해 3월 1일에 일본은 만주국의 성립을 선포하여 만주를 일본 침략전쟁의 병참기지로 만들었다. 이런 국제정세를 알고 있는 한흑구는 일본의 무력에 국권을 빼앗긴 민족의 앞날이 걱정되고, 아시아의 평화가 위태롭게 되는 상황을 극복하기 위하여 모두 일어서야 할 때라고 생각했다. 한흑구는 그의 시 「1933년 광상곡」을 통하여 '이야기하고, 생각하고, 싸울 때'임을 강조하였다.

동무야!

이야기해보자!

이때가 실컷 이야기할 때고,

이때가 깊이 생각할 때고,

이때가 무섭게 쌈 싸울 때가 아니냐?

1933년!

그대는 굶주림을 가져왔고,

그대는 강폭한 힘을 가져왔나니.

꽃 없는 만주 들판에

봄이 왔는들 무엇 하랴!

매 맞고, 짓밟히고 쫓겨나

이름 없는 가시덩굴 속에 내 몸을 뉘고

강폭한 그네의 총칼이 가슴을 어일 때

오! 누구를 원망하랴!

동무야! 동포야!

피 끓는 그들의 가슴은 듣느냐!

미친 사람을 웃지 말아라!

울부짖는 그를 불쌍타 말아라!

우리는 피땀을 울리고 울부짖고

우리는 미친 말 같이 내뛰야 하리니,

오늘을 뼈가 지리게 생각하고
오늘을 가슴이 처지게 쌈 싸우자!

태평양이 넓지 않고
땅덩어리가 좁은 줄을 알았거든,
쫓겨난 내 신세를 아프다 하지 않겠는가!
집 잃고 이십 년이 훽 지났거든
어느 때 또 내일을 기다리겠는가!
너와 내가 가슴이 터지게 이야기하고,
너와 내가 미친 듯 쌈 싸우면,
오! 오늘의 승리가 빛나리니.

1933년의 선풍아!
그대는 아시아 대륙을 휩쓸고,
갈 곳 없는 유대 민족을 학사실하고,
마르크스의 복음을 불살우고,
사억만의 생명을 구무질하나니………
동무야! 피가 있거든 내내 달리어
미친 듯 오늘을 쌈 싸우라!
오! 우리는 오늘을 이야기하고,
오늘의 울부짖음을 합하여

악독한 원수의 전진을 불쓰우자!

– 「1933년 광상곡」 전문

그의 시 중에서 가장 직설적이고, 강한 어조를 보이는 작품이다. 일본이 1933년 3월 국제연맹의 권고를 거부하고, 국제연맹을 탈퇴한 직후 같은 해 5월에 발표한 것이다. 만주가 힘없이 허물어지고, 중국이 궁지에 몰리는 모습을 보면서 그는 "꽃 없는 만주 들판에 / 봄이 왔는들 무엇 하랴!"라고 한탄하면서, 우리 민족이 집을 잃고 쫓겨난 현실을 직시하며 "쫓겨난 내 신세를 아프다 하지 않겠는가! / 집 잃고 이십 년이 훽 지났거든 / 어느 때 또 내일을 기다리겠는가!"라고 모두 힘을 모아 "동무야! 피가 있거든 내내 달리어 / 미친 듯 오늘을 쌈 싸우라!"라고 싸우기를 촉구하였다.

그렇게 피를 끓이던 그에게 조선으로부터 어머니가 위독하다는 소식이 날아왔다. 아버지 한승곤 목사와 귀국 문제를 조율한 뒤, 아들인 자기가 먼저 귀국하는 것으로 결정하고 귀국을 준비하였다. 한흑구는 1933년 12월 31일 로스앤젤레스에서 열린 '제24회 흥사단 대회' 위원으로 참가한 후 1934년 2월 조선으로 귀국하였다. 귀국을 앞두고 그가 미주 사회에서 발표한 마지막 시가 「자유」이다.

(전략)

지혜가 많다는 사람들아!

그대들은 어찌 노예가 되었는가?

도덕과 인습의 거짓을 내 목에 매고

권세와 집무로 개인과 국가를 매어 놓고?

하루를 살아도

저 태양같이 살고

한 밤을 살아도

저 달 아래 물결같이 살아라!

세상은 너의 숨 쉬는 살덩이를

모든 거짓으로 속박해도

그대들의 속사람은 맬 수 없나니

사람들아! 자유의 노래를 불러라!

－「자유」 중에서[10)]

나라를 잃고 해외에서, 특히 미국에서 살아가는 우리 동포들

10) 이 시는 제목을 '자연의 노래'로 바꾸어《신인문학》제6호(1935. 4.)에 다시 게재하였다. 마지막 행 '자유의 노래'를 '자연의 노래'만 바뀌었다.

에게 그가 마지막으로 남긴 말은 '자유의 노래를' 부르라는 부탁이다. 미국 사회에서 그들이 자유롭지 않다는 것이 아니라 '조선'의 민족으로서 강탈된 국권을 찾고자 하는 그 진실한 마음, '속사람'의 진정한 마음, 그 자유를 얻는 것, 바로 그 노래를 부르라는 부탁이다. 다시 말하면 조국의 독립을 위하여 자유의 함성을 지르고 실천하자는 것이다.

그가 조선으로 귀국하기 며칠 전, 미주 흥사단에서는 그를 보내는 환송회를 열었다. 그리고 1934년 귀국한 그는 미국 흥사단 활동의 연장선으로 평양에서 동우회 활동을 이어갔다. 이 무렵 동우회 평양지회 모임이 1월에 개최되었고, 한흑구가 귀국하면서 평양지회는 새로운 전기를 맞게 되었다. 같은 해 10월에 동우회 추계 모임을 하면서 조선의 독립을 위하여 무엇을 할 것인지 상의하게 된다. 마침내 11월에는 전영택(田榮澤)과 함께 종합지 《대평양(大平壤)》을 창간하고 한흑구가 편집주간을 맡았다. 그는 창간사에서 "평양의 진화(進化)를 지시하고 평양의 이상(理想)을 수립하는 데 한갓 공기(公器)가 되려 한다. 16만 평양 시민의 장래를 위하여 우리는 서로 이야기하고 또한 서로 듣자. 공정한 언론은 사회의 대변자이며 사회의 이상이다."라고 역설하며 주권을 상실한 민족의 당대 지식인으로서 독립을 갈망하는 국민을 선도하는 선각자적 역할을 하였다.

그는 자신이 주재하던 《대평양(大平壤)》에 시 「한 줄의 기억」을 발표하는데, 그 부제를 보면 '××을 생각하고'라고 적혀 있다. 당시 일제의 검열을 피하려고 복자를 사용한 것을 염두에 둔다면 내용상으로 볼 때 추측되는 단어는 '고국, 조국, 민족, 고향, 독립' 등으로 볼 수 있다. 그 내용의 일부를 보자.

관(棺)을 짓는 목수의 방 안에
흩어진 대팻밥 같이,
어지러운 내 머리 속에도
한 줄의 기억…………
한 줄의 기억이 남아 있노라.

(중략)

오, 이 가늘은 한 줄의 기억은
그믐밤 풀밭의에 반딧불 같이
시들어진 내 머리 속에
　보였다…………숨었다…………
　잠겼다…………떴다……………

－「한 줄의 기억」 중에서

그 한 줄의 기억이란 무엇일까? 그가 사용한 복자의 단어들을 생각해보면 분명 우리나라의 독립과 관련한 어떤 사건이 아니겠는가? 최근의 사건이 아닌, 아주 오랜 기억 속의 사건일 가능성이 크다. 어지러운 머릿속이어도 절대로 사라지지 않는 기억, '가늘은 한 줄의 기억'으로 추측할 수 있는 것은 그의 유년 시절 미국으로 망명한 아버지에 대한 것, 그 이별을 슬퍼하던 어머니의 모습, 어린 시절 교회와 학교에서 받았던 조국 독립과 관련한 일련의 민족교육 상황들, 그가 참여했던 3·1운동의 가슴 아픈 기억 등일 수도 있다. 그는 조선으로 귀국하여 위독한 어머니를 만나고, 오랫동안 만나지 못한 누이들과 만나서 미국의 부친 안부며 미국 생활, 흥사단 활동 등에 관하여 말을 나누었을 것이다. 기울어진 조선의 상황이나 허물어지는 자기 집의 상황이 어쩌면 밤의 사막이 주는 적막함처럼 그를 힘들게 했을지도 모른다. 그러나 그는 이렇게 노래했다.

> 두려움 배고픔 목마름………
> 그러나 실망은 내 입술을 다 태우지 못하였나니
> 오- 나의 뼛속이 다 마를 때까지
> 반짝이는 저별과 같이 걸어가리라
>
> -「밤의 사막」 중에서

오랜 유학 생활을 마치고 귀국한 고국은 일제의 강압적 박해 아래 더욱 피폐해지고, 고향의 상황은 더 나아질 줄 모르는 가운데, 한흑구 역시 미래를 열어가는 길 앞에 놓인 박해의 어두운 그림자만 서성거리고 있었다. 땅을 잃어버린 농민들의 굶주림을 직시하면 할수록 빼앗긴 고국의 주권을 회복하고자 하는 그 갈망은 더욱 깊어만 갔다. 어느 것 하나 희망적인 것이 보이지 않는 시대의 흐름 안에서 한흑구는 말했다. '실망은 내 입술을 다 태우지 못하였나니 / 오- 나의 뼛속이 다 마를 때까지 / 반짝이는 저별과 같이 걸어가리라'고. 이는 곧 죽을 때까지 희망을 버리지 않겠다는 것, 육체는 고통 속에서 죽어가더라도 정신만은 죽지 않는다는 것이 아니겠는가?

한흑구는 국권을 상실한 조국의 땅을 '사막'에 비유하였고, 이를 다시 찾기 위하여 죽음을 각오하고 싸우는 땅으로서의 조국을 '사지(死地)'로 규정하였다. 'WK에게 드림'이라는 부제가 붙은 시 「사지로부터」에서 보는 바와 같이 조국 독립을 위한 서로의 약속을 실현하기 위하여 생명을 태울 결심을 하였다.

사막을 홀로이 걷는 듯
사지 위에 서 있는 나의 그림자.
타는 입술을 깨무는 나의 결심.
아직도 무섭게 강하노라.

길도 없고, 발자국도 없는 사막
이는 내가 넘어야할 사지노라.

늦가을, 부는 바람에
떨어지다 남은 한 이파리 나뭇잎.
외로운 내 가슴의 핏줄기는
아직도 무섭게 뛰고 뛰노라.

아! 결심, 그대와 맹서한 결심이여,
이는 내 생명을 태울 결심이노라.

–「사지로부터」 전문

그가 미국에서 흥사단 활동을 하였고, 당대의 조선인 지식인이라는 사실만으로도 일제의 감시를 받을 수밖에 없었다. 일제는 어떠한 명분으로라도 그를 압박하거나 아니면 회유하여 친일의 길로 돌아서도록 갖은 노력을 하였을 것이다. 그런 달콤한 현혹을 이기고, 협박과 회유의 칼날 아래 살아가는 가운데 그가 느낀 것은 언제라도 죽을 수 있다는 불안감이었다. 그러나 그가 남긴 유언을 보면 그런 육체적인 죽음을 넘어서는 고귀한 정신세계를 읽을 수 있다.

1

내가 만일 젊어서 죽거든
비 오는 날 질퍽한 풀판 밑
저 늙은 소나무 아래 묻어 달라!
내 무덤 위에는 비석이 쓸데없노라.

2

나의 무덤 위에는
꽃나무와 푸성귀가 성하리!
꽃나무도 풀도 가시덩굴도 그대로 두어 달라!
나의 무덤에는 다시 손질 말라!

3

봄에는 꽃이 피고
여름에는 풀이 파릿파릿 빛나고
가을에는 나뭇잎이 떨어지고
오 겨울에는 가시가 남아 눈 속에 날카로우리!

-「유언」 전문

'내가 만일 젊어서 죽거든' 이 한 줄 안에 놓인 그의 결의는 그 어떤 말보다도 절실하지 않은가? 비석도 세우지 말며 손질도

하지 말라는 이유는 무엇일까? 다시 손질하지 않아도 죽으면 썩어 없어질 육체보다는 죽여도 죽여도 절대 죽지 않는 정신의 표상으로 봄에는 꽃으로, 여름에는 풀로, 가을에는 나뭇잎으로 자신의 존재를 드러내리라는 것이다. 그리고 '겨울에는 가시가 남아 눈 속에 날카로우리!'라는 이 한 구절 안에 결코 죽을 수 없는, 아니 죽지 않는 그의 독립을 향한 날카로운 의지와 정신이 그대로 나타난다.

한흑구는 일제의 감시를 받으면서도 시를 지속해서 발표하였다. 중국과 만주를 다니면서 흩어진 우리 민족의 생활상을 눈여겨보기도 하였고, 압록강과 두만강을 건너며 동포들의 삶을 가슴에 담기도 하였다. 말로 이루 다 할 수 없는 삶의 한순간을 그는 시로 표현하기도 하였는데, 그의 의지와는 상관없이 일제는 그의 시를 부분 삭제하는 일이 많아졌다. 한번은《대평양》을 주재하던 중 1935년 6월 만주 지역을 방문하면서 두 편의 시「차외의 풍경」과「차내의 풍경」을 동아일보에 보냈는데, 「차외의 풍경」은 전문 삭제를 당하여 현재는 제목만 남은 작품이 되고 말았다. 전문 삭제의 이유는 '만주의 산허리를 갉아 먹고 있는 백의인의 유랑생활을 그렸다.'(『인생산문』 149쪽)는 것이다. 참으로 안타까운 일이 아닐 수 없다. 일제의 검열을 피한「차내의 풍경」을 보자.

1

맞은편 교자 우에 잠든 사람.

빠져질 듯 늘어진 고개가 건들…건들…

저절로 벌어진 그의 입……

입으로부터 흘러내리는 작은 시내……

　감초지 못할 인간의 취한 몸

　어쩔 수 없는 인생의 피로다! 피로다.

2

이리 저리 꾸부러진 사람의 사지들.

노동자의 다리……너무나 무게가 크다.

양복쟁이의 다리……배꼽이 왜 보이노?

창가에 괴인 젊은 여인의 팔목……팔목 시계.

입체적 좁은 공간 안에서 쉴 곳 찾는 팔과 다리들!

몸뚱이 하나 끌고 다니기도 피로다. 피로야!

3

피로에서 피로로……

흘러가는 인생의 보따리.

시간과 공간 위에서

시들어 가는 인생들.

손바닥만 한 지구덩이.

넓고, 깊고, 끝없고, 끝없는 인생의 바다.

–「차내의 풍경」 전문

겉으로 보기에 「차외의 풍경」처럼 일제가 '만주의 산허리를 갉아 먹고 있는 백의인의 유랑생활을 그렸다.'라고 판단할 만한 구체적인 이유는 보이지 않은 것 같지만 실상은 만주 땅에서 하루하루 벌어 먹고사는 동포의 비참한 모습을 그린 것이다. 이런 모습이 무엇이 자랑스러워서 시로 그렸는가를 되물을 수도 있겠지만 한흑구의 의도는 다른 곳에 있다. 이런 상황을 묘사하여 역설적으로 우리 민족의 마음 깊은 곳에 머무는, 존재 이유에 대한 근본적인 질문을 상기시키는 것이다. 나라를 잃고 타국살이를 한 것은 결국 우리 스스로가 힘을 기르지 못한 결과이기에 우리 민족의 정체성을 확보하고, 우리가 존재하는 궁극적인 이유의 도달점은 평화로운 독립국에 있다는 것을 말하고 싶었던 것이다.

7

1936년 6월, 미국에서 독립운동을 하던 부친 한승곤 목사가 귀국하였다. 한승곤과 한흑구 부자(父子)는 함께 동우회 평양지부에서 흥사단 활동을 하였다. 그런 가운데 1936년 10월에는 평양의 유지였던 고(故) 백선행 여사의 기념사업으로 안일성(安日成)이 백광사(白光社)를 설립한 후, 월간지 《백광(白光)》을 1937년 신년호부터 발간하기로 하고, 한흑구와 함께 그 잡지를 주재하였다. 우리 문단에 이미 알려진 바대로 이 잡지는 평양 지역의 저명한 독지가였던 백선행(白善行)의 뜻을 기려 수립한 '백선행기념관 재단'의 후원으로 백광사에서 발간하였다. 창간호에는 평양 출신의 작가 전영택이 편집 겸 발행인으로 이름을 올렸고, 편집 실무는 백선행의 양아들 안일성과 평양 출신의 작가였던 한흑구가 담당하였다. 한흑구는 잡지를 발간으로 당대의 가장 정확한 비판자 역할에 충실하며 '정의와 인도(人道)'를 위하여 헌신하였다. 그리고 1936년 4월에는 임시정부를 헐뜯는 한 젊은이의 글을 읽고 임시정부를 옹호하는 장문의 논설문「고 양록 군(告 楊綠 君)」을《한민(韓民)》 제2호에 발표하여 많은 이의 경거망언을 경계하고, 조국 독립운동을 방해하는 일이 없도록 당부하기도 하였다.

1937년 4월 이화여전 음악과 출신의 방정분(邦貞分 · 농촌계몽운동가 · 전 포항여고 교사) 여사와 결혼하고, 잡지를 만들어가던 중 5월 재경성기독교청년면려회에서 금주운동 계획을 세우고 '멸망에 함(陷)한 민족을 구출하는 기독교인의 역할' 등의 내용을 담은 인쇄물을 국내 35개 지부에 발송하면서 일제가 동우회 관련자들을 대대적으로 검거하는 일이 발생했다. 소위 '수양동우회사건'(修養同友會事件)에 연루된 그는 1937년 6월 28일 안창호, 조만식, 김동원, 한승곤 등 동우회 지도자들과 함께 치안유지법 위반 피의자 신분이 되었다. 1938년 3월에 이르기까지 관련자 181명이 치안유지법 위반으로 송치되었고, 그들이 구류를 살면서 정식 기소와 기소 유예, 기소중지 처분 등을 받을 때 한흑구도 기소중지 처분을 받았다. 이어 일제의 강압적인 조치와 탄압을 피하여 평양을 떠나야만 했다.

주지하다시피 한흑구의 부친 한승곤 목사가 1936년 6월 귀국하여 평양 인근의 경창문교회와 안주교회에서 목회 활동을 하였고, 한흑구는 잡지 《대평양》과 《백광》을 발행하며 부자(父子)는 수양동우회 활동을 하고 있었다. 이 사건으로 미국 흥사단의 의사장을 지냈던 한승곤 목사는 더욱더 심한 고문을 받았고, 한흑구 역시 오랜 시간 감금되어 조사와 탄압을 받게 되었다. 부친 한승곤의 재판이 진행되기 전 그는 약 2개월의 구류를 살았다. 일제로부터 어떤 협박과 회유를 받았는지에 관한 기록을 찾지 못해 구체적인 내용은 알 수 없지만, 곤욕을 치른 이후 한흑구는 가산을 정리하고, 신의주를 오가며 종사했던 자동차 관련업도 그만두고, 편집주간으로 있던 《백광》도 발간하지 못하고, 평양에서 60여 리 떨어진 평안남도 강서군 성대면 연곡리로 이주하였다. 그의 아버지 한승곤은 정식 기소가 되어 재판받는 중이었고, 그는 일경의 면밀한 감시 속에서 지내야만 했다. 연곡리로 이주한 한흑구는 자택을 '성대장(星臺莊)'이라 이름을 붙이고, 손수 주변의 넓은 밭과 과수원을 일구며 지냈다. 신혼 생활의 시작과 함께 다가온 시련 앞에서 그는 조금도 흔들림 없이 더욱 당당한 모습으로 살았지만, 그의 시 「가을 언덕」에서 보는 바와 같이 자주 깊은 묵상에 잠기며 인생에 대한 깊은 생각을 한 듯하다.

가을 언덕은 너머나 쓸쓸하고나
밤 새워서 울구짖는 벌레들은 다 어디로 갔나
한 이파리 덧없음을 어루만져 보고
말라 없어지는 찬 이슬 방울 위에서
인생의 가이없음을 바라봄이여
잡초 우거진 가을 언덕을 헤매이는 나의 맘.

–「가을 언덕」 중에서

개인사적이지만 결코 개인사에 머물 수 없는 한흑구의 활동은 우리 문단사의 한 측면을 생생하게 보여주고 있다. 한흑구와 그의 문학에 관한 연구가 심도 있게 진행되어 잊힌 문단사, 잊힌 문학사를 다시 기록하게 되기를 바라는 마음이다.

한흑구는 삶의 많은 것에 제약받았다. 소위 불령선인으로 일제의 강한 감시를 받는 상황에서 그는 자주 하늘을 쳐다보며 자신과 가족 그리고 고국의 미래를 생각하며 무거운 마음으로 살아갔다. 1937년 9월, 그는 연이어 두 편의 시 「이향의 가을」과 「나체의 처녀」를 쓰는데, 이 두 편의 시에는 한흑구의 아내가 소재로 등장한다. 언뜻 보면 여성의 순결성을 염두에 두고 쓴 서정시 같은 느낌을 주지만, 한흑구의 많은 시들이 그 내면에 숨겨진 고뇌와 투쟁심, 저항심이 있음을 간과해서는 안 된다. 이 작품 역시 그 내면은 일제의 탄압을 받는 자신의 외로움과 고독을 노래하면서도, 몸으로 직접 부딪는 투쟁을 하지 못하고 일제의 감시 아래 '보이지 않는 감옥'에 갇힌 자기의 심정을 노래하고 있다. 물리적으로 일제에 항거할 수 있는 상황이 아니기에 그저 '깊어가는 가을 하늘, 이 고요한 밤에 나의 눈은– / 무한한 하늘 위에 영원한 순정을 고요히 고요히 취하고 있습니다.'(「나체의 처녀」 중에서)라고 했다. 그리고 이렇게 노래하였다.

사람이 산다는 것은 무엇인가?
한 번만 죽으면 다시는 영원히 죽지 않을 것을!
차라리 나에게도 전쟁이 있으면
나의 팔다리를 짜르고,
나의 머리가 산산히 부서지도록 쌈이나 하여 볼걸!

아!

그보다 어느 때나 평화가 오지 않으려나?

중추의 밤하늘 위에는

조그만 별 하나 빤짝이지 않는구나!

–「이향의 가을」 중에서

이향(異鄕)은 그가 평양을 떠나 머무는 연곡리를 말한다. 이 땅은 그의 선대에서부터 내려온 땅이어서 '이향'이라는, 즉 다른 고향이라는 이름을 붙인 것으로 보인다. 별 하나 없는 밤하늘만큼 암울한 조국의 현실 앞에서 차라리 전쟁이 있다면 목숨을 내어놓고 싸워보기라도 할 것을, 그렇지 못한 현실 앞에서 번뇌하는 모습을 읽을 수 있다. 이런 번뇌에 찬 한흑구의 모습을 그의 수필 「재떨이」에서 엿볼 수 있다.

멀리서 소리가 난다.

나의 귀는 그것을 들으려고 한 것이 아니라 그 가늘고 긴 소리가 검은 보자기로 꽤–악 싸고 있는 나의 귓속으로 수은(水銀)의 무거운 그리고 무수(無數)한 가루와 같이 새어 들어온 것이다.

나의 눈은 덮고 있는 두 보자기를 열어젖히었다. 그러나 눈은 암흑(暗黑)을 볼 수 없었다. 그러나 눈은 밤을 보았고 소리를 들을 수 있었다.

나의 손은 성냥갑을 더듬었고 담뱃갑을 당기어 왔다.

벽(壁) 위의 시계침(時計針)은 오전(午前) 세 시를 L자(字)로 그리고 있고 담배를 빨고 누운 나의 두 입술은 길 겨울의 밤을 세 번이나 울어 고하는 닭의 소리를 차디차게 감촉(感觸)한 것이다.

내가 촌(村)으로 와서부터 가지게 된 한 가지 생리적 습관(生理的 習慣)이라는 것은 밤 세 시(時)에 깨어서 닭의 울음을 귀담고 담배를 한 대식 태워 버리는 그것이다.

말하자면 나는 잠이 줄어지는 것이라고 생각한다. (중략) 매일매일(每日每日) 잠을 잃어버리는 나의 몸은 확실(確實)히 생리적(生理的)으로 그리 행복(幸福)한 것은 되지 못한다. (중략) 이제 나의 서실(書室)의 창문(窓門) 위에서 나의 눈과 속삭이 하는 저녁별이나 나의 뺨을 어루만지어 주는 보름달을 나에게서 뺏어갈 자(者)가 없을 것이다.

나의 세계(世界)에는 주산반(珠算盤)으로 계산(計算)하는 시간(時間)도 없고 색(色)으로 칠하는 공간(空間)도 없다.

낡디 낡은 책(冊)한 권(卷)과 신농씨시대(神農氏時代)의 목 굽은 호미 한 자루 그리고 성냥 상자(箱子)로 만들은 배꼽 나온 재떨이 하나로써 나의 세계(世界)의 무한(無限)한 영역(領域) 위으로 무수(無數)한 곤두벌러지의 상대(想隊)가 진군(進軍)하여 끝없을 뿐이다. (현대문 필자) (《사해공론》 제5권 제1호, 1939)

겉모습은 안빈낙도(安貧樂道)에 가깝다. 그러나 그 내면을 알고 보면 시대적 상황이 가져다준 불안과 초조, 작가의 행동과 활동 반경의 제한 등으로 이어지는 그의 처지가 숨어 있다. "나의 생활의 표면적 변동의 원인이라는 것은 물론「돈」에서 기인한 것이지마는 그렇다고 그것만이 변동의 원인의 전부는 되지 못한다."라는 그의 변술(辯述) 너머에 위와 같이 말로 다 할 수 없는 사연이 있었다. 시골로 이사를 온 후 생긴 생리적 습관인 '잠을 잃어버린 몸'은 결코 행복한 것이 아니라는 그의 고백은 이를 충분히 가늠케 한다.

정신적으로나 육체적으로 편안하지 않았던 그였지만, 자기 생각을 담담하게 정리해 내고 있다. 그는 이 수필에서 크게 '잠과 창조'의 관계와 '재산과 돈의 흐름'에 대한 자기 생각을 담담하게 펼치는 여유를 보여준다. 자신이 처한 현실을 비관하거나 그로부터 도피하는 것이 아니라 있는 그대로 수용하는 가운데 도시에서 가질 수 없었던 것을 '소유'하게 된 것(자연의 아름다움과 서재)에 만족한다고 한다. 미국 유학을 마치고 귀국한 후 4년여의 세월 동안 그가 가졌던 이상과 현실적 성과들을 모두 버려야 하는 상황들이 그를 만족한 삶으로 이끌지는 않았을 것이다. 그런데도 시골 생활에 만족한다는 것, 그의 고백이니 진실로 받아들여야 하지만 그 내면에 흐르는 고독감은 숨길 수 없는 그림자로 다가온다. 그런 고독과 소외 그리고 당시 자신이 넘어설 수 없었던 제한적 현실 앞에서 책을 읽고 글을 쓸 수 있는 자신만의 공간이 있다는 것은 분명한 위로(慰勞)로 다가왔다. “나의 서실의 창문 위에서 나의 눈과 속삭이하는 저녁별이나 나의 빰을 어루만지어 주는 보름달을 나에게서 뺏어갈 자가 없을” 곳, 그 자유로움이 있는 곳이 바로 그가 말하는 ‘촌’이다. 그가 이주한 곳이 ‘성태(星台)’면이기에 자기 집(서재)을 성대장(星臺莊)으로 이름 붙이고 마음의 여유와 자유와 넉넉함을 갖고자 했던 것으로 보인다. 수많은 상념에 잡힌 자신의 상황을 “나의 세계의 무한한 영역 위로 무수한 곤두벌레(장구벌레의 평양어)의 상대가 진군하여 끝없을 뿐이다.”고 술회한다. ‘곤두벌레’는 모기의 유충을 말하는데 겨울에 무슨 모기유충이냐고 반문할지도 모르지만, 이 곤두벌레의 상대는 작가의 상상이미지이다. 그래서 ‘상대(想隊)’라는 용어를 사용하고 있다. 유충들이 바글거리는 이미지를 빌려 와 자신의 상념이 그만큼 복잡하다는 것을 은유적으로 표현한 것이다.[11)]

평양을 떠나 시골에서 행동의 제약을 받으며 살았지만, 그는 희망의 끈을 놓지 않았다. 그의 시 「색조」에 에피그람으로 붙인 레미 드 구르몽(Remy de Gourmont)의 말에 있는 ‘조국’이라는 말을 사용하여 전하고 있다. 그리고 조국 독립에 대한 희

11) 한명수. 원문으로 읽는 한흑구 수필(1)-재터리, 《에세이 21》 제58호(2018 겨울).

망을 이렇게 전하고 있다.

칠색의 무지개여!
그대의 위대한 얼굴은
다못 한바탕 폭풍우 후에야
우리가 볼 수 있나니.

—「색조」 중에서

그는 그리스도교 신앙인이다. 성경에 나오는 무지개는 하나의 약속으로 한흑구는 인간과 절대자와의 약속을 상징하는 무지개의 의미를 빌려와 새로운 날 아침을 희망하는 조국 광복의 염원을 담아내고 있다. 그러나 현실은 어두웠다. 그는 어두운 현실 위를 거니는 태양을 생각하며 '태양은 아직도 호올로 / 잿빛 하늘을 산보하고 있다.'(「하늘」 중에서)라고 노래하며 조국 광복의 그 날을 기다리고 있었다. 그리고 마침내 동면에 들어갔다.

(전략)
눈을 감지 않은 나의 동면은
천정 위에 사막을 온 겨울 그리어 보았다.
나는 사막을 건너보던 일은 있었으나

준태(駿馱)를 한 마리도 본 기억은 없다.

온 겨울 하늘을 내어다보지 않았다.

그러나 거기 바람소리만은 늘 들었다.

한한히 우뢰 소리를 들었으나

겨울에 용이 떠오를 일은 없을 것이다.

나는 봄이 오기를 바라며

머구리와 같이 동면을 계속한다.

(하략)

–「동면」 중에서

1940년에 발표한 그의 마지막 시 「동면(冬眠)」에서 '눈을 감지 않은 나의 동면'으로 암흑시기 자신의 심정을 대변하였다. 그가 강서군에서 봄이 오기를 바라며 지낸 '동면'은 잠 속에도 이어지는 생명의 삶이었다. 일제로부터 창살 없는 옥에 갇혀 밤낮으로 감시받는 몸으로 부지런히 밭을 일구며 살았지만, 단순히 모든 것을 포기한 상태는 아니었다. 그의 표현대로 '눈을 감지 않은 동면'을 시도하며 글을 썼고, 무지한 농촌 청년들을 일깨우고, 여성들을 계몽하는 것이 조선을 일으켜 세우는 힘이라는 것을 알고, 부인 방정분(邦貞分) 여사에게 농촌 여성을 위한 야학을 열어 여성들을 가르치도록 하였다.

> 작년 겨울 이곳 청년들의 간청으로 부군이 야학을 시작하자 야학교의 문밖에는 처녀애들과 젊은 농촌부녀들이 구경하며 오기 시작하더니 몇 날 후에는 또 나더러 부녀야학을 지도해 달라고 수십 명이나 떼를 지어 왔습니다.(방정분, 「농촌부녀 야학통신」 중에서)

한흑구는 연곡리에서 농촌 청년들을 위하여 먼저 야학을 시작하였고, 여성을 위하여 그의 부인이 야학을 시작하였다. 그렇게 광복이 될 때까지 그는 아내와 함께 농촌 계몽운동을 전개하였다. 그의 이러한 행보에서 우리는 일제의 갖은 협박과 회유를 이기고 '끝까지 지조를 지키며 단 한 편의 친일 문장도 남기지 않은 영광된 작가'[12]의 절개와 독립 조국을 향한 일편단심을 이어온 민족시인의 면모를 읽을 수 있다.

8

그가 조국 광복의 소식을 들은 것은 1945년 8월 15일 오후

12) 임종국, 『친일문학론』(교주본 증보판), 민족문제연구소, 2016(3쇄), 507쪽.

였다. 그날도 여느 때와 다름없이 새벽닭의 울음을 듣고 일어나 곧장 산으로 올라갔다. 가족이 사는 집이 보이는 마을, 그곳에서 과수원과 밭을 일구며 살았던 그에게 일왕의 항복 소식을 전해 준 것은 친구였다. 그때 한흑구는 '40년 동안 나의 몸속에 굳어 있던 붉은 피가, 한꺼번에 용솟음쳐 심장으로 모여드는 것을 감각하였다.'(「닭 울음」 중에서)라고 하였다.

우리의 상상력을 발휘하여 그날 그 시간으로 가보자. '동해물과 백두산이~' 함께 애국가를 부르는 모습을 상상해보자. 한흑구는 광복 2주년 기념식장에서 '애국가'를 부르는 순간, 가장 아름다운 인간의 순정을 감촉했다고 한다. 그런 그에게 있어 그 '애국가'는 매우 남다른 것이다. 당시 불렀을 그 애국가는 오늘날 우리가 부르는 그 애국가와는 곡조가 다른 것이다. 1940년대 초부터 오늘의 우리가 부르는 애국가, 다시 말하면 안익태 작곡의 애국가가 불리기도 하였지만, 우리가 알고 있듯이 그것은 스코틀랜드 민요-올드 랭 샤인(Auld Lang Syne)의 곡조에 우리 애국가 가사를 붙여 불렀던 그 애국가였다. 이는 한흑구가 1919년 3·1독립선언 때 평양 시민들과 함께 불렀던 바로 그 애국가였다.

올드 랭 샤인! 그는 1929년 미국으로 유학을 하러 가서 한 달이 채 안 된 시점에서 「그러한 봄은 또 왔는가」라는 시를 3월 1일 아침에 썼고, 그 이듬해, 즉 1930년 2월 23일에는 이 스코틀랜드 민요를 번역하여 《신한민보》에 발표한다. 단순한 번역이 아니라 의도 있는 번역이었다. 그는 이 노래를 번역 발표하면서 이런 부기를 남겼다.

> 스코틀랜드의 열정적 애국시인인 로버트 번즈(Robert Burns)의 시는 우리의 민족에 부대끼는(와 닿는-필자 주) 정서가 적지 않은 것이다. 더욱이 3 · 1기념일을 몇 날 앞두고 그의 시 두 편을 역초하게 되었다. 평화스러운 옛날의 내 집을 늘 그리고 있는 우리들은 이 애국시인의 노래를 가슴 깊이 들을 것이다. 우리가 늘 읽는 그의 시이지만 오늘을 당하여 다시 한번 불러보는 것도 무의한 일은 아닐 줄 안다.

국권을 상실한 우리 민족이 항상 '내 집'(조국)을 그리워하듯이 '올드 랭 샤인'이 지닌 그리움의 정서가 우리 민족의 그것과 다르지 않다는 것을 말하고 있다. 평소에 부르는 노래이지만 3·1독립선언기념일을 앞두고 불러보는 것에는 특별한 의미가 있다는 것을 말하고 있다. 이렇게 그가 번역을 통하여 공유하고자 했던 그 노래의 곡조가 우리 애국가의 곡조가 된 현실, 그리고 비록 독립했지만, 아직 완전한 독립을 이루지 못한 현실 앞에서 불러보는 그 애국가가 어찌 그의 마음을 가만히 놓아두겠는가?

한흑구에게 있어 조국에 대한 그리움은 잉글랜드와 스코틀랜드 사이의 갈등 속에서 자기의 고국을 떠나 유랑했던 로버트 번즈(Robert Burns)에 비유하기도 하였다.

오! 조선은 산수의 나라
낮엔 산이 그립고, 밤에 냇소리가!
스코틀랜드의 고원을 떠나
런던에 유랑하던 번즈와 같이
나는 조선의 산과 물이 그리워
객창의 짧은 여름밤을
오! 이렇듯 그리운 생각 속에
몇 번이나 앉아 새우노!

–「그리운 생각」 중에서

나라를 잃은 서러움, 고향과 집을 잃은 아픔을 딛고 그는 다시 마음을 다잡았다. 그가 1934년 미국을 떠나 조선으로 귀국하기 직전 「나」라는 제목 안에 마치 옴니버스같이 여러 편의 시를 발표하였는데, 그 가운데 하나가 바로 「내 집」이라는 시이다. 한흑구는 쓰러져 가는 자기 집을 일으켜 세워야 하는 의무가 있는 아들임과 동시에 쓰러진 조국을 일으켜야 하는 조선의 외아들임을 노래하기도 하였다. 그 마지막 연을 보면 이러하다.

내 집은 헐어지고

나는 외아들이노라.

헐어지는 내 집을 바로잡을

나는 조선의 외아들이노라.

–「내 집」 마지막 연

'내 집'은 자기 집, 즉 고향에 있는 집을 말하기도 하지만, 국권을 상실한 민족의 집, 즉 '내 조국, 조선'을 상징하기도 한다. 과학자들은 집이 허물어지고 비바람에 성벽이 굴러 내리는 일은 자연스러운 것이라고 말하지만, 자기의 심장은 '비운에 울 뿐'이라는 한흑구, '나는 조선의 외아들이노라'라고 외치는 그의 비장함이 가슴을 파고든다. 그렇다. 그는 진정 조선의 외아들이요 한 집안의 외아들이었다. 고국과 집안의 새로운 시작과 당당한 행진의 첫걸음은 바로 그에게 달려 있다는 것을 직시한 것이다. 청년 한흑구가 남겨놓은 시편 속에는 진리를 향한 인간의 순수한 영혼의 목소리가 담겨 있고, 고국의 독립과 평화를 추구하는 갈망이 흐르고, 민족과 가족을 사랑하는 한 남자의 따뜻한 피가 흐르고 있었다.

9

그렇게 1945년 8월 15일을 맞은 것이다. 이제는 그런 슬픔에서 벗어나 새로운 조국을 건설할 일만 남은 그의 가슴은 기쁨에 차 있다. 궁극적으로 그의 가슴에 메아리치는 것은 일제 강점의 오랜 고통에서 벗어나 새롭게 나라를 건설하는 일이고, 이제 그 뜻을 이룰 수 있는 시간이 되었다는 것, 그리고 그것을 이룰 수 있다는 희망 때문에 기쁜 것이다.

> 인간으로 태어난 것이 기쁘고, 아직은 비록 약한 겨레지만, 한마음 한뜻으로 새롭고 튼튼한 국가를 이룩하리라는, 나와 똑같은 희망으로 불타는, 나의 겨레가 있다는 것이 한층 더 미쁜 것이었다. 이 한마음 이 한뜻으로 이 소원을 이루는 곳에만, 우리의 참다운 생활과 아름다운 예술과 문화가 꽃핀다는 것을 생각할 때, 나는 대한 사람으로 이러한 세대에 태어나, 나라 건설의 사명을 띠게 된 것을 큰 행복으로 생각하고 자랑하고 싶었다.
>
> -「닭 울음」 중에서

나라를 생각하는 마음은 예나 지금이나 변함이 없었다. 한흑구는 그가 발표한 수많은 글 속에 국권을 상실한 조국에 대한 사랑과 민족의 아픔을 노래하기도 하였고, 귀국 후에도 줄곧 나라를 걱정하는 글을 발표하기도 하였다. 일제강점기에는 '조국', '고국', '국가', '나라'와 같은 단어들을 마음놓고 말할 수 없었기에 그 타는 마음을 굳이 말로 표현하지 않아도 모두 공감하는 바가 아니었겠는가?

그런 그에게 마음껏 노래 부를 수 있는 조국의 이름이 있고, 땅이 있고, 민족이 있다는 것, 더군다나 그 모든 것 위에 새로운 조국을 건설하는 사명을 지녔다는 것은 실로 가슴 벅찬 일이 아닐 수 없었다. 그래서 그는 "나는 대한 사람으로 이러한 세대에 태어나, 나라 건설의 사명을 띠게 된 것을 큰 행복으로 생각하고 자랑하고 싶었다."라고 당당하게 말하는 것이다.

그의 당당함은 그가 일제강점기 동안 보여준 지조 있는 삶에서 나오는 것이다. 그런 삶의 정신이 그의 시에만 나타나는 것은 아니라 수많은 산문에도 나타난다. 비록 그의 전체 작품을 확보할 수 없는 상황이지만 신문과 잡지에서 발견되는 그의 작품 가운데 많은 것이 고국에 대한 사랑과 독립을 기원하며 쓴 것임을 확인할 수 있다. 이 얼마나 고마운 일인가? 일제의 탄압과 박해 속에서 육체적 목숨을 내놓는 '피의 순국'은 못하였지만, 평생 문학을 통하여 민족의식을 일깨우기 위하여 노력하였던 작가, 임종국의 말대로 끝까지 지조를 지키며 단 한 편의 친일 문장도 남기지 않은 영광된 작가인 한흑구는 자신이 고백하였던 것처럼 한 줄 시에도 나라를 생각했던 우국시인이요 민족시인이었다. 우리는 한흑구를 '민족작가'라고 불러야만 하지 않을까?

한흑구는 우리나라 근대문학의 어떤 유파에도 속하지 않았고, 유파도 형성하지 않은 채 독자적인 문학세계를 구축하였던 시인이다. 그것뿐만 아니라 위에서 살펴본 것처럼 민족의 자주권을 회복하기 위하여 독립의 그날까지 '백색 순국'의 마음으로 투쟁하였던 시인이었다. 우리나라의 광복 이후 맑고 순수한 빛과 같은 언어를 바탕으로, 시적 수필을 통하여 민족 부흥의 정신적 징검다리 역할을 하며, 정신적 가치의 숭고함을 노래하였고 국민 계몽을 위하여 문학을 통한 지방과 지역의 문화운동을 선도한 선구자이기도 하였다. 한흑구를 우국시인이요 민족시인으로 자리매김하는 일은 우리 문단사의 중요한 일이요 나아가 우리 민족의 정신사와 교육사에도 중요한 일이다.

한흑구 초기시의 모더니즘 경향과 칼 샌드버그의 도시 민중시학

박현수

박현수

- 1966년 경북 봉화 출생. 시인, 문학평론가, 경북대학교 국문학과 교수.
- 서울대학교 대학원 국문학 박사, 1992년 한국일보 신춘문예에 시「세한도」 당선.
- 저서에는 시집『우울한 시대의 사랑에게』,『위험한 독서』,『겨울 강가에서 예언서를 태우다』,『사물에 말 건네기』 등, 평론집『황금책갈피』,『서정성과 정치적 상상력』 등. 문학 관련 학술서『모더니즘과 포스트모더니즘의 수사학 — 이상문학연구』,『한국 모더니즘 시학』,『시론』,『전통시학의 새로운 탄생』,『시 창작을 위한 레시피』 등 다수.

한흑구 초기시의 모더니즘 경향과 칼 샌드버그의 도시 민중시학

박현수 (경북대학교 국문학과 교수, 시인)

1. 서론

한흑구는 수필가로 더 이름이 알려져 있지만, 사실상 그는 처음부터 시를 발표하며, 시를 지속적으로 써온 시인이었다. 그는 1926년부터 1940년까지 시를 발표하였다. 『한흑구시전집』[1)]에 따르면 현재까지 발견된 그의 시는 총 78편(번역시 제외)에 이른다. 1944년에 순국한 이육사의 시가 40편에 불과하다는 점을 고려하면 해방 이전에 이 정도 시를 발표한 것은 분량에 있어서 결코 적은 편이 아니다. 다만 그의 수필이 이후 크게 주목되면서 그의 시적 재능이 상대적으로 축소되어 보였을

1) 한명수 엮음, 『한흑구 시전집』, 마중문학사, 2019. 앞으로 이 책은『시전집』으로 표기한다.

뿐이라 할 수 있다. 물론 한흑구 본인이 자신의 시를 한 권의 시집으로 엮지 않았음을 생각하면, 그 자신도 시보다는 수필 혹은 평론 쪽에 더 재능이 있다고 판단한 것은 아닌가 생각해 볼 수도 있다.

그럼에도 한흑구는 초기에 시에만 전념한 것으로 보인다. 특히 유학 기간 중에 많은 시를 창작한 것으로 보인다. 그는 1929년 2월 4일에 미국에 입국하여 아버지 한승곤이 흥사단 일로 머물고 있는 시카고로 가서 시카고 루이스 학원을 다닌 후 노스 파크 대학에 입학하였다.[2] 이후 1932년 봄 즈음에 템플대학에 입학하기 위해 거주지를 옮기고 어머니의 병환 소식을 듣고 귀국하기까지 재미 5년의 기간(1929.02-1934.03)[3] 동안 왕성한 시 창작 활동을 한 것으로 보인다. '왕성한 시 창작 활동'이라는 표현은 5년 동안 발표한 작품이 50여 편에 이른다는 점만을 지적한 것이 아니라 스스로 밝힌 창작 활동을 고려한 것이다. 한흑구는 귀국 전에『신한민보』에 마련된 '흑구시집편초'라는 특집란에 17편의 시를 연속적으로 발

2)『신한민보』 기사「三학생이 미주 유학을 목적하고」(『신한민보』, 1929.02.07.) "금월 四일에 입항한 대요 마류 션편으로 쉬카고 계신 한승곤 목사의 아들 세광군과 (중략) 한군은 쉬카고 류이쓰 인슈튜드로 입학할 예졍이며(후략)" 참조.

3) 한흑구의 출국과 귀국은『신한민보』에 실시간으로 보고되고 있다. 미국 입국에 대해서는「三 학생이 미주 유학을 목적하고」,『신한민보』, 1929.02.07, 귀국에 대해서는「한세광씨 귀국」,『신한민보』, 1934.03.22. 참조.

표하고 있다. 그 첫 발표 지면에 간단한 서문을 싣고 있는데, 당시 그의 창작 상황을 짐작하는 데 도움이 된다.

> 재미 5년간 고학 생활을 하는 여가에 나는 약 2백편의 시와 100편의 영문 시를 썼었다. 이것들을 모아서 「젊은 날의 시편」 이라고 제하고, 「사향시편」, 「방랑시편」, 「님께 드리는 시편」, 「인생시편」, 「영문시편」 등의 5부곡을 편찬하야 나의 젊은 날의 초기 작품을 발표하기로 생각하고 있다.
>
> 어머님의 병고를 받고 귀국하기로 준비하는 나는 미국에 유하는 여러 동모들을 생각한다. 나는 많은 동모들의 사랑을 받았으나 이직까지 나는 그들에게 즐거움을 주지 못하였다. 미국을 떠나려는 나는 나의 「시편」에서 수30편을 꺼내어 여러 동모에게 주고 가기로 생각한다. 잘 되었건 못되었건 이것은 모다 재미간 나의 젊은 날을 노래한 것들이다.[4)]

만 5년간의 미국 유학 생활을 접으며 쓴 이 글에서 한흑구는 자신이 '재미간(재미 기간)' 중에 쓴 시가 영문시 포함 총 300여 편에 달하는 것으로 밝히고 있다. 이 정도의 작품 양도 엄청난

4) 한세광, 「흑구시집편초」, 『신한민보』, 1933.12.14. 가독성을 높이기 위해 표기는 대체로 현대 표기법에 맞추어 수정하였다. 이하 동일함.

데, 그가 "16세시 중학시절부터"[5] 시를 창작하였다는 회고를 참조하면, 창작한 시의 총량은 그보다 훨씬 더 많을 가능성이 높다.

지금까지 한흑구의 시에 대한 연구는 매우 소략하다.[6] 그의 수필에 대한 높은 관심에 비하여 상대적으로 소홀한 면이 없지 않았다. 본고는 한흑구 시 중에 재미 기간과 그 이전의 시를 초기시라 규정하고 이들 시에 특징적으로 드러나는 도시성과 민중 지향성을 분석하고자 한다. 이런 특징을 보이는 시를 '모더니즘 경향의 민중시'라 부를 수 있을 것이다. 본고는 이런 특성이 나타나게 된 기원을 그의 초기 평론에서 찾고자 한다. 이를 위해 지금까지 거의 주목되지 않은 그의 산문과 평론들(대부분 기존 선집이나 목록에 나오지 않는)을 구체적으로 검토할 것이다.

2. 초기시의 도시성과 민중 지향성

한흑구의 초기시에 특징적인 것은 도회적 소재가 많이 등장

---

5) 한흑구, 「시단문답」, 『시건설』 8, 1940.06, 34쪽.

6) 김권동, 「흑구 한세광의 시 연구」, 『한민족어문학』 56, 한민족어문학회, 2010; 강호정, 「한흑구 시 연구—미국 체험의 시적 수용 양상을 중심으로」, 『한국시학연구』 57, 한국시학회, 2019; 맹문재, 「한흑구의 시에 나타난 민주주의 고찰」, 『동서비교문학저널』 54, 한국동서비교문학학회, 2020.

한다는 점이다. 그의 최초의 발표작으로 알려진 작품에서부터 이는 확연하게 드러난다. 그리고 도회적인 풍경이 주로 비판적인 시선으로 포착된다는 점도 하나의 특징이라 할 수 있다.

가) 戰爭 마당갓치도 요란한
大都市의 밤거리
孤客의 단잠을 빼앗음인가!
안이 故鄕을 사모하는 정이엇든가!
오로지 冥想이 자미스러움이여!
밤은 와도 잠 못 이루는 밤거리
困한 줄도 몰으는구나!
名譽와 黃金만으로 쌈싸우는
屠殺場갓치 요란한 밤거리!

－「밤거리」 전문[7]

나) ᄉᆡ벽부터 야즈러운 귀덕 소릐에
  밥그릇 엽헤낀 허리 굵은 뒷마을 사람들
눈 비빌 ᄉᆡ도 업시 공쟝에 가는 무리들이여
  졋 달라고 우는 ᄋᆡ 우름 귀에 담엇는가!

7) 한흑구, 「밤거리」, 『진생』 1-10, 1926.06; 『시전집』 170쪽.

–「그러한 봄은 또 왓는가」 부분[8)]

가)는 대도시의 요란한 밤거리에 대해 비판하고 있다. 여기의 '대도시'는 그의 이력상 '평양'일 수도 있으나 "고객(孤客)", 즉 '외로운 나그네'나 "고향을 사모하는 정"이라는 표현으로 볼 때, 당대의 '경성'일 가능성이 크다. 그는 이 대도시 밤거리의 '요란함'을 부정적으로 바라보고 있다. 그는 이 요란한 대도시를 "전쟁 마당", "도살장"으로, 더 구체적으로는 '명예와 황금만을 위한 전쟁터'로 인식하고 있다. 나)는 자신의 고향 평양의 풍경을 그리고 있다. 기적소리에 일어나 아침 일찍 공장에 가는 광경을 통해 고단한 도시의 삶을 비판적으로 다루고 있다.

흔히 우리 시에서 도시의 상황을 적극적으로 담은 문인은 모더니즘 시인으로 알려져 있다. 물론 카프 시인들이 현대 도시 노동자 문제를 다루며 배경으로 도시 풍경을 들고 나오기도 했지만, 그것은 메시지를 전달하기 위한 하나의 배경으로만 등장할 뿐이다. 그래서 도시를 적극적으로 대면한 이는 아무래도 모더니즘 시인들이라 할 수 있다. 당대 모더니즘의 유일한 이론가이자 시인이던 김기림은 모더니즘의 유행이 한풀 꺾인 1939년에 와서 다음과 같이 모더니즘과 도시의 관계에 대해

---

8) 『신한민보』, 1929.05.02.; 『시전집』, 171쪽.

구체적으로 지적한 바 있다.

> 『모더니즘』은 위선 오늘의 문명 속에서 나서 신선한 감각으로써 문명이 던지는 인상을 붙잡었다. 그것은 현대의 문명을 도피하려고 하는 모-든 태도와는 달리 문명 그것 속에서 자라난 문명의 아들이였다. 그 길은 바꾸어 말하면 우리 신시사상(新詩史上)에 비로소 도회(都會)의 아들이 탄생했던 것이다. 제재부터 위선 도회에 구했고 문명의 뭇면이 풍월 대신에 등장했다. 문명 속에서 형성되여가는 새로운 감각, 정서, 사고가 나타났다.[9]

김기림은 한 마디로 '모더니즘'을 "도회의 아들"이라 명명하고 있다. 도회(도시)는 모더니즘 문학의 전문 영역이라는 뜻이다. 리얼리즘에서 도시를 다루는 방식과 다른 점은, 모더니즘은 도시의 풍경을 적극적으로 포착하고 도시적 감각을 시적 표현의 중요한 요소로 다룬다는 것이다. 그런데 모더니즘 문학은 1932년경에 김기림에 의해 시와 시론이 본격적으로 발표된 이후, 1935년경에 와서야 당시 조선 문단의 중요한 사조로 부각되기 시작하였다. 김광균과 이상이 등장하여 각광을 받기 시작한 것도 이즈음이었다.

---

9) 김기림, 「모더니즘의 역사적 위치」, 『인문평론』 1, 1939.10, 83쪽.

1929년 2월에 한국을 떠나 미국으로 올 때 한흑구에게 영향을 끼친 문학은 당시 문단의 주조를 형성한 카프문학이었을 것이다. 그에게 모더니즘은 아직 접해보지 못한 미지의 사조에 불과하였다. 그런데 모더니스트라 보기 힘든 한흑구의 시에서도 도시의 풍경이 적극적으로 나타난다. 그리고 이러한 경향이 가장 강렬해지는 것은 그가 미국 시카고로 유학 간 이후부터이다. 이때부터 미국의 대도시 시카고가 그의 시의 주요 배경으로 등장한다.

이슥고 밤은 깁느니
電車박휘 털털 굴러가든 소리!
妖婦의 눈 속에 잠긴 요란한 이 거리도
이제는 씨-ㄱ하고 모터와 갓치 머젓구나(중략)

暗黑의 거리-
屠殺場 갓흔 골목길
첫 동은 빨간 情熱의 波紋을 타고서
새로운 盟誓의 몽둥이를 들어
너이의 팔뚝을 쑤다려보지 안느냐!

보라!

네 엽구리에 가로노인 屍體들을

감지 못한 눈에는 正義의 빗이 가득하고

탈쯧이 마른 두 입살에는 自由의 불으지즘

아! 이 웬일인가! 이 착한 사람들이!

그러나 다시 그 엽구리에 손을 대여보라!

槍의 痕迹- 그리고 주린 腸子를-

—「첫 동이 틀 째」[10] 부분

이 작품은 처음부터 도시의 풍경을 적극적으로 포착하고 있다. 전차 바퀴 굴러가는 소리와 모터의 비유로 대도시 시카고의 밤 풍경을 묘사하고, 불안한 치안 상태는 '도살장 같은 골목길'로 그리고 있다. 이 작품은 밤 풍경에서부터 다음 날 새벽까지의 장면을 다루고 있다. 불안한 밤이 지나고 새롭게 동이 터올 때 시적 화자는 그 태양 빛에서 촉발되어 새로운 각오를 다짐한다. 그것은 열혈 청년의 단순한 낭만적 열정의 표현이 아니라, 정의와 자유를 위해 죽은 자들("네 엽구리에 가로노인 屍體들")을 위한, 즉 공공적인 정의를 위한 구체적인 행위이다. 그들은 옆구리에 "창의 흔적"이 있다는 점에서 예수와 같이 핍박받는 존재로 그려지고 있다. 도시의 풍경과 함께 이런 핍박받는 자들

10)『우라키』5, 1931.07;『시전집』, 187쪽.

을 환기하는 것은 시적 화자의 다짐이 시카고라는 대도시에서 목격한 부조리와 억압 등을 극복하기 위한 사회적 결의라는 점을 강조하기 위해서이다. 억압받는 자들에 대한 동정과 그들을 위한 투쟁의 의지를 표명하는 작품에 시카고라는 대도시의 풍경은 그 다짐을 더욱 설득력 있게 만들고 있다. 다음 작품도 유사한 시선으로 시카고의 한 풍경을 구체적으로 그리고 있다.

子正이 넘어서
홀스테드 電車를 탓네
車 안에는
일터로부터 돌아오는 勞働者들,
껌둥이, 波蘭 여자, 愛蘭 색시,

奴隷에서 해방된 껌둥이
오늘은 다시 돈의 鐵鎖에……
러시아서 해방된 파란 여자
오늘은 다시 돈의 束縛에……
綠色치마의 愛蘭 색시
오늘도 그 치마 綠色

모도다 하픔하며

끄덕 끄덕 졸고 앉엇네.

한두 번 電車가 멎더니

그들도 모다 나리엿네.

그 中에 나 혼자 남어

커 -쁘를 도는 車바퀴 소래를 듣네.

(후략)

－「밤 電車 안에서」[11] 부분

이 작품은 자정 이후 시카고 홀스테드를 경유하는 전차 안의 풍경을 다루고 있다. 이 작품에 달려 있는 각주, "홀스테드=쉬카고 빈민가"라는 구절에서 짐작할 수 있듯이, 홀스테드라는 빈민가에 사는(혹은 경유하는) 노동자들이 직장에 나가서 종일 노동을 하고 자정이 넘어 귀가하는 상황을 담고 있다. 이 전차에 타고 있는 노동자 중에 껌둥이(흑인), 파란(폴란드) 여자, 애란(아일랜드) 색시 등의 등장은 이 시기 한흑구의 관심사가 어디에 있는지 잘 보여준다. 흑인은 노예 제도 아래의 구속 상태로부터, 폴란드 여자는 러시아 식민지라는 부정적 상황으로부터 해방되었지만, 여전히 완전한 자유에 도달하지 못하였다. 그들은 돈의 철쇄와 속박이라는 자본주의가 만들어낸 새로운

11)『동광』28, 1931.12;『시전집』, 194쪽.

구속 상태에 놓여 있기 때문이다. 아일랜드 색시는 아일랜드가 당시 여전히 영국의 식민지 상태이기 때문에 흑인과 폴란드 여자의 상황과 다르지만, 오히려 한흑구의 조국인 당시 조선의 상황과 유사하다는 점이 고려되어 등장한 것으로 보인다. 아일랜드 색시는 같은 녹색 치마를 매일 입고 출근하는 빈곤한 존재로 그려진다. 이 시는 당시 한국에서는 보기 힘든 미국의 실제 풍경을 그리고 있다는 점에서 이채로운 작품이라 할 수 있다. 이 작품에서도 도시의 풍경이 현실 비판적 시선과 함께 구체적으로 등장하고 있다.

그리고 이런 경향을 완성하고 있는 작품으로 「쉬카고 - 사ㅅ과연구 동지들에게」를 들 수 있다. 길긴 하지만 그의 초기 시에서 이 시의 위상이 중요하므로 전체를 인용한다.

쉬카고 나의 둘칙 고향!
거기에는 나의 동모가 잇고,
조국을 위하야 싸호는
늬 동무들의 숨길이 잇는 곳,
호수가에는 공원과 호텔
「카지노 클럽」으로 가는 자동차들.
이곳에 동모 업시 나와 안저
수심하는 동모들이여!

클락 스트릿을 건너 저편에는
ᄇᆡᆨ 년 늙은 헌집 속에 몬지덤이.
밤느져 이 골목으로 들어가는
동모의 무겁게 느러진 머리!

쉬카고는 나의 둘치 고향!
거기에는 ᄋᆡ리스토크릿의 밤이 잇고
룸펜의 ᄇᆡ곱흔 아츰이 잇는 곳.
그리고, 그릇 나르고 어더 먹는 밥집이여!

쉬카고는 시인을 밋치게 하엿고
사회학자를 잠 못 자게 하엿나니
ᄏᆡ포네의 총대는 호텔 문을 잠그고
시장은 ᄏᆡ포네의 축ᄇᆡ를 마시엇다.

돈 만흔 사람의 노리터,
예술에게 리혼 당한 그림징이의 술 노ᄅᆡ,
음악가의 엉덩이 춤,
그 속에도 ᄂᆡ 동모들 무겁게 숙인 머리.

쉬카고는 나의 둘치 고향!

쌈 만흔 그곳, 술 많은 그곳,
돈 만흔 그곳, 일자리 업는 사람들-
그 즁에서도 늬 동모, 그리고 붉은 긔발이 날니는 곳.

동모여! 쉬카고에 잇는 동모여!
그곳은 세상에 두울도 업는
현대인의 수술실이여니,
굶고, 빅곱하도
그곳에 우리의 수술대가 노엿고,
우리의 환자가 눠여 잇다!

쉬카고는 나의 둘치 고향!
동모와 그곳이 그립구나!

–「쉬카고–사ㅅ과연구 동지들에게」[12] 전문

한흑구는 이 작품을 『신한민보』(1932.04.21)에 발표한 후 조금 수정하여 재발표를 몇 차례 반복하였다. 『신한민보』에 발표한 후 유학생 동인지 『우라키』(1933.03)에, 마지막으로는 귀국한 이후 한국의 정식 문예지 『조선문단』(1936.01)

12) 『신한민보』, 1932.04.21; 「시전집」, 202-203쪽.

에 발표하였다. 이 시는『우라키』발표분의 마지막에 붙은 설명("1932. 5. 1「필라델피아」에 와서")에서 알 수 있듯이 그가 시카고를 떠나 필라델피아에 와서 쓴 작품이다. 그가 템플대학 입학을 위해 시카고에서 필라델피아로 옮겨간 정확한 일자는 확인되지 않지만 1932년 2월 말이나 3월 초경으로 짐작된다. 그가 필라델피아에 온 이후에 발표한「고우 최군을 조상함」[13]의 발표 시기인 3월 중순 이전에 이미 필라델피아에 도착하였음을 확인할 수 있다.

그는 이 작품에서 시카고를 '나의 둘째 고향'이라고 부르고 있다. 자신이 태어난 평양이 첫 번째 고향이라면 자신이 본격적으로 사회활동과 문필활동을 시작한 시카고를 둘째 고향으로 생각하고 있는 것이다. 이 작품에는 클락 스트리트와 같은 구체적 지명이 나타나 있으며, 부정성과 긍정성이 공존하는 시카고의 도시적 특성을 보여주고 있다. 카지노 클럽으로 가는 자동차와 수심하는 동모, 'ㅇ리스토크ㄹ(aristocrat, 즉 귀족)'과 '룸펜'의 대비, 알 카포네와 밀착되어 있는 도시의 부정부패, 돈 많지만 일자리 없는 도시 등을 부정성의 측면으로 들고 있다. 그럼에도 시카고는 "나의 동모가 있고,/ 조국을 위하여 싸우는/ 내

13) 한세광,「고우 최군을 조상함」,『신한민보』, 1932.03.17. 글 중에 "이제부터 필라델피아의 처츰함이 쏫밧게 싹트는 듯"이라는 구절이 있다.

동무들의 숨길이 있는 곳"이기에 긍정성을 지닌다. 그는 그곳의 동지들을 통해 현실 개혁의 가능성을 읽어내고 있다. 다시 말해 시카고는 여러 부정적인 측면을 지니고 있음에도 불구하고 동지들과 함께 사회 문제를 심도 있게 분석하고 이를 통해 해결책을 끌어낼 수 있는 가능성을 지녔다는 점에서 긍정성을 지닌 곳이다.

이 작품에서 시카고에 긍정성을 부여하는 존재가 중요한데, 시에서 그것은 "쉬카고에 있는 동모"로 나타나 있다. 이 동모의 구체적인 정체가 바로 부제의 "사ㅅ과연구 동지들"이다. 아마도 현재 발음상으로는 '사꽈연구 동지들'이 될 이 동료들은 『신한민보』의 기사에 따르면 '사회과학연구회 동지들'을 의미하는 것으로 보인다. 사회과학연구회를 줄여서 '사과연구회'라 한 것인데, 한흑구가 당시 연구회 동지들이 '사꽈연구회'로 발음한 것을 그대로 부제로 표기한 것으로 보인다. 이 연구회는 유령 조직이 아니라 구체적인 조직 강령과 활동을 확인할 수 있는 실제 조직이다. 이 조직의 정식 명칭은 '재미 한인 사회과학연구회'로서 이는 재미 한국 학생들과 사회 청년들이 발기하여 (총 8명의 발기인 명단에 '한흑구'가 있다) 1930년 10월 18일에 창립한 연구 단체로서, 그들의 취지서는 다음과 같다.

우리는 사회과학을 연구하는 동무들이 모인 모임이다. 과학상에 남보다 뒤떨어진 우리는 기관이 있어야 할 것을 느끼고 단체적으로 사회과학을 연구하며 사상 문제를, 뜻을 같이하여 연구하기로 맹약하고 이에 재미 한인 사회과학연구회를 조직하는 바이다. / 더구나 우리는 세계 무산 계급의 부르짖음에 보조를 같이하여 약소 민족의 설움을 위하여 투쟁 전선에 나아갈 것이다.[14)]

사회과학연구회는 사회과학을 전문적으로 연구하는 모임이며, 그 지향점은 세계 무산 계급의 해방과 약소민족의 설움 해소를 위해 투쟁하는 데 있다. 일종의 사회주의적 사상에 바탕을 두고 민족 해방을 모색하는 단체라 할 수 있다. 그들의 강령에 이런 지향이 더 명확하게 요약되어 있다.[15)] 「시카고」라는 작품에도 이 단체의 지향이 표현되어 있다. 이후 개정본에서는 완전히 사라지는 "붉은 긔발이 날니는 곳"의 '붉은 깃발'이 바로 그것이다. 이것이 이 단체의 지향점(프롤레타리아 해방을 목표로 하는 사회주의적 지향)과 관련이 있는 것이다. 이 표현은 「축출명령-축출 당한 K군을 생각하고」라는 시의 "붉은빛의 ××('인

14) 「사회과학연구회 창립」, 『신한민보』, 1930.10.30.

15) "일, 우리는 사회과학을 연구함. 일. 우리는 내외 사회사상 문제를 연구, 비판, 선전함. 일. 우리는 조선 대중 운동의 육성을 기함." 위의 글, 『신한민보』, 1930.10.30.

민', 혹은 '민중'인 듯-인용자)나라"[16]라는 표현과 상통한다. 이들 시에 나타나는 '붉은 색깔'은 당시 프롤레타리아문학과 민중주의에 깊은 관심을 가지고 있던 한흑구의 생각과 그런 생각을 가진 청년 모임의 성격을 상징적으로 표현한 것이라 할 수 있다.[17] 인용 작품 「시카고」는 필라델피아에서 시카고와 그곳의 열정적인 청년들의 모임인 사회과학연구회를 떠올리며 쓴 작품인 것이다.

이 '재미 한인 사회과학연구회'의 존재를 고려하면, 이 시가 과거를 그리워하는 단순한 회고시가 아니라는 사실을 알게 된다. 이 시는 사회 개혁과 민족 해방을 꿈꾸는 공동체에 대한 그리움과 시인의 치열한 현실 인식을 담고 있는 작품이 되는 것이다. 그래서 다음 구절은 새롭게 읽을 필요가 있다.

> 동모여! 쉬카고에 잇는 동모여!
> 그곳은 세상에 두울도 업는
> 현대인의 수술실이여니,
> 굵고, 빅곱하도

16) 한흑구, 「축출명령-축출 당한 K군을 생각하고」, 『동광』, 1932.10; 『시전집』, 217쪽.

17) 따라서 강호정이 「축출명령」의 '붉은 벗의 나라'("붉은 빛의 ××나라"의 오기)라는 표현이 "프롤레타리아문학에 경도되었던 당대의 문학적 분위기가 한흑구 시에도 나타난 것"으로 지적한 것은 타당하다고 하겠다. 강호정, 앞의 글, 109쪽.

그곳에 우리의 수술대가 노엿고,
우리의 환자가 눠여 잇다!

이 구절에서 '그곳'은 당연히 시카고를 가리킨다. 시카고를 "현대인의 수술실"이라 부르는 것은, 시카고가 대도시의 온갖 부정적인 측면을 갖추고 있지만 그런 것을 직시하게 만들어 결과적으로 더 나은 사회를 지향하게 하는 반면교사의 역할을 하기 때문일 것이다. 그런데 "우리의 수술대"나 "우리의 환자"라는 표현은 처음에는 다소 어색하게 읽힌다. '우리'의 성격이 명확하게 드러나지 않아, '수술대'나 '환자'라는 비유가 뜬금없게 느껴지는 것이다. 정확한 맥락 없이 그저 '수술실'이라는 표현에서 연상된 단순한 비유로 보일 뿐이다. 그러나 이 '우리'가 '재미 한인 사회화학연구회'임을 알게 되면 이 표현의 의미가 명확해진다. 즉 '수술대'는 내외 사상을 연구, 비판, 선전하는 '재미 한인 사회과학연구회'이며, '환자'는 무산 계급의 피억압 상황과 약소민족의 설움이라는 사회 문제인 것이다. 이런 의미 있는 과업을 수행하는 연구회가 있기 때문에, 비록 가난과 궁핍에 시달릴지라도('굶고 배고파도') 회원들(동무들)은 삶의 보람을 느낄 수 있었던 것이다. 그런데 이후 개정판에서는 이 부분의 표현이 많이 수정된다.

가) 동모여! 쉬카고여!/ 그 곧은 세상에 둘도 없는/ 현대인의 수술실이어니-

우리들의 수술실이어니// 굶고 헐벗어도/ 그 곧마는 우리의 수술실!"

나) 굶고 또한 헐벗어도/ 그곳은 우리의 수술대 현대의 도시여"[18)]

가)는『우라키』발표분이고 나)는『조선문단』발표분이다. 가)에서는 시카고를 '현대의 수술실'이라고 표현하고 이를 '우리들의 수술실'과 동등하게 취급한다. 최초 발표본의 "우리의 수술대", "우리의 환자"라는 구체적인 비유가 막연해졌다. 그리고 나)에 오면 이 표현은 더 막연해진다. "우리의 수술대 현대의 도시"라는 표현에서 '우리'는 특정 인물이 아니라 독자와 동일시될 수 있는 일반적인 도시인이 되어 버린다. 이렇게 된 이유는 이들 작품에서 부제('사꽈연구 동지들에게')가 삭제되었기 때문이다. 구체적인 조직인 '사회과학연구회'가 시의 표면에서 사라졌기 때문에, 시적 일관성을 위해서는 '우리'는 일반적인 시민으로, 수술대로서의 '현대의 도시'는 일반적인 대도시가 될 수밖에 없는 것이다. 앞에서 다룬 "붉은 긔발이 날니는 곳"이라

18)『시전집』, 204-208쪽.

는 표현과 함께 부제가 삭제된 것은 표현상의 문제 이외에 당대 국내의 사회정치적 상황과도 관련이 있을 것으로 보인다.

앞에서 살펴보았듯이 한흑구가 재미 기간 중에 창작한, 도시의 풍경을 적극적으로 다룬 대부분의 시들에 특징적인 것은 도시의 구체적인 풍경이 등장하고, 그것이 비판적인 시각으로 다루어진다는 사실이다. 이와 관련하여 한 가지 더 다룰 것은 이 들 시에 나타나는 표현 기법 상의 특징이다. 그것은 바로 감정의 절제가 이루어진다는 점인데, 이는 도시의 풍경이 전면에 등장하면서 발생하는 긍정적인 효과라 할 수 있을 것이다. 타국의 대도시 풍경에서 고향을 생각하는 다음 시를 예로 들어 이 문제를 살펴보자.

메인스트릩을
　직선으로 다라나는 전차(電車),
발거름 멈추고 서서
　크림손 빛의 황혼을 처다보네.

　고향의 저녁 하늘
환영(幻影)이 또 떠오르느냐?
　눈을 무겁게 감으면
가슴 깊이 숨여드는 듯!

가만히 눈을 뜨니
　애스팔트 우로 걸어가는
붉은 콭 입은 부녀(婦女)들
　그리고, 극장의 색전등(色電燈)불이어!

– 한흑구, 「사향(思鄕)」 전문[19]

이 시는 전차가 달리고 극장의 색전등불이 빛나는 도시 풍경을 배경으로 하여, 크림슨 빛의 황혼을 매개로 발생하는 유학생의 향수(鄕愁)를 표현하고 있다. 앞에서 다룬 시들처럼 도시 풍경을 적극적으로 다루고, 그러면서도 현실 비판적인 시선을 포함하고 있다. '붉은 코트'를 입고 극장으로 가는 부녀들의 등장이 자신의 빈곤한 처지와 대비되면서 현실 비판적 해석을 가능하게 만들기 때문이다. 이것은 앞서 살펴보았던 내용상의 측면이다.

그런데 표현 기법 측면에서 살펴보면 도시 풍경을 다룬 시들의 또 다른 특징이 나타난다. 그것은 감정의 절제가 이루어지고 있다는 점이다. 한흑구의 다른 시들과 다르게 이들 작품에서는 영탄조가 남발되지 않고, 감정과 풍경이 어느 정도 균형을 이루고 있다. 도시 풍경이 전면에 등장하면서 감정 역시 도

19) 한흑구, 「사향」, 『동광』, 1932.10; 『시전집』, 210쪽.

시적 냉정함을 유지하고 있는 것으로 보인다. 그리고 이 시에는 많지 않은 내용에도 불구하고 이국적인 분위기를 강화하는 외래어나 이국적 표현 등이 많이 등장한다. '메인스트맅', '크림손 빛', '애스팔트', '붉은 콭(코트)', '극장의 색전등불' 등이 그것이다.

결과적으로 한흑구의 이런 시들은 감정을 절제하고 도시와 관련된 어휘를 사용하면서 자연스럽게 모더니즘 시와 닮게 되었다. 감정의 절제와 도시어의 사용 등은 모더니즘 시의 중요한 특징이기 때문이다. 특히 「사향」 같은 작품은 한편의 모더니즘 시로 내세워도 손색이 없다. 이 작품이 발표된 때(1932)는 김기림의 생경한 작품들 외에 모더니즘 대표작으로 불리는 작품들이 본격적으로 등장하지 않을 때이기 때문이다. 김광균의 「오후의 구도」(1935), 「와사등」(1938)도 몇 년 이후에나 나온다. 「사향」이 당시 조선의 『동광』이라는 잡지에 발표되었다는 것을 생각하면, 당시 이 작품은 독자들에게 새롭게 떠오르는 모더니즘풍의 작품으로 수용되었을 가능성이 크다.

앞에서 살펴보았듯이 도시 풍경을 본격적으로 그리는 재미 시절의 시는 도시의 구체적인 풍경을 적극적으로 드러내고, 기법상으로는 감정의 절제를 유지하고 있어 모더니즘 경향을 지닌다고 할 수 있다. 미국의 대도시를 다룰 때 그는 자신의 의도와 무관하게 자생적으로 모더니즘 시인이 되었다고 할 만하다.

이 때문에 이런 경향의 시들은 다른 시들에 비하여 더 높은 완성도를 지닌다는 점에서 주목할 만하다. 그럼에도 모더니즘 경향의 저변에 언제나 현실 비판적인 시선이 내재해 있다는 점이 중요하다. 그래서 그의 재미 기간 중에 쓰인 대도시 소재의 시들은 '모더니즘 경향의 민중시'라고 부를 수 있을 것이다.

'모더니즘 경향의 민중시'라는 명명은 한흑구의 모더니즘 정의와도 부합한다. 그는 한국의 모더니즘 문학이 한창 고조되던 1936년에 「모던이즘의 철학」이란 글을 발표한 바 있다. 그는 이 글에서 산업혁명 이후 "심리학 생물학 사회학 등의 과학화가 실현되고 과학주의 실용주의 등의 현대사상 즉 모던이즘의 출현을 보게 된 것"[20]을 말하며, 모더니즘의 핵심을 과학주의와 실용주의에서 찾고 있다. 그의 이런 정의는 당대 모더니즘 문학의 경향과 다소 동떨어져 있어 보인다. 그러나 이는 그가 모더니즘을 문학과 예술의 범주와 별개의 것으로 다루기 때문에 생긴 현상이 아니다. 그는 다음과 같이 말하고 있다.

> 문학계 미술계 음악계 등 일반 예술계 등에도 이 과학적 사상인 모던이즘 운동이 격렬이 진행하고 있다./ 프로이드 박사의 정신분석학 등이 구미 문학계에 새로운 현대심리묘사파 주지주

20) 한흑구, 「모던이즘의 철학」, 『신조선』, 1936.01, 76쪽.

의(主智主義)의 문학운동을 대두케 한 지 이미 오래이다.[21]

그는 예술계의 모더니즘도 이해하고 있으나 그런 사조의 핵심은 여전히 "과학적 사상과 과학적 행동"에 있음을 강조한다. 그리고 그는 그 과학 정신을 무비판적으로 수용하는 태도에 대해 경계해 마지않는다. 그는 이 글의 마지막 부분에 "우리는 현대 세계의 사조를 중류(中流)하고 있는 과학적 모던이즘에 대한 인식과 비판과 행동이 필요한 것은 재언(再言)을 요(要)치 않는다"[22]고 말한다. 이는 모더니즘에 대한 무조건적 수용이 아니라 "인식과 비판과 행동"이 뒤따르는 수용이 필요하다는 뜻이다. 그가 이렇게 말한 것은 한국의 모더니즘이 미국과 유럽의 모더니즘을 제대로 받아들이지 않고 기법적인 측면으로만 축소, 왜곡한 사실과 관련이 있을 것이다. 특히 유럽의 아방가르드(다다, 초현실주의 등)는 현실 비판적 정신을 바탕으로 하고 있다. 그러나 일본의 『시와 시론(詩と詩論)』파는 유럽 아방가르드의 현실 비판적 정신은 삭제한 채 기법적으로만 수용하였고, 이것이 한국 모더니즘문학에도 그대로 반복되었던 것이다.[23] 당시

21) 한흑구, 위의 글, 76-77쪽.

22) 한흑구, 위의 글, 78쪽.

23) 일본 모더니즘의 영향에 대해서는 박현수, 「김수영 시론에 있어서 전위성의 성격과 기원」, 『어문론총』 60, 한국문학언어학회, 2014.06 참조.

조선에서 '모더니즘'이라는 용어 대신에 '기교주의', '기교파'라는 말을 사용한 이유도 여기에 있는 것이다. 이런 관점에서 볼 때 그의 모더니즘 경향의 시에서 현실 비판 정신이 견지되고 있는 점은 모더니즘의 기본적인 정신과 오히려 상통한다고 할 수 있다.

3. 초기시의 기원으로서 칼 샌드버그의 도시 민중시학

한흑구의 도시성과 민중 지향성의 결합으로서 '모더니즘 경향의 민중시'라는 시적 특성은 구체적으로 어디에 기원을 두고 있을까. 그것은 최초의 평론인 「현대미국대중시인연구」에서 짐작할 수 있다. 그는 이 글의 서론에서 미국 시단의 시작점으로 월트 휘트먼을 소개한다.

> 현대 미국문학은 19세기 말엽에 지나간 선구시인 왈트 휫맨의 뿌리고 간 씨에서 발아한 것이다. (중략) 그는 고전문학주의에서 대하야 부자유함과 계급적(階級的)임을 항의하고 나섯다. 여긔서 그는 자유시(Free Verse, 표현형식을 자유로 하는)를 창작하기 시작하엿고, 또한 표리부동한 사회제도와 자유, 평등주의 등의 허명미사(虛名美辭)에 대하야 더욱 불만을 가지게 되

었다.[24)]

한흑구는 휘트먼 평가에 있어서 형식과 내용 두 측면에 주목한다. 형식상으로는 이전의 고전주의적인 정형시의 구속에 대한 반발로 자유시형을 사용한 점, 내용상으로는 귀족 취향적이며 반민중적인 경향에 반대하여 모순적인 사회제도와 허울뿐인 자유, 평등주의에 대하여 비판한 점이 그것이다. 그가 생각하는 휘트먼의 가치는 특히 내용상의 변혁에 있는데 그것을 한 마디로 정리하자면 '민중주의'라 할 수 있다. 그가 휘트먼이 "미국에 대하야, 민중에 대하야, 자유에 대하야, 진지한 태도로써 자성을 일으"[25)]킨 점을 강조한 것도 이런 의도에 의한 것이라 할 수 있다.

휘트먼에 대한 그의 관심은 이후에도 계속된다.[26)] 1935년에 발표한 「현대선구시인 왈트 휘맨 연구」는 이상의 「오감도」 연작 발표와 겹치고 있어 이채롭다. 그는 이 글에서 휘트먼의 시적

24) 한세광, 「현대미국대중시인연구」, 『우라키』 5, 1931.07, 89-90쪽.

25) 한세광, 위의 글, 90쪽.

26) 한흑구, 「현대선구시인 왈트 휘맨 연구 연구」, 『조선중앙일보』, 1934.07.25.-08.01.(총 5회); 한흑구, 「월트 휘트먼론」, 『신사조』, 1950.01. 5회차 글의 마지막에 그는 자신의 휘트먼 찬양시를 수록하고 있다. "인류의 전통에서 새 세계를 예언한 휘트맨이여?/ 그 자는 위대한 시인이로라.// 민중의 시인/ 새 세기의 시인,/ 그 자는 영원한 진리이로라.// 오, 그 자는/ 시인의 시인이노라."

특성을 자세하게 살피고 있다. 그러나 기본적인 시각에는 변함이 없다. 즉 휘트먼은 자유시를 "예술적 무기(武器)"[27]로 삼은, "가장 위대한 민주주의 시인", "자유, 평등, 박애의 인도주의 사상"의 시인인 것이다. 이런 관심의 이면에는 휘트먼을 근본적으로 민중주의 시인으로 보려는 의도가 놓여 있다. 이런 의도는 그가 휘트먼 시의 다양한 주제를 설명하며, "휘트먼 자신이 프롤레타리안인 것 같이 그는 창부로부터 군주에 이르기까지 모두 그의 노래의 주제로 삼았다."[28]는 구절에서 확인할 수 있다. 그는 휘트먼이 '프롤레타리안' 출신이란 사실을 강조하고 싶어 한 것이다.

이런 의도는 그가 미국 시단의 유파를 나누는 부분에서 명확하게 드러난다. 그는 미국 시단을 크게 두 유파로 나눈다.

> 현대미국시단에는 대별(大別), 무산파(無産派: 대중운동파)와 민족주의파로 대별할 수 있다. 다시 무산파 안에는 과격파와 완화파(緩和派)가 잇고 민족주의파 안에는 인생파와 예술파가 잇다. 다시 말하면 무산파는 세계적이요, 민족주의파는 미국적

---

27) 한흑구, 「현대선구시인 왈트 휫맨 연구 연구(1)」, 『조선중앙일보』, 1934.07.25.

28) 한흑구, 「월트 휘트먼론」, 『신사조』, 1950.01; 민충환 편, 『한흑구문학선집』, 도서출판 아시아, 2006, 513쪽.

이다.[29)]

그는 미국 시단을 크게 무산파(민중운동파)와 민족주의파(아메리카니즘)로 나눈다. 전자는 계급적 관점, 즉 무산자(프롤레타리아)의 입장에서 시를 쓰는 유파이며, 후자는 미국중심주의적 입장에 서서 삶의 문제를 다루며 미적 자율성을 옹호하는 유파를 가리킨다. 전자는 다시 과격파와 완화파(緩和派)로, 후자는 인생파와 예술파로 나뉜다. 그는 "무산파는 세계적이요, 민족주의파는 미국적"이라 말하며, 미국중심주의에 서 있는 민족주의파에는 크게 관심을 두지 않는다. 그가 관심을 가지고 있는 것은 무산파인데, 이를 다른 말로 '민중운동파'라 부르기도 한다. '무산층'이 그에게는 '민중'과 등가의 개념이며, 제목에서 사용하고 있는 '대중'과도 통하는 개념이다. 한흑구가 무산층, 민중, 대중 등을 동일한 개념으로 이해하고 있음을 여기에서 확인할 수 있다. 이런 관점에서 보면 「현대미국대중시인」이란 글은 무산파의 중요 시인을 소개하는 평론이 된다. 무산층, 민중, 대중 등에 대한 한흑구의 관심은 그의 두 번째 평론인, 미국의 흑인 출신 시인들을 소개하는 「미국 니그로시인연구」[30)]라는 글로

29) 한세광, 위의 글, 91쪽.

30) 한세광, 「미국 니그로시인연구」, 『동광』, 1932.01.25.

이어진다. 이런 검토를 통해 그의 재미 기간 중의 문학적 지향은 민중주의에 철저하게 입각해 있었다고 평가할 수 있다.

「현대미국대중시인」에서 한흑구가 미국의 대중시인으로 소개하는 세 명의 시인은 '쉬카고 시인 칼 샌드버그(Carl Sandburg)', '농원시인(農園詩人) 에드거 리 매스터스(Edgar Lee Masters)', '향토시인 바첼 린지(Vachel Lindsay)'인데,[31] 그가 이들을 소개하는 의도는 다음과 같은 설명에 명확히 표현되어 있다.

> 그러나 내가 여긔에 소개하는 세 시인은 가장 대표적 무산파(無產派) 시인이다. 그들의 작품은 횟맨의 자유시형을 취한 웅변적 작품이다. 횟맨의 대중시의 정의대로 그들은 창작한다.[32]

필자가 보기에 이 평론에서 소개하는 가장 중요한 시인은 "1916년에『CHICAGO POEMS』를 출판하고 쉬카고 시인이라는 일흠을 엇은"[33] 칼 샌드버그이다. 그는 휘트먼보다 샌드

---

31) 시인들의 이름 표기는 '횟맨(휘트먼)', '칼 샌벍(칼 샌드버그)', '엣가 리 매스터스(에드거 리 매스터스)', '배셀 린세이(바첼 린지)' 등으로 하지만 본고에서는 현재의 외래어 표기법으로 통일하여 표기한다.

32) 한세광,「현대미국대중시인연구」,『우라키』5, 1931.07, 91쪽.

33) 한세광, 위의 글, 92쪽.

버그의 시풍에 상당한 감명을 받은 것 같다. 이 글에서 첫 번째로 소개하는 샌드버그의 시는 다음과 같이 시작한다.

> 만화가여! 이리로 오라,
> 아츰 닐곱시
> 홀스테드 전차 안에서
> 나와갓치 스트랩을 잡어라.
>
> 그대여 붓을 들어
> 이 얼골들을 그리여 보라!
>
> – 칼 샌드버그, 「HALSTED STREET CAR」 부분[34]

홀스테드 전차에 탄 승객의 모습이 진정한 민중임을 강조하는 이 인용 부분은 우리에게 낯설지 않다. 앞에서 다룬 한흑구의 시가 이와 유사한 장면을 그리고 있기 때문이다. 샌드버그의 이 작품에 대해 그는 다음과 같이 설명한다.

> 그의 시는 가두에 서서 웅변함과 갓다. 그는 노동자의 생활을 관조하며, 그들의 가련한 처지를 눈물과 갓치 바라본다. 쉬카

34) 한세광, 위의 글, 93쪽.

고의 홀스테드가는 노동자가 가장 만히 통행하는 불결한 거리다.[35)]

이 설명을 그대로 한흑구 자신의 시카고 시(특히 「밤 電車 안에서」)에 대한 해설로 써도 자연스러울 정도로, 칼스버그와 한흑구의 시는 서로 깊은 유사성을 지닌다. 이 둘의 공통분모는 도시 풍경의 적극적인 제시와 현실비판의식일 것이다. 이 중 후자가 핵심적인 요소가 된다. 한흑구는 후자의 관점에서 나머지 시인들의 소개를 이어간다. 에드가 리 매스터스를 설명하면서 「칼을 빼여라! 오! 민중이여」라는 시를 거론하며, "이 시로써 매스터스의 위대한 인류애를 동감할 수 잇는 것이다. 그가, 때로는, 무정부주의자로, 혹은 공산주의자로 지목을 밧어온다."[36)]고 그의 사상적 경향을 설명한 것도 이런 의식의 연장선상에 있다. 또한 바첼 린지를 소개하면서는 "린컨으로붓허 해방된 혹노(黑奴)들이 그냥 경제적으로, 사회적으로, 노예의 운명에서 벗어나지 못한"[37)] 점을 발견하고 흑인의 생활을 구체적으로 표현한 시인임을 부각시킨 것도 동일한 관점이다. 한흑구가 이 세 명의 시인 중에서 이후에도 지속적으로 관심을 갖는

35) 한세광, 위의 글, 93쪽.

36) 한세광, 위의 글, 97쪽.

37) 한세광, 위의 글, 98쪽.

이는 바로 자신이 첫 번째로 소개한 칼 샌드버그이다.

한흑구는 1935년 말에 칼 샌드버그를 본격적으로 소개하는 평론, 「기계문화를 구가하는 미시인 칼 쌘드벅」[38]을 발표한다. 그는 이 글에서 여전히 같은 관점을 유지하며 샌드버그를 소개하고 있다.

> 그의 시는 직접 혹은 간접으로 미국의 선구적 민중시인(民衆詩人) 왈트 휫맨의 영향을 다분(多分) 밧고 있다. (중략) 그러나 시의 내용에 잇서서는 휫맨의 극히 야생적이요 자유평등의 민주주의적이요 초계급적임에 반하야 쌘드벅은 의식적(意識的)이요 ×××××를 파악한 ××××적 사상을 노래한 것이엇다/ 매스터스, 에듸윈 맑암, 린세이 등으로 건설된 미국 프로시단의 태양이 된 칼 쌘드벅의 존재는 휫맨 이후에 미국이자가(오탈자가 있어 보이지만 원문 그대로임-인용자) 세계적 위대한 시인일 것이다.[39]

첫 번째 평론과 비교할 때 기본적인 관점이 크게 달라지지 않았음을 여기에서 확인할 수 있다. 그런데 샌드버그를 지칭하는

38) 한흑구, 「기계문화를 구가하는 米詩人 칼 쌘드벅」, 『조선중앙일보』, 1935.11.08-11.13.(총 5회)

39) 한흑구, 「기계문화를 구가하는 米詩人 칼 쌘드벅(3)」, 『조선중앙일보』, 1935.11.10.

표현은 더 과격해졌다. 복자로 처리해야 할 정도로 표현을 강화하였다는 면에서, "미국(米國)프로시단(詩壇)의 태양"이라는 표현을 사용하였다는 점에서 민중 지향적 측면을 더 강조하였다고 볼 수 있다. 또한 「나는 평민이요 천민이다」라는 시를 소개하고 "평민은 '지상의 종자요 두고두고 갈어 먹을 초원이다.' 이는 쌘벍의 세계관이요 ××관(민중관-인용자)일 것"[40)]이라고 평가한 것도 이런 측면에서 바라볼 수 있다. 그리고 이 글의 마지막 회에서 한흑구는 샌드버그의 대표작 「시카고」를 전체를 번역하여 싣고 있다. 한흑구의 시 「시카고」를 떠올리며, 길지만 샌드버그의 「시카고」 전문을 읽어 보자.

세계를 위한 도야지 도살자여
도구제조자, 소맥(小麥)의 집산자여
철도로 획금(獲金)하는 자, 전국적 운송업자여, 난폭하고 떠들썩그리고, 쌈 질겨하는 자여, 억개큰 자들의 도시여.

사람들은 너를 악하다고 하얏나니, 나는 그것을 밋는다.
나는 분장한 계집이 와사등 알에에서 농촌의 젊은 청년들을 유혹하는 것을 내 눈으로 본 때문이다.

---

40) 한흑구, 「기계문화를 구가하는 米詩人 칼 쌘드벅(4)」, 『조선중앙일보』, 1935.11.12.

또는 세상이 너를 난폭하다고 한다.

나는 대답한다-

그러타, 나는 사실로 총을 가진 강도가 사람을 죽이고도, 다시 사람을 죽이려고 자유로히 가는 것을 본 때문이다.

또는 사람들이 너를 잔인하다고 한다.

나는 이러케 대답한다-

부녀들과 어린애들의 얼골 우에는

비참한 주림의 인(印)이 박히여 있는 것을 보앗다고.

나는 이러케 대답하고는

이 우리의 도시를 냉소하는 사람들에게 또한 냉소로써 이렇케 말해 돌린다.

이 쉬카고와 가티 생기 잇고 더럽고,

강하고, 교활하고, 머리를 들어

자만(自慢)할 도시가 어대 잇는가

잇스면 나에게 보여다고!

유화(柔和)한 적은 도시들을 대립하야

여긔에는 산적한 노동을 위하야

인력(引力) 잇는 악체(惡體)를 토하면서

일하고 잇는 키 크고 대담한 강력자(强力者)가 잇다.

혀갓(舌)을 내밀고 달려드는 개와 가티 맹렬하고, 황야와 쌈하

는 야만인과 가티 교활한,

모자 안 쓴 머리,

삽질하고,

파괴하고

계획하고,

건축하고, 파괴하고, 다시 건축하고, 연기 속에서 입속에 몬지를 담을고, 하얀 니(齒)를 들어내여 큰소래로 웃으며 운명의 무서운 짐을 지고도

젊은 사람가티 큰소래로 웃으며,

한번도 쌈에 지어본 적 업는 쌈군(軍)가티 큰 소래로 웃으며,

팔둑 속에는 동맥이 뛰고,

근골 속에는 국민의 심장이 잇다고 자랑하며 큰 소래로 웃으며,

웃음으로, 청년의 난폭하고, 떠들고 쌈 질겨하는 그 큰 웃음소래로 웃으며,

반나체에 땀에 저저서

도야지 도살자, 도구제조자, 소맥(小麥)의 집산자, 철도로 획금하는 자

전국적 운송업자들이 된 것을 그대는 자만하고 잇다.

– 칼 쌘드벅, 한흑구 역, 「쉬카고」 전문[41)]

41) 한흑구, 「기계문화를 구가하는 米詩人 칼 쌘드벅(5)」, 『조선중앙일보』, 1935.11.13.

이 작품에서 '시카고의 시인'으로 명성을 얻은 칼 샌드버그의 시카고에 대한 생각과 민중주의적 지향을 확인할 수 있다. 샌드버그는 시카고의 온갖 부정적인 면들을 인정하면서도, 그 반대급부로 땀 흘리며 일하는 건장하고 거친 노동자들의 활력을 내세움으로써 시카고의 매력을 부각시키고 있다. 이 작품에 대한 한흑구의 관심은 신문 지면상의 제약에도 불구하고 이 작품 전체를 번역한 점이나, 해방 이후 이 작품을 새롭게 번역하여『현대미국시선-현대문』(선문사, 1949)에 수록한 점에서도 확인할 수 있다. 샌드버그의 이 작품은 한흑구의 대도시 관련 시에 상당한 영향을 준 것으로 보인다. 대도시 시카고의 풍경을 적극적으로 도입한 것이나 민중주의적 시각에서 노동자나 이민자 등의 피억압 계층을 긍정적으로 바라보는 것 등이 공통적으로 나타나는 것에서 충분히 영향 관계를 유추할 수 있다. 따라서 한흑구의 '모더니즘 경향의 민중시'의 모델로 칼 샌드버그의 시를 거론하는 것이 결코 과장이라 할 수 없을 것이다.

한흑구는 샌드버그를 시종일관 민중주의적 시각에서 바라보고 있다. 다음에 제시하는 이 글의 마지막 구절은 그의 지향성을 분명하게 보여준다.

> 짠 플랫취, 뽈렉 등의 시인이라든지 또 스팻소 등이『뉴마세스』지를 기관지로 하야 이 방면에서 미국의 프로문단을 지휘하

고 잇다.

근간, 프로파의 문예운동이 업톤 씽클레어 등의 지휘로다 새로히 부흥적 기세를 올리고 잇다.

당시 한국에서는 프로문학이 퇴조해가는 시점에 한흑구의 미국 프로문단의 경향 소개는 비록 아주 짧지만 새롭게 주목할 만한 가치가 있다. 그는 칼 샌드버그를 미국 프로문단의 지도자로 부각시키고 있다. 앞부분에서 샌드버그를 "미국 프로시단의 태양"으로 직접적으로 언급하고 있지만, 인용문에서는 그 이후의 미국 프로파 문예운동의 부흥 역시도 칼 샌드버그의 영향인 것처럼 다루고 있다. 시종일관 샌드버그를 민중주의적이고 프로문학적 관점에서 바라보고 있는 것이다. 이는 프로문학의 부흥에 대한 그의 내적 지향을 간접적으로 표현한 것이라 할 수 있다.

한흑구의 이런 지향이 샌드버그의 도시 소재 시와 만나게 되면서 한흑구의 시가 도시 풍경을 재발견하였다고 할 수 있다. 따라서 한흑구가 바라본 칼 샌드버그의 시학은 한마디로 '도시 민중시학'이라 요약할 수 있다. 샌드버그의 시에 있어서 현실 인식과 도시의 만남이 한흑구의 시에 와서 결과적으로 '모더니즘 경향의 민중시'가 된 것이라 할 수 있다. 당시에 이미지즘의 영향을 받은 것으로 평가되는 칼 샌드버그의 대표작 「안개」를 소개하며 그를 일종의 모더니즘 시인으로 다루던 당시 문단에, 한흑구의 샌드버그 평가는 주목되어야 마땅할 것이다.[42]

한국의 모더니즘은 1939년 김기림에 의해 반성에 도달하였다. 김기림은 "기교주의적 말초화"에 대하여 반성적 고찰을 한 이후에 결론적으로 "경향파와 모더니즘의 종합", "모더니즘과 사회성의 종합"[43]을 강조하였다. 어떻게 보면 한흑구의 시는 김기림이 반성에 도달한 모더니즘 시, 즉 지양을 통해 바람직한 상태에 도달한 모더니즘 시를 여러 특수한 조건에 의해 선취한 작품이라고 평가할 수 있다.

4. 결론

한흑구의 초기시는 도시 풍경을 적극적으로 반영하고 있다. 그리고 그 풍경을 현실 비판적인 시선으로 다룬다는 점이 특징적이다. 이런 경향은 그가 미국에 유학 생활을 하는 5년의 기간

---

42) 이하윤은 「안개」와 「일허진 길」이라는 짧은 시를 지속적으로 소개하고 있다. 참고로 「안개」의 번역은 다음과 같다. "안개는 나려오네/ 적은 고양이 거름으로/ 고요히 허리를 굽혀/ 항구와 도시를/ 둘러보고는/ 곳 떠나가버리네" 이하윤, 「現代詩人硏究米國篇(四) 都會抒情詩人 '카-ㄹ 샌드버그'」, 『동아일보』, 1930.12.19. 현재까지 확인된 바로는, 칼 샌드버그의 시가 한국문학에 최초 번역된 것은 『우라키』 창간호(1925.09)에 실린 바울이라는 사람이 번역한 「안개」이다.

43) 김기림, 앞의 글, 85쪽. 이때 김기림이 말하는 모더니즘은 당시 모더니즘의 주류인 정지용, 김광균과 같은 이미지즘 시를 염두에 둔 것이었다.

(1929.02-1934.03) 동안에 창작한 시에서 아주 뚜렷한 특징으로 자리 잡는다. 이는 작품의 경향에 있어서나 작품의 완성도에 있어서 주목할 만하다고 할 수 있다.

본고는 먼저 한흑구의 시에 등장하는 도시성과 민중 지향성을 검토하였다. 대도시 전차 풍경을 제시한 「첫 동이 틀 때」, 홀스테드 전차 안의 풍경을 제시한 「밤 전차 안에서」, 시카고의 풍경을 배경으로 동지들을 회고하는 「시카고-사과연구 동지들에게」라는 시를 대표적인 작품으로 들 수 있다. 이런 경향은 기법적 측면에서 감정의 절제와 도시 관련 어휘의 풍부한 사용을 초래하는데, 이는 결과적으로 모더니즘 경향의 작품과 유사해졌다. 따라서 그의 이런 시들을 '모더니즘 경향의 민중시'라 부를 수 있다.

한흑구의 '모더니즘 경향의 민중시'의 기원은 칼 샌드버그의 도시 민중시학이라 할 수 있다. 한흑구는 그의 초기 평론에서부터 칼 샌드버그에 주목하였다. 민중 지향적 시선으로 대도시의 부정적 사회 현실을 다루는 샌드버그는 한흑구의 이런 시적 경향에 많은 영향을 준 것으로 보인다.

한국 모더니즘 시의 전개를 고려할 때 한흑구의 '모더니즘 경향의 민중시'는 김기림이 반성에 도달한 모더니즘 시, 즉 지양을 통해 바람직한 상태에 도달한 모더니즘 시("경향파와 모더니즘의 종합", "모더니즘과 사회성의 종합")를 여러 특수한 조건에 의해 선취한 것으로 평가할 수 있다.

참고문헌

강호정, 「한흑구 시 연구—미국 체험의 시적 수용 양상을 중심으로」, 『한국시학연구』 57, 한국시학회, 2019.

김권동, 「흑구 한세광의 시 연구」, 『한민족어문학』 56, 한민족어문학회, 2010.

김기림, 「모더니즘의 역사적 위치」, 『인문평론』 1, 1939.10.

맹문재, 「한흑구의 시에 나타난 민주주의 고찰」, 『동서비교문학저널』 54, 한국동서비교문학학회, 2020.

민충환 엮음, 『한흑구문학선집』, 도서출판 아시아, 2006.

민충환 엮음, 『한흑구문학선집Ⅱ』, 아르코, 2012.

박상준, 「이상 소설과 재현, 그리고 모더니즘-「斷髮(遺稿)」을 중심으로」, 『이상리뷰』 15, 이상문학회, 2019.12.

박현수, 「김수영 시론에 있어서 전위성의 성격과 기원」, 『어문론총』 60, 한국문학언어학회, 2014.06.

성호정, 「근대 문학과 목격의 서사」, 『이상리뷰』 16, 이상문학회, 2020.12.

유현수, 「이상 시에 나타난 근대 학문의 의미 고찰- '과학', '수학', '의학'을 중심으로」, 『이상리뷰』 17, 이상문학회, 2021.12.

이하윤, 「現代詩人硏究米國篇(四) 都會抒情詩人 '카-ㄹ 샌드버그'」, 『동아일보』, 1930.12.19.

한명수 엮음, 『한흑구 시전집』, 마중문학사, 2019.

한세광, 「고우 최군을 조상함」, 『신한민보』, 1932.03.17.

한세광, 「미국 니그로시인연구」, 『동광』, 1932.01.25.

한세광, 「현대미국대중시인연구」, 『우라키』 5, 1931.07.

한세광, 「흑구시집편초」, 『신한민보』, 1933.12.14.

한흑구, 「기계문화를 구가하는 米詩人 칼 쌘드벅」, 『조선중앙일보』, 1935.11.08.-11.13.(총 5회)

한흑구, 「모던이즘의 철학」, 『신조선』, 1936.01.
한흑구, 「시단문답」, 『시건설』 8, 1940.06.
한흑구, 「윌트 휘트먼론」, 『신사조』, 1950.01.
한흑구, 「현대선구시인 왈트 휘맨 연구 연구」, 『조선중앙일보』, 1934.07.25.
-08.01.(총 5회)

주제어 : 한흑구(한세광), 민중시, 시카고, 모더니즘, 칼 샌드버그, 휘트먼

한흑구의 영미문학 수용과 문학관 정립

안미영

안미영

- 1970년 울산 출생. 문학평론가, 건국대학교 글로컬캠퍼스 교양대학 교수.
- 경북대학교 대학원 국어국문학과 박사. 2002년『동아일보』신춘문예에 평론「엽기적 인물의 탄생과 진화」당선.
- 저서에는 평론집『낮은 목소리로 굽어보기』,『소설, 의혹과 통찰의 수사학』,『소설, 의혹과 통찰의 수사학』등, 연구서『이상과 그의 시대』,『전전세대의 전후인식』,『이태준, 근대문학을 향한 열망』,『해방, 비국민의 미완의 서사』,『잃어버린 목소리 다시 찾은 목소리』,『서구문학 수용사』등.

한흑구의 영미문학 수용과 문학관 정립

안미영 (건국대학교 글로컬캠퍼스 교양대학 교수, 문학평론가)

1. 서론

한흑구(1909~1979)는 1929년 도미(渡美)한 후 미국에서 5년을 체류하였으며 1934년 봄에 귀환했다.[1] 문학을 연구하고자 태평양 넓은 바다를 건넜으며,[2] 1929년 시카고 노스파크 대학(North park College)에서 문학을 공부하고 1932년에는 필라델피아 템플대학(Temple university)에 신문학과로 전학(轉學)했다. 해외문학파를 비롯하여 영문학을 전공한 최재

1) 그가 귀환할 무렵, 조선일보는 그의 사진과 유학 이력을 대서특필하고 있다. 편집부, 「新開學科專修코 한세광군」, 『조선일보』, 1934.4.22.

2) 한흑구, 「죽은 동무의 편지」, 민충환 엮음, 『한흑구문학선집』Ⅰ, 아시아, 2009, 243면 참조. "그와 나는 위에서도 말한 바와 같이 죽마지우이었고, 미국으로 유학을 갈 때에도 한 배를 타고 태평양을 건너갔었다. 이러한 이유에서도 그와 나와는 형보다도 더 가까운 동무이었지마는 **그와 내가 다같이 문학 공부를 하였고, 또한 문학을 더 연구하고자 외국으로 같이 가게 되었던 것이다.**" 강조는 필자. (『사해공론』, 1937.11~12)

서 등의 근대 문인들이 일본과 조선에서 영미문학을 공부했다면, 한흑구는 미국에서 영미문학을 배우며 창작의 꿈을 일구어 나갔다. 이 글에서는 그가 번역한 영미문학 작품을 살펴보고, 일련의 작품이 그의 문학관 정립에 어떠한 영향을 미쳤는지 살펴보려 한다. 문학작품 번역은 작품의 선별과 번역의 과정에서 역자의 문학관 형성에 영향을 미칠 수밖에 없으며, 일련의 활동은 한흑구의 창작과 작품세계의 근간을 형성하기 때문이다.

1930년대에 이르면 해외문학파의 대두로 전공자에 의한 전공별 번역이 결실을 보게 된다. 1920년대 일역(日譯)의 중역(重譯)을 통한 일인만능식(一人萬能式) 번역 행위가 모습을 감추기 시작했다. 김억(1896~), 홍난파(1897~1941), 이상수와 양재명[3], 양건식(백화 1889~1944) 등은 모습을 감추고 대학에서 영문학을 전공한 신예들로 세대 교체된다. 해외문학파 중 영문학 전공은 이하윤(1906~1974), 정규창, 김광섭(1905~1977), 최정우, 경성대 영문과 출신은 최재서(1908~1964), 김충선, 이종수, 이해균, 조용만, 이호근, 임학수, 와세다대학 영문과 출신은 양주동(1903~1977), 이홍로, 규슈대학 영문과 출신으로는 김환태(1909~1944), 연전

3) 이상구와 양재명의 번역활동에 대해서는 박진영, 「번역가와 그의 시대-이상수와 양재명, 번역가의 길」『번역가의 탄생과 동아시아 세계문학』, 소명출판, 2019)에 소개됨

문과 출신 박술음(1902~1983) 등이 있었다.[4]

한흑구는 미국에서 영문학을 공부했으므로, 그의 번역은 언어를 옮기는 것에서 더 나아가 20세기 초엽 식민지 청년이 체험한 세계 문학의 기류와 속성을 담는다. 일제강점기 식민지 청년의 미국 고학(苦學) 체험은 민족 문제를 세계사적 맥락에서 성찰하는 계기를 제공한다. 근대 국가의 경험도 없고 민족의 자주성도 없는 시대, 조선 청년이 아메리카 대륙에서 느끼는 문명과 자유의 풍경은 동시대 감각으로 받아들이기에는 낯설지만 세계 변화를 추동하는 자본과 이데올로기의 제 문제를 내장하고 있었다. 식민지 조선의 작가들이 일제의 억압으로 신음하는 민족의 고초에 초점을 맞추어 창작 지평을 열어나갔다면, 미국으로 건너간 조선의 지식인은 약소 민족의 서러움을 기반으로 제국과 자본이 양산해 내는 인류 공통의 문제들을 목도하게 된다. 그것은 문학이라는 특정 영역의 문제에 그치지 않으며 20세기 근대가 초래한 문명의 음화(陰畫)였다.

지금까지 한흑구 문학 연구는 수필연구[5], 번역 시를 포함한

4) 김병철, 「제5장 1930년대의 번역문학-영국문학의 번역」, 『한국근대번역문학사연구』2, 을유문화사, 1975, 702면.

5) 한흑구의 수필은 그간 많이 논의되었는데 학위논문만 소개하면 다음과 같다. 김진경, 「한흑구 수필연구」, 이화여대 석사논문, 1991.; 박유영, 「한흑구 수필연구」, 동국대 석사논문, 2000.

시[6], 미국유학 체험[7], 소수자문학[8] 등 다양한 층위에서 논의되었다. 최근에는 민족시인으로서 전기적인 사실에 대한 논의가 지역문예지를 통해 밝혀졌다.[9] 일련의 성과를 바탕으로 이 글에서는 그의 문학관 정립에 영향을 준 영미문학의 흐름을 살펴보고, 그가 번역한 소설이 지닌 당대 의의를 분석해 보려 한다. 한흑구는 창작활동에 전념했으며 전문번역가는 아니다. 이 글에서 주목하는 것은 그가 미국에 체류하면서 경험했던 미국을 비롯한 서구의 정신이다. 번역 작품은 정신적 경험의 산물로서 창작활동 전개의 기반은 물론 문학관에 영향을 미치기 때문이다. 일련의 논의는 한흑구 문학관 형성의 배경을 알 수 있을 뿐 아니라 한국 근대문학사에 영향을 미친 서구문학의 면

---

6) 김권동, 「黑鷗 韓世光의 시 연구」, 『韓民族語文學』 56집, 한민족어문학회, 2010, 335~364면.; 한세정, 「식민지 조선 문인들의 "The Lake Isle of Innisfree"수용과 전유-김억, 김영랑, 한흑구, 정인섭을 중심으로」, 『한국예이츠 저널』제57권, 한국예이츠학회, 2018, 321~344면.; 맹문재, 「한흑구의 시에 나타난 민주주의 고찰」, 『동서 비교문학저널』54, 한국동서비교문학회, 2020, 189~211면.

7) 이희정, 「식민지 시기 미국유학 체험과 자기 인식-한흑구 문학을 중심으로」, 『세계문학비교연구』, 세계문학비교학회, 2014, 5~26면.; 강호정, 「한흑구 시 연구:미국 체험의 시적 수용 양상을 중심으로」, 『한국시학연구』제57호, 한국시학회, 2019.2, 85~116면.; 송명진, 「조선의 아메리칸 드림과 식민지인의 자기 인식-미국 유학생 잡지 『우라키』(The Rocky) 소재 문학을 중심으로」, 『문화와 융합』69, 한국문화융합학회, 2020, 144면. 미국의 일상을 경험하면서 인식된 근대적 개인에 대한 자각, 식민지인의 비애, 인종적 차별 등과 같은 "소수자 의식"을 보여준다.

8) 장성규, 「식민지 디아스포라와 국제연대의 기억 한흑구를 중심으로」, 『한민족문화연구』 50, 한민족문화학회, 2015, 393~413면.

9) 한명수, 「한흑구는 민족시인이었다」, 『포항문학』 46호, 2019, 10-50쪽.

면을 파악할 수 있는 계기가 될 수 있으리라 본다.

2. 영미문학의 이해와 문학관의 배경

2.1. 영미문학의 번역과 이해

한흑구는 미국에서 영문학을 전공했다. 그는 시인, 소설가, 수필가, 번역가로 활동했지만 그의 문학적 기반은 영문학을 토대로 하고 있다. 1929년 도미(渡美) 이래 영문학을 번역하고 본격적인 창작활동을 개진한다. 강호정이 밝혀낸 바와 같이 한흑구의 최초 작품(1926년 6월 경성에서 발간된 잡지『진생』제1권 제10호에 수록된「거룩한 새벽하늘」과「밤거리」)이 있지만[10], 이 글에서는 번역 문학을 중심으로 논의하려 한다. 한흑구가 번역한 작품과 문학 평론을 소개하면 아래와 같다. 평론의 경우 번역은 아니지만, 번역을 기반으로 한 영미문학에 대한 이해를 보여주고 있으므로 함께 주목할 필요가 있다.[11]

---

10) 강호정,「한흑구 시 연구:미국 체험의 시적 수용 양상을 중심으로」,『한국시학연구』제57호, 한국시학회, 2019.2, 91면 참조.

11) 기존 논저(김병철,『한국근대번역문학사연구』2, 을유문화사, 1975.; 민충환 엮음,『한흑구문학선집』Ⅰ, 아시아, 2009.; 민충환 엮음,『한흑구문학선집』Ⅱ, 아르코, 2012.)에서 밝혀진 작품을 포함하여 다양한 논문과 잡지에서 새롭게 찾은 자료를 정리했다.

장르	번역 작품	번역 시기
시	「미국 니그로 시인 연구」 **쿤데 쿨랭**: 껌은 여자의 죽엄/Simmon The Cyrenean Speaks/Protest **랭스톤 휴스**: 우리의땅/나는미국을노래한다/나도米國사람이다 **클로드 맥케이**: 백악관White House	『동광』, 1932, 2.1(「흑인문학의 지위」1~3, 『예술조선』, 1948에 수정 재수록) *시 번역과 그에 대한 평론
	「왈트 휠맨연구」1~5 북소래/나自身의노래/世界에보내는敬藝/銘詩/將次올詩人	『조선중앙일보』, 1934, 7.25~8.1.
	「탄생70주년을 맞이한 옛츠의 시선」 상하 The Lake Isle of Innisfree/낙엽/백조	『조선중앙일보』, 1935, 7.31~8.1.
	「기계문화를 구가하는 미(米)시인 칼 쌔드벅-그의 생애와 작품」: 帽子/클락街橋/움직이는사람들/홀스테드電車/나는平民이요賤民이다/쉬카고	『조선중앙일보』, 1935, 11.8~10.
	랭스톤 휴즈, 「우리땅/外一篇」	『개벽』, 1947, 8.
	배쉘 린드세이, 「航海」	『백민』, 1948, 7.10.
	필립 무데이, 「詩人과펭킹鳥」	『경향신문』, 1947, 10.26.
	랭스톤 휴즈, 「矢唾哭/思鄕의노래」	『예술조선』, 1948, 4.20.
	맑밴도란, 「흑인문학특집호-太陽은떠올나섰다」	『백민』, 1948, 7.10.
	『현대미국시선』(번역시 단행본)	선문사, 1949.
	월트 휫트맨, 「월트 휘트맨論-풀이란무엇/美國이노래함든는다/光輝있는沈默의 太陽을나에게달라/아부지여, 뜰에서들어오시라/아이야, 우지말라/누가영혼을探求하려하는가/어머니와어린애/버림받은娼婦에게」	『신사조』, 1950, 5.1. *시 번역과 그에 대한 평론)

장르	번역 작품	번역 시기
소설	존 골즈워디, 「죽은 사람」	『우라키』제7호, 1936,9.8.
	셸우드 앤더슨, 「잃어버린 소설」	『조선문단』, 1935,4.11./『우라키』제7호, 1936,9.8.
평론	「영문학 형식개론」	『우라키』, 1933.
	「최근 영국 문단의 신경향」1~6	『조선일보』, 1934,5.2~8.
	「해학작가 막 트웬의 미(米)문학사적 지위」상중하	『조선중앙일보』, 1935,12.3~5.
	「D.H.로렌스론」상하	『동아일보』, 1935.3.14.~15.
	「미국문단의 근황, 작가들의 동태 기타」	『조선중앙일보』, 1936,5.29.
	「현대소설의 방향론」	『사해공론』, 1936.6.
	「비평문학의 방향론, 과거의 전통과 빛 현대의 諸相」1~4	『조선중앙일보』, 1936,7.12~17.
	「현대시의 방향론」	『사해공론』, 1936.8.
	「원담 루이스론-그의 평론과 소설」1~5	『조선중앙일보』, 1935,9.17~22.
	「미국신문의 판매정책론」(한세광)	『우라키』제7호, 1936,9.8.
	「현대영국문단의 추세」(한세광)	『우라키』제7호, 1936,9.8.
	「영미창작選譯」	『우라키』제7호, 1936,9.8.
	「휴머니즘 문학론」	『백광』, 1937.2.
	「신문학론초」	『백광』, 1937.5.
	「문학상으로 본 미국인의 성격」	『조광』, 1942.4.

장르	번역 작품	번역 시기
평론	「미국문학의 진수-단편적 해부」	『백민』, 1948.1.
	「이미지스트의 시운동-영미시단을 중심해서」	『백민』, 1948.3.
	「세계정부론」(리더스 다이제스트 번역)	『조선일보』, 1946,11~10.
	『미국대학의 제도』(한세광 저)	국제출판사, 1948.
	「앤더슨의 예술」	『경향신문』, 1950.
	「최근의 미국소설」	『문학』,1950.
	『세계위인 출세비화록』(카네기 데일 저)	선문사, 1951.
	「미국의 현대시-Dylan Thomas를 중심으로」	『동아일보』, 1959, 1.13.

〈표1 영미문학 번역 작품과 평론〉

한흑구의 번역 활동은 1930년대부터 1950년까지 이루어진다. 이후에는 수필을 비롯한 창작 활동에 전념한다. 그는 당대 작가와 작품, 동시대 세계사적으로 부각되는 문제에 주목하고 있었다. 예컨대 한흑구의 「D.H.로렌스론」(『동아일보』, 1935.3.14.~15)은 한국 근대문학사에서 처음 수용된 로렌스론이다.[12] 그의 번역 작품과 평론을 통해 다음과 같은 세 가지 사실을 알 수 있다. 첫째, 시에 대한 이해와 더불어 흑인 시

12) 오주리, 「1930년대 후반 영국 신심리주의(新心理主義)의 사랑 담론 수용 연구 -최정익(崔正翊)의 「D. H. 로렌쓰의 《성(性)과 자의식(自意識)》」, 『비교문학』, 한국비교문학회, 2015, 145~179면 참조.

인의 작품을 주목했다는 점이다. 둘째, 당대 생존하고 있는 작가, 동시대 화제작으로 부각되는 영미문학 작품에 주목했다는 점이다. 셋째, 적지 않은 글이 잡지『우라키』에 게재되었다는 점이다.

첫째 시 번역의 경우, 그는 예이츠, 월트 휘트먼, 칼 샌드버그, 클로드 맥케이, 필립 무데이를 비롯하여 랭스톤 휴즈, 쿤데쿨랭과 같은 흑인 시인의 작품을 조선 문단에 소개한다. 한흑구는 스스로 바이런을 가장 사랑한다고 했다. 인생의 정열, 청춘의 아름다운 생명을 노래했기 때문이다. 청춘을 영원한 인생의 아름다움, 참된 정열, 용감한 인생의 추구, 굳센 인생의 생명력으로 보고, "죽어서 영원히 젊고 죽어서 영원히 타는 정열은 다 못 바이런이 가졌을 뿐이다"고 평가한다.[13]

흑인 시인의 작품을 번역하고 그에 대한 해설을 함께 실었다.[14] 도미(渡美)후 5년 동안, 그는 자유와 평화를 상징하는 미국에서 불평등과 자본주의의 파행성을 목도했다. 그는 미국이라는 제국의 이중성을 다음과 같이 의인화 한다. "평등주의 모

---

13) 한흑구, 「문예 독어록」, 민충환 엮음, 『한흑구문학선집』Ⅰ, 아시아, 2009, 316면.(『신인문학』, 1935.4~6)

14) 강호정은 「미국 니그로 시인 연구」(『동광』, 1932, 2.1)가 「흑인문학의 지위」1~3(『예술조선』, 1948)에 재수록 되면서 수정된 부분을 지적하였다.(강호정, 「해방기 '흑인문학'의 전유 방식:한흑구, 김종욱의 '흑인시' 번역을 중심으로」, 『한국시학연구』제54호, 한국시학회, 2018.5, 9~34면.)

자를 쓰고 빈왕의 옷을 입고 손에는 성자의 선서를 쥐었으나 방종의 지팡이를 한 손에 쥐었고 방만한 코와 사치하고 경박한 입과 음탕한 눈을 소유하였고 너무나 자유로운 듯한 방자함에는 항상 그 품속의 피스톨을 간직하기를 잊지 않는 그이다."[15]

아울러, 불평등의 가장 아래에 처해있는 계층을 주목했다. 유학생들을 가장 곤혹스럽게 했던 문제가 인도, 자유, 평등의 선구자라는 미국 사회 안에 뿌리깊이 박혀있는 인종우열에 대한 관념이었다.[16] 20세기 초 흑인의 인권문제는 그가 미국에서 고학하며 습득한 세계에 대한 거시적인 이해의 산물이다. 미국 대륙에 살면서 같은 언어를 쓰고 있음에도 인권을 유린당한 흑인의 모습은 미국의 이중적이고 파행적인 구조를 반영하고 있었다.

소설「황혼의 비가」(『백광』5, 1937.5)도 미국을 배경으로 텍사스 농장에서 일하던 시절, 흑인들의 비참한 삶을 담아내었다. 흑인은 노동하는 일꾼으로 존재할 뿐 자신의 자유와 의지를 자유롭게 표현할 수 없었다. 작중 아름다운 흑인 여성 아이다는 함께 일하는 동양 청년을 사랑했지만 이를 표현할 수 없

15) (한흑구,「문학상으로 본 미국인의 성격」, 민충환 엮음,『한흑구문학선집』I, 아시아, 2009, 484~485면.『조광』,1942.4)

16) 장규식,「일제하 미국유학생의 서구 근대체험과 미국문명 인식」,『한국사연구』133, 한국사연구회, 2006.6, 152면.

는 현실의 굴레로부터 벗어나고자 스스로 목숨을 끊었다. 그녀는 그 누구로부터도 인간적인 위무를 받을 수 없었다.[17] "사람은 필경 다 같은 것이었만 시간과 공간과 자연의 모든 법칙 안에서 생리적 심리적으로 변화하고 진화하는 것이라면- 사람은 얼마나 우스운 존재이며 또한 비참한 존재이랴!"[18] 「죽은 동무의 편지」(『사해공론』, 1937.11~12)에서도 고학생의 편지를 통해 당대 미국의 최고의 파행성으로 흑인의 인권유린을 지적한다. "무엇보다도 인도와 정의와 평등을 입으로 말하는 이들이 니그로 흑인들에 대하여 아직도 노예와 같이 취급하는 것이 가장 나의 눈을 쓰리게 하고 나의 가슴을 아프게 합니다."[19]

둘째 소설 번역의 경우, 당시 생존하는 영미 작가의 작품을 번역했으며 일련의 작품은 동시대의 보편적 문제를 담고 있다. 영국문학의 경우 예이츠(1865~1939)와 더불어 골즈워디(1867~1933)의 소설에 주목했다. 1930년대 골즈워디 시는 8편이 번역되었는데, 1932년 골즈워디가 노벨문학상을 수상한 까닭이다. 한흑구는 골즈워디의 「죽은 사람The Dead

17) 한흑구, 「황혼의 비가」, 민충환 엮음, 『한흑구문학선집』Ⅰ, 아시아, 2009, 210~230면.(『백광』5호, 1937.5)

18) 한흑구, 위의 책, 225면.

19) 한흑구, 「죽은 동무의 편지」, 민충환 엮음, 『한흑구문학선집』Ⅰ, 아시아, 2009, 245면.(『사해공론』, 1937,11~12)

Man」과 미국 작가 셔우드 앤더슨(1876~1941)의 「잃어버린 소설 The Lost Novel」을 번역한다. 양자 모두 짧은 단편이지만 영국에서 볼 수 있는 노동자의 인권 문제, 미국에서 작가로 살아가는 가장(家長)의 비애 등 동시대 문제적인 현실을 담고 있다.

한흑구는 유학시절 사회과학연구회를 결성하는 등 동시대 현실에 대한 관심을 가졌다.[20] 1920년 12월 8일자 일간지에 의하면 미주의 청년학생들이 연합하여 '사회과학연구회'를 조직하였는데 본부는 시카고이며 강령과 간부의 이름이 소개되었다. 사회과학을 연구하고, 내지(內地)사회사상문제를 연구 비판 선전하며, 조선 대중의 촉성을 기한다는 강령 하에, 간부로 10명이 소개되는데 그중 한 사람이 한흑구이다. 김욱동과 맹문재도 한흑구가 사회주의를 연구하는 구성원임을 밝히고 있다.[21] 1930년대 한흑구의 문학적 지향점을 유추할 수 있다. 그는 미 대륙에서 조선의 현실을 객관적이고 보편적인 형태로 탐구하였으며 문학을 통한 구원의 가능성을 모색했던 것이다. 1932년 '문학'에서 '신문학과'로의 전학(轉學)은 이러한

---

20) 「미주유학생으로 사회과학연구」, 『동아일보』, 1930.12.8.

21) 김욱동, 『아메리카로 떠난 조선의 지식인들: 북미조선학생총회와 《우라키》』, 이숲, 2020,; 맹문재, 「한흑구의 시에 나타난 민주주의 고찰」, 『동서 비교문학저널』54, 한국동서비교문학회, 2020, 205면.

그의 사상 변화를 시사한다.

셋째, 적지 않은 번역 작품과 평문이 게재된 잡지 『우라키』를 주목할 필요가 있다. 『우라키』에는 소설 번역과 평문에 앞서 시 「그러한봄은쏘왓는가」(4호), 「첫동이틀때/餘裕」(5호), 「쉬카고/목마른묻엄」(6호)이 게재되었다. 미국 유학생은 1880년대 유길준, 윤치호, 서재필, 서광범 등을 시작으로 1910년대에는 30여명 수준에 머물렀던 데 비해 1919년에는 77명으로 증가하였다. 미국 여러 지방에는 소규모 유학생 모임이 등장하고 1919년 1월에는 재학생들을 중심으로 북미조선유학생총회(The Korea Student federation of North America)가 결성되었다. 1920년대에 들어서 유학생은 폭발적으로 증가하였고 그들은 대부분 국내 또는 일본에서 전문학교나 대학을 마친 뒤 도미(渡美)하여 대학에 입학하였으며 전공도 다양했다.[22)]

유학생회는 미국 내 최대 규모의 유학생 조직으로 발전하여 1925년 『우라키』를 창간하여 1937년 7호까지 발간했다. 『우라키』는 당시 한국인이 접하기 어려운 선진문명을 소개하고 여러 분야에서 미래사회에 대한 방향을 제시하는 계몽주의적 성

22) 장규식, 「일제하 미국유학생의 서구 근대체험과 미국문명 인식」, 『한국사연구』133, 한국사연구회, 144면.

격을 보여주었다.[23] 같은 유학생회에서 발간한 『영문월보』가 유학생들과 외국인을 위한 홍보용으로 제작된 것과 반대로 『우라키』는 국내 동포를 대상으로 제작되어 총 판매처는 서울과 평양 등 국내에 두었다. 잡지명은 Rocky산맥을 가리키는 것으로 초기 유학생 및 이민자들은 'R'발음을 제대로 내기 위해 '우'라는 말을 앞에 붙여 발음하여 원음에 가깝도록 하였다.

잡지명을 로키산맥으로 한 이유를 2호 편집후기에서 다음과 같이 밝히고 있다. 첫째, 우라키는 북미의 척추로 북미에 있는 유학생회를 우라키 세 글자가 잘 표현할 수 있다. 둘째, 우라키는 본래 암석이 많다는 뜻이니 우리 유학생들의 험악한 노정을 잘 묘사하고 있다. 셋째, 본지의 특징으로 우라키 산과 같은 순결 장엄 인내 등의 기상을 흠모하여 우라키라 불렀다. 다시 말해 『우라카』는 미국 문명에 대한 현지 통신이자 동시대 영미문학의 동향과 추이를 전달하고 있었으며, 한흑구는 영미문학이 형성되고 전개되는 최전선에서 세계의 흐름과 영미문학의 발자취를 고국의 독자들에게 전달해 주었던 것이다.

23) 김동근, 「[오래된 이민이야기]북미 유학생들의 잡지 '우라키'」, 『재외동포신문』, 2018.2.14. 이하 내용은 이 자료를 참조함.

2.2. 문학관 정립의 배경

한흑구는 도미(渡美) 이전에도 창작을 했으나 그의 문학관은 미국에서 영문학을 공부하면서 구체화 된다. 영문학 전공자로서 한흑구의 평론은 그의 문학관 정립의 배경을 시사한다. 수필「인간이기 때문에!」(『백광』창간호, 1937.1)에서 문학도를 꿈꾸는 인물의 편지를 통해 문학에 대한 자신의 입장을 밝히고 있다. 인간은 신(神)이 아니기에 무수한 슬픔에 노출되어 있으며 "문학은 한낱 사람의 슬픔을 기록하는 데서부터 시작되었다"고[24] 보았다. 그의 문학관은 식민지 조선의 비애, 약소 민족의 서러움에 기원을 둔 것이 아니라 인간이 지닌 근원적인 슬픔에서 시작되었다. 그러므로 평문「휴머니즘 문학론」(『백광』, 1937.2)은 그의 문학관의 기원과 출발을 이론적으로 제시했다는 점에서 눈여겨보아야 한다.

그의 휴머니즘은 어빙 배빗(Irving Babbitt, 1865~1933)의 문학론에 바탕을 두고 있다. 어빙 배빗은 1920년대 뉴휴머니즘(New Humanism)의 선두주자로서 당시 물질주의, 과학만능주의, 도덕적으로 타락한 사회의 해결책으로 뉴휴머니즘을 주장했다. 종래의 박애주의와 같은 휴머니즘을 비판하면서,

---

24) 한흑구,「인간이기 때문에!」, 민충환 엮음,『한흑구문학선집』I, 아시아, 2009, 203면.

진정한 휴머니즘은 담력, 극기와 같은 건전한 개인주의를 통한 개인의 완성에 있음을 주장했다. 문학뿐 아니라 동양학에 대한 이해가 깊었으며, 하버드대학교 교수로 재직하면서 세계 각국의 유학생을 비롯한 동시대 지성계에 많은 영향을 미쳤다.[25)]

어빙 배빗은 『문학과 미국의 대학』(1908), 『신(新)라오콘 The New LaoKoon』(1910), 『루소와 로만티시즘 Rousseau and Romanticism』(1919), 『민주주의와 지도력 Democracy and Leadership』(1924)과 같은 저작을 남겼다. 『신(新)라오콘 The New LaoKoon』(1910)은 레싱의 예술관을 담은 라오콘(The LaoKoon 1776)을 반박한 것이며 『루소와 로만티시즘 Rousseau and Romanticism』 (1919)은 루소와 루소주의에 반기를 들고 '자연으로 돌아갔던 인간을 낭만주의의 몽상적 감정에서 해방하여 본래의 인간으로 환원시키는 것'을 주장한다. 그는 자유와 자연발생을 중대시하고 형식적인 것과 규율적인 것을 무시한 루소의 낭만성을 반대했다.

어빙 배빗은 그의 제자 T.S엘리엇[26)] 외에도 당시 중국의 유

---

25) 류황태, 「Irving Babbitt and New Humanism Seen from Buddhist Perspectives」, 『동서철학연구』제22호, 231~247면 참조. New Humanism을 논자에 따라 '뉴휴머니즘'이라고도 하고 '신인민주의' 등 다양하게 번역하고 있다. 이 글에서는 논자별 지칭 용어를 그대로 쓰고자 한다.

26) 노저용, 「휴머니즘과 종교」, 『T.S.엘리엇 연구』12권2호, 한국T.S.엘리엇학회, 2002, 147~171면.

학생과 동시대 영문학 전공자들에게 많은 영향을 미쳤다. 하버드대학의 중국 유학생 梁實秋[27], 梅光油, 吳宓, 湯用彤 등은 미국 유학시절 실용주의와 신인문주의에 경도되었으며, 귀국 후에는 중국 신문화 건설의 선봉에서 활로를 개척한다.[28] 경성제국대에서 영문학을 전공한 최재서의 문학관에도 영향을 미쳤다. 최재서는 어빙 배빗의 『루소와 로만티시즘 Rousseau and Romanticism』(1919)을 일본어로 번역(『ルーソーと浪漫主義』上下, 改造社, 1939~1940)했으며 그에 대한 강한 영향으로 낭만주의적 상상력의 이론을 계보학적으로 해체함으로써 그 기원에 '주지적' 요소를 인정하게 된다.[29]

어빙 배빗은 종래의 인도주의와 인간주의를 구분한다. 종래의 종교적 인본주의적 전통에서 기인한 휴머니즘을 인도주의라 명명하는 반면, 20세기 실용주의 과학주의의 발흥과 더불어 인간이 지닌 힘과 욕망을 강조하는 것은 인간주의라 명명한다. 신인문주의(New Humanism)는 자본주의 체제하에 노골화된 물질만능주의 및 이에 따라 발생하는 범죄와 전쟁 등 세상의

---

27) 이태준, 「신문화운동 시기 양실추(梁實秋)의 낭만주의 문학사상 연구」, 『예술인문사회융합멀티미디어논문지』8권7호, 인문사회과학기술융합학회, 2018, 851~859면.

28) 전인갑, 「『學衡』의 문화보수주의와 '계몽' 비판」, 『東洋史學硏究』106, 동양사학회, 2009, 260면.

29) 미하라요시아키, 「최재서의 Order」, 『사이(SAI)』, 국제한국문학문화학회, 2008, 291~360면.

모든 악은 궁극적으로 인성의 문제에서 비롯된다고 판단하였기에, 인성 가운데 이성의 지배를 받는 부분으로써 본능적 욕망의 지배를 받는 부분을 제어해야만 한다는 유가의 극기복례에 가까운 도덕적 방법론을 그 해결책으로 제시하였다.[30] 한흑구는 어빙의 논의를 바탕으로 휴머니즘을 아래와 같이 두 가지 범주로 제시한다.[31]

구분	인도주의	인간주의
작가	톨스토이(1828~1910), 도스토예프스키(1821~1881)	올더스 헉슬리(1894~1963), H.G.웰스(1866~1946), T.S.엘리엇(1888~1965),
내용	• 종교적, 애타적, 사해동포주의 • 박애주의 : 인류를 사랑해야 한다는 종교적 의미를 지님 • 루소(1712~1778)의 자연주의 : 종교적 전통으로부터 해방된 인간 본능의 자유를 주장함 • 낭만적이고 감정적임 • 마틴 루터(1483~1546)의 종교개혁의 결과	• 과학적, 이지적, 개인주의, 현실주의 • New Humanism : 인문주의, 인본주의, 인간주의로 번역하기도 함 • 어빙 배빗(1865~1933)의 『미국문학사The History of American Literature』에서 'New Humanism' 최초 명명 • 베르그송(1859~1941)의 '생의 욕망' • 버나드 쇼(1856~1950)의 '행의 힘' • 윌리엄 제임스(1842~1910)의 실용주의 등의 과학사상을 내포 • 인간능동론, 중용적 사상, 과학적 실제적인 사상을 주창

30) 이태준, 앞의 글, 855면.

31) 한흑구, 「휴머니즘 문학론」, 민충환 엮음, 『한흑구문학선집』Ⅰ, 아시아, 2009, 473~483면.(『백광』, 1937.2) 위 글에 기술된 사항을 알기 쉽게 표로 구분했다.

구분	인도주의	인간주의
내용	• 개종표파(Protestant)의 신본(神本)주의로부터 인간을 자유로 해방하는 사상과 운동 • 인본(人本)종교적 사상	• 인간의 동기와 행동을 물리화학적 현상으로 보는 자연주의 현실주의의 유물적 기계관에 반대하여 규범적 인간적인 것을 인정 • 본능에 대한 이성 지배력의 의의를 발견. 인간은 자기를 자제할 수 있는 힘과 법칙이 있다고 인정, 억제와 중용의 도덕적 가치를 중시. 본능에 대한 이성 지배력의 의의 주창 • 존 듀이(1859~1952)의 실용주의 철학의 민중화와 같이 미국 인텔리 중산계급의 사상이 됨

〈표2 휴머니즘의 범주 비교(휴머니즘 문학론)〉

한흑구는 당대를 풍미하는 어빙 배빗의 뉴휴머니즘에 대해서는 장을 달리하여 다음과 같이 상술했다.[32)]

• 루소의 낭만성에 반대 : 낭만적 작가, 화가, 음악가 등의 정신의 'Innocence(無邪氣性)'은 존중하지만 위대한 예술의 전통을 알지 못하기 때문에 인생에 대한 심각한 관찰을 결여

• 낭만적 감상의 무규범한 자유주의 사상, 물적 법칙에 의하

32) 한흑구, 「휴머니즘 문학론」, 민충환 엮음, 『한흑구문학선집』I, 아시아, 2009, 480~483면. 한흑구가 사용하는 어휘를 그대로 원용하되 정리한 것임.

여 확장해서 만족하는 사상(제국주의 사상)반대

- 자연주의 외 인간의 법칙이 존재한다는 것을 인정하는 사상 : 자연으로 돌아갔던 인간을 인간 본래의 길로 귀환시키려는 운동 '너희는 다시 인간으로 귀환하여라'
- 인간의 법칙에 의하여 이지와 이성으로 활동함으로써 인간의 본성을 발휘하며 중용에 유의하여 극기 억제함으로써 인간본성(良沁)을 미화하게 되고 좇아서 인류 평등 박애의 세계를 실현
- 고대 아리스토텔레스 철학으로부터 시초한 인본주의 사상 등 고전사상과 인류문화의 전통을 중시하며 현대의 제 과학 사상을 중심으로 일어나는 실용주의로서 철학사상 등을 종합하여 '인간적인 인간', '이성의 인간', '규범 있고 양심 있는 인간', '박애와 평등의 인간', '사회의 건전한 일원으로서의 개성을 가진 인간'을 역설

한흑구는 종래의 휴머니즘을 '인도주의'라 명명하고 문명의 추이에 맞추어 당대 휴머니즘을 '인간주의'라 명명한다. 휴머니즘의 역사를 인류의 사상사이자 문명사로 보고, 역사적 흐름에 따른 문학 양식의 변화에 주목했다. 「현대소설의 방향론」(『사해공론』, 1936.6)에서 세계사의 추이에 따른 새로운 소설 형식을 '사건소설', '성격소설', '심리소설' 순으로 설명한다. 현대소

설을 '성격소설'로 파악하고 있으며, "인간감정의 시대적 특수성을 표현하고 기록하여 인간심리의 변화를 기록하는 것"을[33] 문학의 사명으로 보았다. "내포된 사상(내용)이 변할 때에는 그 그릇인 형식도 역시 변화함을 면할 수 없다는 것이다."[34] 그는 사건소설과 성격소설을 다음과 같이 구분한다.

<table>
<tr><th>사건소설</th><th colspan="3">성격소설</th></tr>
<tr><td rowspan="3">• 사건을 중심으로 제재한 액션(Action)소설
• 현금 조선문단에서 성행(야담, 통속)
• 재래 소설은 독자의 흥미를 대상으로 창작
• 재료를 선택하고 구상하기에 노력</td><td colspan="3">• 인물을 중심으로 한 성격소설
• 모든 것을 제재로 하고 소설의 플롯, 테마를 필요로 하지 않음
• 현금 세계문학계 성행
• 자연주의, 현실주의 발달로 인생의 진(眞), 인생의 현실을 사실적으로 묘사
• 문학에의 과학사상적 경향
• 20세기 자연과학사상에서 기인한 심리소설의 일반적인 방향 : 심리소설→심리분석소설→잠재의식(Subconscious) 소설</td></tr>
<tr><td>심리소설</td><td>심리분석소설</td><td>잠재의식 (Subconscious) 소설</td></tr>
<tr><td>심리작용만 묘사</td><td>• 성격소설+심리소설
• 심리만의 영역을 추구하고 분석
• 심리작용 분석에 치중</td><td>• 심리분석에서 일층 진보하려는 소설가의 의도반영
• 심리생활의 연속인 '의식의 유동'을 표현</td></tr>
</table>

33) 한흑구, 「현대소설의 방향론」, 민충환 엮음, 『한흑구문학선집』Ⅰ, 아시아, 2009, 469면.(『사해공론』, 1936.6)

34) 한흑구, 「현대소설의 방향론」, 민충환 엮음, 『한흑구문학선집』Ⅰ, 아시아, 2009, 471면. 이하 표도 이 평문을 바탕으로 분석함.

사건소설	성격소설
	• 19세기 낭만주의 태도 반대, 자연과학적 인생관 전환 • 문학은 심리학적, 심리분석학적, 인간학적, 생리학적, 생물학적 태도를 취함 • 과거 신본주의, 낭만주의, 센티멘털리즘 사상을 반대 • 러시아 중심의 인도주의 숙명적 감상주의, 빅토리아시대 도덕관념론의 퓨리터니즘에 대한 반대 • 영국 : 사무엘 버틀러(1872~1902 Samuel Butler) 19세기 문학전통을 공격하고 반대, 풍자와 기지의 주지주의 소설 발흥→H.G.웰스(1866~1946 Herbert George Wells)는 버틀러의 소설관을 발전시킴, 과학소설 창시 • 영국 자유형소설의 대표작가 버지니아 울프(1882~1941), 리처드슨(1689~1761) • 시에 있어서는 휘트먼(1819~1892), 평론가로서 윈담 루이스(1882~1957), 에즈라 파운드(1885~1972)

〈표3 소설의 양식 비교〉

평문 「휴머니즘 문학론」(『백광』, 1937.2)이 20세기 휴머니즘에 대해 설명하고 있다면, 「현대소설의 방향론」(『사해공론』, 1936.6)은 세계사의 추이에 따른 문학 양식의 변화를 기술한 것이다. 인류의 사상사는 미국 학자 어빙 배빗의 논의를 중심으로 개진하고 있다면, 문학 형식의 전범은 영국 문학을 근거로 삼고 있다. 다시 말해 한흑구는 영국문학에서는 전통과 작품의 성과를 끌어왔다면, 사상사는 미국문학에서 찾고 있다. 'New Humanism'의 수용을 전제로 지금까지 살펴본 한흑구의 문학관은 다음과 같이 드러난다.

“현대의 소설의 방향은 모든 **과학적** 사상에 기인한 세계관적 **현대사상**을 반영하기 위하여 그 형태를 부단히 진화시키고 있다. 소설은 예술품이요, 공업적 산품이 아닌 이상 어떠한 이데올로기를 내용으로 하든지 소설가는 그 내포한 사상을 **현대인**에게 전달하기 위하여 **현대과학적** 태도와 감정과 사상으로써 창작의 태도와 방향을 삼지 않을 수 없을 것이다.”[35]

현대 작가는 과학적인 태도, 감정, 사상을 창작의 태도와 방향성으로 삼아야 한다. ‘과학’이라는 개념이 강조되고 있거니와 이것은 특정 학문영역을 일컫는 것이 아니라 인간의 능동적이고 이성적인 의지를 표현한 것이다. 20세기 초 그가 직시한 현대성은 ‘과학’으로 대변되고 있거니와 소설은 과학적인 현대 사상을 반영하기 위해 부단히 양식의 변화를 꾀하게 되며, 한흑구는 ‘과학적 사상’을 미국에서 찾았던 것이다. 그는 「미국문학의 진수」(『백민』, 1948.1)에서 미국문학과 영국문학의 비교를 통해 다음과 같이 미국사상을 상술한다.[36]

---

35) 위의 글, 472면. 강조는 필자.

36) 한흑구, 「미국문학의 진수–단편적 해부」, 민충환 엮음, 『한흑구문학선집』Ⅰ, 아시아, 2009, 494~499면. 비교를 위해 항목을 나누어 정리함.

<table>
<tr><th>구분</th><th>영국문학</th><th>미국문학</th></tr>
<tr><td>토양</td><td>스코틀랜드 고원 맑은 산호</td><td>처녀림, 대평원, 장강, 대담수호의 신대륙</td></tr>
<tr><td>성격</td><td>안개 낀 날이 많은 우울증(Melancholy)</td><td>대성시(大城市) 뉴욕의 명랑성, 파노라마</td></tr>
<tr><td>작가</td><td>• 셰익스피어(1564~1616), 밀턴(1608~1674), 바이런(1788~1824), 테니슨(1809~1892), 브라우닝(1812~1889), 맨스필드(1888~1923), 하디(1840~1928)
• 밴스, 키츠(1795~1821), 셸리(1792~1822)
• 로렌스(1885~1930), 조이스(1882~1941), 엘리엇(1888~1965), 헉슬리(1894~1963)</td><td>• 헤밍웨이(1899~1961), 드라이저(1871~1945), 유진 오닐(1888~1953), 싱클레어(1878~1968), 쉐우드 앤더슨(1876~1941)</td></tr>
<tr><td>특성</td><td>• 의식의 흐름(Stream of Consciousness)
• 내향적인(introvert) 수법</td><td>• 외향적인(extravert) 수법의 행동성
• 동(動)하는 인간, 사회, 문학은 리얼리즘에 입각.
• 사회현실에 대한 파노라마적 표현주의는 통속성에 기울어짐</td></tr>
<tr><td>철학
사상</td><td colspan="2">• 에머슨(1803~1882)의 철학은 시인 휘트먼(1819~1892)으로부터 도래
• 이들의 초월주의는 미국 문예사상의 구주(歐洲) 이탈을 의미
• 미국인의 개인주의 사상은 이상주의 운동으로 동향하였으며 실용주의 사상으로 전개
• 실용주의 철학은 미국 고유의 사상 : 퍼스(1839~1914)로부터 제창된 실용주의 철학, 용어는 그리스어 '행동'을 의미.
• 퍼스로부터 윌리암 제임스(1842~1910), 존 듀이(1859~1952)에 이르러 체계를 완성
• 듀이의 행동론 : 사고와 행동의 주체는 자신 즉 자아. '내가 소유한다. 그러므로 내가 존재한다.' '자아'는 '행동'의 별명</td></tr>
</table>

〈표5 영국문학과 미국문학의 비교〉

인류사의 흐름에 따른 문학 양식의 변화는 영국문학을 근거로 제시했지만(「현대소설의 방향론」,『사해공론』, 1936.6), 현대를 추동하는 과학적인 사상의 흐름은 미국과 미국문학에서 찾았다(「미국문학의 진수」,『백민』, 1948.1). 그는 미국에서 미국의 문제만이 아니라 식민지 조선을 포함한 인류가 직면한 보편적 문제를 발견한다. 조선이나 일본에서 영미문학을 공부했다면 보지도 느끼지도 못했을 20세기 제국이 직면한 자본주의의 파행성을 직접 목도하고 경험했던 것이다. 그는 미국의 두 얼굴을 목도하면서 세계에 도래해야 할 평등과 자유의 가치를 읽어 들인 것이다. 그가 번역한 영미소설은 팽창하는 자본주의의 구도 아래 유린된 인권과 문학창작의 가치를 시사하고 있다.

평론가의 역할에 대해서는 다음과 같이 기술한다.

> "현대 비평가는 적어도 선택법(Selective method)을 이용함으로써 우수한 작품만을 골라서 비평의 서브젝트를 삼을 것이며 비평하게 된 작품에 대하여 어디까지든지 비평가 자신의 주관을 떠나서 극히 정중한 태도로 객관적 평안으로써 취급할 것이다. 비평가의 가장 중요한 의의와 책임은 한 작품에서 그 한 작가의 내포적 사상을 독자에게 해석하고 설명하고 지적함에 존재해 있기 때문이다. 이것이 비평가가 존재할 이유이며 의의라고 생각한다. 그러나 작가의 내재적 사상을 누구가 전적으로 인식함으

로써 완전히 분석, 설명할 수 있을까. 한 줄의 시나 한 편의 소설은 모두 그 작가의 고유한 개성적 사상이 잠재하고 있을 것이다." "이러한 의미에서 오인은 위대한 비평가가 출현하기를 요망한다. 위대한 비평가는 무엇보다도 위대한 이해력을 소유한 사람일 것이다."37)

3. 영미 번역소설에 구현된 자본주의 파행성

3.1. 노동, 인권의 추락

한흑구는 문학을 정의하면서 인간이 지닌 고통에 주목했다. "인간에게 고민이 없고 절대의 행복과 환희만이 있다면 문학은 발생할 동기도 없었을 것이다."[38] 그는 존 골즈워디(1867~1933 John Galsworthy)의 「죽은 사람 The Dead Man」, 셔우드 앤더슨(1876~1941 Sherwood Anderson)의 「잃어버린 소설The Lost Nove」 두 편의 작품을 번역했는데, 모두 인간의 존재론적 고뇌를 담고 있다. 다시 말해 '살아있다는 것'에 대한 고통의 감각을 묘사하고 있다. 단순히 생존의 문제가 아니라 인간의 존립에 대한 감각이다. 그는 근대 인

37) 한흑구, 앞의 글, 472면.

38) 한흑구, 「신문학론 초」, 민충환 엮음, 『한흑구문학선집』Ⅱ, 아르코, 2012, 74면.(『백광』,1937.5)

간으로서 권리와 자유를 자각하고 그것을 실현해 옮길 수 있는 조건을 사유한다. "인간감정의 시대적 특수성을 표현하고 기록하여 인간심리의 변화사를 기록하는 것을 문학사명"으로[39] 보았거니와, 근대소설은 판단하거나 결정하는 것이 아닌 보여주는 형식으로 전개되며 판단과 결정은 독자에게 맡겨진다.

존 골즈워디의 「죽은 사람 The Dead Man」을 살펴보기 앞서 이 작품의 문학사적 의의에 대해 주목해 보자. 영국 작가 골즈워디는 1932년 노벨문학상 수상자이다. 부유한 법률가의 아들로 태어나 변호사의 자격을 얻었으나 1855년경부터 소설을 쓰기 시작했다. 한흑구는 골즈워디를 "조셉 콘래드와 동지가 되어 좌경활동을 한 작가"로 소개하는 만큼, 그가 번역한 이 작품은 당대 빈민 노동자의 삶을 다룬 것이다. 산업혁명이후 자본주의 기계공업의 발달로 노동자가 양산되지만 노동자는 국가의 제도적 보호도 받지 못한 채 죽음의 기로에 내몰린다는 내용을 담고 있다. 작품은 살아도 살아 있는 것이 아닌 사람, 법망의 울타리에 있지 못한 사람의 절규를 담고 있다.

이 작품은 변호사가 그의 동무에게 신문기사를 읽어주는 형식으로 전개된다. 런던재판소에서 있었던 사건을 다룬 기사내

39) 한흑구, 「현대소설의 방향론」, 민충환 엮음, 『한흑구문학선집』Ⅰ, 아시아, 2009, 469면.

용이 소설 전문에 해당된다. 빈한한 철쇄공(鐵鎖工) 노동자가 충고(忠告)를 듣기 위해 런던재판소 공중인사 상담소에서 애원하고 있다. 그는 특별히 죄를 저지른 것도 아닌 데 두 달 전부터 일자리를 잃었다. 실직(失職)은 그 외에도 유사한 처지의 수만 명에게 발생했다. 그들은 조합도 갖지 못했으므로 호소할 곳도 없다. 공중인사 상담소에 일감을 제출했으나 지원자는 만원이었다. 자기 한 몸도 힘든 노동자들은 처자를 거느릴 여력이 없다. '푸어로(Poor Law)'에 의지하려 했으나 잘 자리가 없다고 쫓겨났다. 그는 판사에게 살아도 살아있는 것이 아닌 자신의 처지를 다음과 같이 호소한다.

"나는 벌써 당신께 말씀드리지 않았습니까 어젯밤에 그곳에 들어가려고 했지마는 못하였습니다. 다른 곳에서 나에게 일을 얻도록 해볼 수 없습니까?"

"안될 것 같다."

"판사여, 나는 참으로 배가 고파 못 살 지경입니다. 당신은 나에게 거리에 나가서 구걸(求乞)해 먹게 할 수 없습니까?"

"안돼, 안돼, 안될 것을 네가 알지 않나!"

"그러면, 도둑질을 할 수 없습니까?"

"아, 아, 그런 소리하러 법정의 시간을 보내면 안돼."

"그러나 판사여, 나는 참으로 기막힙니다. 나는 견딜 수 없이 배가 고픕니다. 그러면 내가 입은 윗저고리와 바지를 팔도록 허락하실 수 있습니까?"

그는 윗저고리 단추를 터치고, 벗은 가슴을 내밀며

"나는 이것을 파는 외에 아무것도 할 수 없습니다."

"아, 그런 무법한 행동을 해서는 안된다. 나는 너를 법률 밖으로 나가라고 할 수 없어."

"그러면, 어쨌든 불량자 취체를 면하게 하고 밤에 밖에서 자면서 방랑하는 것을 허락해 줄 수 없소?"

"두말 더할 것 없이 나는 너에게 이러한 것들을 절대 허락할 수 없다."

"그러면 나는 무엇이나 하렵니까? 나는 모든 것을 진실히 고백할 뿐입니다. 나는 법률을 지키렵니다. 그러면 판사께서는 내가 어떻게 음식을 먹지 않고 살 수 있는 것을 지시해 주시고, 충고해 줄 수 없습니까?"

"내가 그런 것을 지시해 줄 힘이 있으면 좋겠다."

"그러면 판사여, 나는 당신에게 묻습니다. 법률의 눈으로 나를 보아, 내가 과연 산사람입니까?"

"그것이 문제다. 내가 대답 못할 문제. **네 경우를 보면 법률을 어기고야 살 수 있는 형편인 모양**이나 나는 네가 그렇게 하지 않을 줄 믿는다. 나는 너에 대해서 매우 동정한다. 저 돈궤에서 한

실링(五十錢쯤)을 가지고 가라! 그 다음 사건은 또 무엇이냐?"[40]

이 작품은 짧지만 한흑구에게 매우 충격적으로 다가왔을 것이다. 당시 조선은 일본의 식민지배에 있었으므로, 노동자가 재판소에서 자기 인권을 판사와 동등하게 대화 나눌 수 있는 환경은 꿈도 꾸기 어려웠기 때문이다. 노동자만이 아니라 조선 민족 모두가 일본의 점령하에 법망의 보호를 받을 수 없었기 때문이다. 다시 말해 조선의 노동자들은 계급과 민족 두 가지 문제를 안고 있었으므로, 오십 전은커녕 동정조차 받기 어려웠기 때문이다. 산업혁명에 성공하여 전 세계 산업을 선도하는 영국에서 노동자는 비록 노동에 값하는 인권은 보호받지 못했으나 인권을 부르짖을 수 있는 환경을 갖추고 있었던 것이다. 한흑구는 근대 인간의 기본권에 주목했으며 그것은 식민지 조선이 도달해야 하는 구체적인 근대화의 형식이었다.

3.2. 창작, 생활의 몰락

한흑구의 또 다른 번역소설은 셔우드 앤더슨(1876~1941 Sherwood Anderson)의 「잃어버린 소설The Lost Novel」

---

40) 존 골즈워디 한흑구 번역, 「죽은 사람」, 민충환 엮음, 『한흑구문학선집』Ⅱ, 아르코, 2012, 393~394면. 강조는 필자.(『우라키』제7호, 1936.9.8.)

이다. 셔우드 앤더슨은 당시 미국에 생존하고 있던 거두의 작가이다. 한흑구는 번역에 앞서 앤더슨이 미국문단에서 차지하는 의의를 네 가지 측면에서 소개한다. 첫째 사상 면에서 단편, 장편 모두에서 저명한 미국 작가이다. 둘째, 오하이오주 중서부에서 출생한 문인으로 미국 신문예의 진중(陣中)을 이끌어 가는 미국문단의 자랑이다. 셋째, 그의 소설은 거의 농촌과 공장 등을 배경으로 현대 사회를 분석하는 것으로 저작되었다. 넷째, 「잃어버린 소설」은 빈궁한 문인의 창작과정을 프로이트의 정신분석학에 기대어 묘사한 작품이다.

한흑구는 「죽은 사람 The Dead Man」을 번역 게재하면서 '역(譯)'으로 표기한 반면, 「잃어버린 소설The Lost Novel」을 번역 게재할 때는 '찬역(撰譯)'으로 표기하고 있다. 전자의 경우 원작을 옮기는 데 충실했다면, 후자의 경우 원작을 자신의 독해에 따라 짓거나 엮어서 번역했음을 진솔하게 밝힌 것이다. 원작과 번역의 차이도 중요하지만, 더 유심히 보아야 할 부분은 한흑구가 이 작품을 어떻게 받아들이고 번역을 통해 무엇을 말하고 싶었는가이다. 그러므로 번역의 충실성보다 식민지 조선의 작가가 미국 작가의 작품을 통해 무엇을 느끼고 무엇을 말하려고 했는가에 주목할 필요가 있다.

작중에서 화자인 나는 영국의 유명한 소설가에 대한 일화를 소개한다. 나는 런던의 템즈 강변에서 작가의 '잃어버린 소설'에 대한 이야기를 전해 듣는다. '어떤 작가든지 완전한 것을 저술할 수는 없다'는 데 동감하지만, 그럼에도 불구하고 작가들은 자신의 작품이 완전에 근접하기 위해 혼신을 다한다. 작품은 소설가가 어떻게 창작활동을 하고 있는지 기술하고 있다. 작중 주인공의 상황을 통해 작가가 지닌 창작의 고뇌와 더불어 생활인으로서 무가치함을 보여준다.

> "그는 모두 꿈같다고 말하였다. 문인(文人)의 말이니 그럴밖에. 어쨌든 그는 책을 하나 쓰는데 두서너 달을 보내든지 혹은 1년을 넘어 보내는 일이 있으나 그는 한 자도 원고지 위에 써보지 못하였다. 말하자면 그의 맘이 늘 글을 쓴다는 말이다. 책이라는 것은 그가 쓰는 것이 아니고 그냥 그의 맘속에 생각키는 것으로 만들어지고 또한 버려진다는 말이다."[41]

소설가는 빈한한 농가에서 자랐으며 일찍부터 문인이 되려는 꿈을 가지고 있었다. 그는 학교 교육을 받지 못했으나 아내는 여자대학을 졸업하고 학식이 있는 여성이다. 두 아이가 태어났으나 그는 가족에게 충실하지 못했다. 회사의 서기 직업을

---

41) 셔우드 앤더슨 한흑구 찬역, 「잃어버린 소설」, 민충환 엮음, 『한흑구문학선집』Ⅱ, 아르코, 2012, 395면. 이하 작품 인용은 인용문 말미에 페이지 수만 밝힘.

가지고 있었으나, 귀가 후에는 작은 방에 칩거하여 창작에만 골몰했다. 그런 생활이 거듭됨에 따라 일자리를 잃어버리고 아내와 아이들은 생활고에 내몰렸다. 그는 아내와 자주 다투게 되었으며, 급기야 아내를 때렸다. 아내가 나가는 것으로 첫 번째 소설이 완성된다.

> "어떤 날 밤에는 그가 그의 아내를 때렸다. 문을 걸 것을 잊고 있었는데 그의 아내는 갑자기 뛰어들어 왔다. 그는 벌떡 일어나서 아내의 곁으로 다가섰다. 그러고는 아내를 때려 방바닥에 쓰러뜨렸다. 그러고 아내는 밖으로 나가고 아주 들어오지 않았다. 어쨌든 이것이 그의 소설의 끝이나 이것은 **산 책이요. 산 소설**이었다."(399면. 강조는 필자)

'산 책', '산 소설'이란 가공해서 만든 이야기가 아니라는 것이다. 작가는 자신의 초라한 삶의 실체를 밑바닥까지 보여줌으로써 작품을 완성함으로, 그것은 실재하는 삶을 바탕으로 만들어진 '산 책'이자 '산 소설'이라는 것이다. 자기 삶을 송두리째 산화하면서 소설에 담아내기에, 작가는 두 번째 소설을 쓰기 위해 자기 삶의 또 다른 추락을 기꺼이 수용한다. 그는 가정과 이별하고 두 번째 소설을 쓰게 된다. 런던 빈민굴의 조그마한 셋방에서 온종일 소설을 쓰다가 오후 세 시쯤 산보를 나간다.

"그는 벤치에 앉은 채로 그냥 정신 나간 사람같이 쓰고 있었다.

그는 앉아서 소설 한 권을 잘 썼다. 그러고는 집으로 돌아왔다.

그는 처음으로 삶의 만족과 자기 자신의 행복을 맛보았다고 나에게 이야기했다.

"나는 아내와 어린애와 또는 모든 것과 모든 사람에게 정의(正義)로써 처음 대하였다."

그는 이렇게 중얼댔다고 한다. 그의 가슴에 있던 모든 사랑의 전부가 그 소설에 들어갔다고 그는 말하였다.

그는 그 소설을 집으로 가지고 가서 책상 위에 놓았다.

이와 같이 자기의 하고 싶은 것을 다할 수 있을 때 그는 얼마나 만족하고 달콤한 생각을 가졌으랴!"(402면. 강조는 필자)

작가는 집으로 돌아와 소설을 읽어보려고 하지만 "언제든지 내가 쓴 소설이 책상 위에 없는 줄 나는 잘 알았다. 책상 위에는 정말 아무것도 없었고 흰 원고지들만 펼쳐 있었겠지!", "어쨌든 나는 다시 그렇게 아름다운 소설을 쓸 수 없는 게야!"(403면)라고 "소설가의 웃음"을 보인다. 소설을 쓰긴 했지만, 그것은 마음으로 머릿속으로 썼을 뿐 현실에 존재하지 않는다. 작가는 자기 삶의 바닥까지 내려가 소설을 쓰기에 그것은 실재하는 이야기이자 산 소설이긴 하지만, 머리와 마음에서 이루어졌을 뿐 원고지에 기술되지 않았으므로 결국에는 잃어버린 소설이다.

작가는 작품이 생성되고 소멸되는 반복의 과정을 거치면서 한 편의 소설을 창작한다. 여기서 중요한 것은, 작품의 실체는 '생활' 대신 '창작'을 선택한 작가의 자기 반영과 헌신에 있다는 점이다. 작가의 실재하는 현실의 삶이 마모되면서 작품은 생산되나, 그렇게 생산된 작품의 가치는 현실에서는 무용하다. 문학이 생활을 대체할 수 없다는 것에 대한 통렬한 자각과 공감은 비단 작중 주인공의 처지에 국한된 것은 아니다. 이 작품의 번역을 선택한 한흑구의 내면이 투영된 것으로, 그가 소설 창작을 오래 지속시킬 수 없었던 배경으로 읽을 수 있다.

4. 결론

한흑구는 1929년 문학을 공부하기 위해 도미(渡美)한 뒤 5년이 지난 1934년 봄에 귀환했다. 그는 미국에서 동시대 영미문학 작품을 읽고 번역했을 뿐 아니라 세계문학의 흐름을 체득한다. 이 글에서는 한흑구가 수용한 영미문학의 특징을 주목하고 영미문학의 이해가 그의 문학관에 어떠한 영향을 미쳤는지 살펴보았다. 번역은 작품의 선별과 번역의 과정에서 정서적 영향을 미치는 바, 한흑구의 번역작품은 그의 문학관은 물론 당대 수용된 영미문학의 면면을 확인할 수 있는 준거를 제공한다.

이 글에서는 김병철의『한국근대번역문학사연구』2(을유문화사, 1975)와 민충환이 엮은『한흑구문학선집』Ⅰ·Ⅱ 외에도 새롭게 찾은 자료를 정리해 본 결과 다음과 같은 세 가지 사실을 알 수 있었다. 첫째, 미국의 흑인 시 번역을 통해 인권의 문제에 관심을 가지고 있었다. 그는 흑인의 인권 유린 문제를 직시하며 제국으로서 미국이 지닌 이중성과 파행성을 목도했다. 둘째, 동시대 영미 작가와 그들의 작품에 관심을 가졌을 뿐 아니라 동시대 부각되는 세계문제에 관심을 가지고 있었다. 셋째, 그는 사회과학연구회를 조직하는 등 현실 문제에 관심이 많았으며『우라키』에 적지 않은 글을 발표했다. 두 편의 번역소설도『우라키』에 게재되었거니와 미국 현지 문학을 고국에 알리는 전신자의 기능을 했다.

한흑구의 문학관은 미국체험에서 구체화 되는데, 하버드대학에 재직한 어빙 배빗(Irving Babbitt, 1865~1933)의 인본주의에 깊이 매료되었다. 그는 배빗을 통해 20세기 인본주의의 흐름을 자각했으며 역사의 흐름에 따라 그것을 담아내는 문학의 양식 또한 변할 수밖에 없음을 전달했다. 인류사의 흐름이 문학 양식의 변화를 견인했으며, 그 결과 동시대 현대소설을 '성격소설'로 파악하고 있다. 문학 양식 변화의 전범을 영국소설에서 찾았다면, 인류사상의 흐름은 미국과 미국문학에서 찾았다. 그는 당대를 '과학'이라는 어휘로 이해하고 있거니와 당대 사상의 흐름과 방향성을 미국 사상에서 찾았다. 제국으로서 미국의 파행성을 인권 유린으로 비판하되 동시에 미국의 우위성으로 '과학'을 좇으며 그 위력이 앞으로도 존속될 것임을 시사했다.

한흑구가 번역한 영미소설은 존 골즈워디(1867~1933 John Galsworthy)의「죽은 사람 The Dead Man」, 셔우드 앤더슨(1876~1941 Sherwood Anderson)의「잃어버린 소설 The Lost Novel」이다. 두 편 모두 자본주의 시대 인간 존립에 대한 문제를 시사하고 있다. 골즈워드는 당대 노벨문학 수상작가로서 동시대 독자들의 주목을 받았다.「죽은 사람 The Dead Man」은 노동자의 실직과 비인간화 문제를 제기하는데, 한흑구는 자본주의 사회 인권 유린을 시사하는 작품에 주목했던 것이다. 앤더슨의「잃어버린 소설 The Lost Nove」은 자본주의 사회에서 창작활동은 생활의 몰락으로 이어짐을 시사한다. 작가는 작품을 위해 자기 삶을 송두리째 창작에 쏟지만, 남는 것은 가정과 생활의 파탄 그리고 상념뿐이다.

한흑구는 미국에서 영문학을 공부하고 고학(苦學)하는 가운데, 조선의 비애를 객관화 했을 뿐 아니라 인류의 보편적인 문제를 직시했다. 제국의 힘과 그림자 모두를 직시하면서, 자본주의의 팽창과 그로 인해 초래되는 인권 유린에 주목했다. 그의 문학관은 보편적 인류애에 기원을 두고 있음을 알 수 있다. 그는 영미소설 번역을 통해 흑인의 인권뿐 아니라 노동자의 인권 문제에 주목했으며, 창작이 생활의 방편이 되지 못함에 공감했던 것이다. 한국 근대 문인 중에서 미국 유학 후 조선으로 돌아와 창작활동을 한 경우는 찾아보기 드물다. 한흑구는 도미(渡美) 시기뿐 아니라 귀환 후에도 자신이 습득한 영미문학을 고국의 독자들에게 선보임으로써 동시대 인류 보편적 문제를 함께 사유할 수 있는 계기를 제공했던 것이다.

참고문헌

민충환 엮음, 『한흑구문학선집』Ⅰ, 아시아, 2009.
민충환 엮음, 『한흑구문학선집』Ⅱ, 아르코, 2012.
민충환, 「새로 발굴한 한흑구의 자료」, 『문예운동』, 문예운동사, 2012.3, 136~142면.

강호정, 「해방기 '흑인문학'의 전유 방식:한흑구, 김종욱의 '흑인시' 번역을 중심으로」, 『한국시학연구』제54호, 한국시학회, 2018.5, 9~34면.
강호정, 「한흑구 시 연구:미국 체험의 시적 수용 양상을 중심으로」, 『한국시학연구』제57호, 한국시학회, 2019.2, 85~116면.
김병철, 『한국근대번역문학사연구』2, 을유문화사, 1975.
김욱동, 『아메리카로 떠난 조선의 지식인들: 북미조선학생총회와 《우라키》』, 이숲, 2020.
노저용, 「휴머니즘과 종교」, 『T.S.엘리엇 연구』12권2호, 한국T.S.엘리엇학회, 2002, 147~171면.
류황태, 「Irving Babbitt and New Humanism Seen from Buddhist Perspectives」, 『동서철학연구』제22호, 231~247면.
맹문재, 「한흑구의 시에 나타난 민주주의 고찰」, 『동서비교문학저널』, 한국동서비교문학학회, 2020.12, 189~211면.
문예운동 편집부, 「작고 문인 집중 조명-한흑구의 문학과 생애」, 『문예운동』, 문예운동사, 2012.3, 111~114면.
송명진, 「조선의 아메리칸 드림과 식민지인의 자기 인식-미국 유학생 잡지 『우라키』(The Rocky) 소재 문학을 중심으로」, 『문화와 융합』69, 한국문화융합학회, 2020, 143~166면.
오주리, 「1930년대 후반 영국 신심리주의(新心理主義)의 사랑 담론 수용 연구-최정익(崔正翊)의 「D. H. 로렌쓰의 《성(性)과 자의식(自意識)》」, 『비교문학』, 한국비교문학학회, 2015, 145~179면.
이태준, 「신문화운동 시기 양실추(梁實秋)의 낭만주의 문학사상 연구」, 『예술인문사회융합멀티미디어논문지』8권7호, 인문사회과학기술융합학회,

2018, 851~859면.
이희정, 「식민지 시기 미국유학 체험과 자기 인식-한흑구 문학을 중심으로」, 『세계문학비교연구』, 세계문학비교학회, 2014, 5~26면.
장규식, 「일제하 미국유학생의 서구 근대체험과 미국문명 인식」, 『한국사연구』 133, 한국사연구회, 2006.6, 141~173면.
장성규, 「식민지 디아스포라와 국제연대의 기억 한흑구를 중심으로」, 『한민족문화연구』50, 한민족문화학회, 2015, 393~413면.
전인갑, 「『學衡』의 문화보수주의와 '계몽' 비판」, 『東洋史學硏究』106, 동양사학회, 2009, 247~289면.
한명수, 「한흑구는 민족시인이다」, 『포항문학』 46호, 2019, 10-50쪽.
한세정, 「식민지 조선 문인들의 "The Lake Isle of Innisfree"수용과 전유-김억, 김영랑, 한흑구, 정인섭을 중심으로」, 『한국예이츠 저널』제57권, 한국예이츠학회, 2018, 321~344면.
미하라요시아키, 「최재서의 Order」, 『사이(SAI)』, 국제한국문학문화학회, 2008, 291~360면.

해방 이후 한흑구 수필과 민족적 장소애

안서현

안서현

- 1982년 서울 출생. 문학평론가, 서울대학교 기초교육원 연구부교수.
- 서울대학교 대학원 국어국문학과 박사. 2010년 문학사상사 평론 부문 신인상 수상. 계간 『자음과모음』 편집위원으로 활동하고 있음.
- 공저 『아프레게르와 손장순 문학』, 『2021년 젊은평론가상 수상작품집』 등, 연구논문 「파리 국제작가회의와 조선 작가들의 '문학의 옹호'」, 「평화 체제라는 새로운 소실점 – 최인훈의 〈한스와 그레텔〉 연구」, 「『문학이란 무엇인가』의 번역과 해석 그리고 냉전의 문학지(文學知)」, 「최인훈의 『화두』에 대한 비교문학적 연구」, 「부성적 역사와 극복의 알레고리—박화성의 신문연재소설과 4.19」 등.

해방 이후 한흑구 수필과 민족적 장소애

안서현 (서울대학교 기초교육원 연구부교수, 문학평론가)

1. 서론

한흑구는 시인으로서만이 아니라 "시적 수필을 쓰는 수필가"[1]로 이름을 떨친 한국 근현대 수필문학사의 거목이기도 하다. 오늘날까지도 수필이 문학 창작이나 비평의 제도에서 소외되고 고유한 양식으로서의 수필에 대한 이론이나 연구 역시 미비하여 그 장르적 성격이 철저히 구명되지 못하고 있는 척박한 현실에서도 꾸준히 이어져 온 수필문학사를 대표할 수 있는 인물이 바로 한흑구인 것이다.

한흑구가 쓴 「수필문학론」(『조선일보』, 1934.7.2.~7.5.)은

1) 한명수, 「한 편의 친일문장도 남기지 않은 한흑구, 그는 민족시인이다」, 『영남문학』, (사)영남문학 예술인협회, 2019년 겨울호, 35면.

수필 양식에 대한 규정을 시도하고 있어 문학사적으로 의의가 깊은 글이다.[2] 이에 앞선 근대 수필론으로는 김광섭의 「수필문학에 관하야」(『조선문학』, 1933.10) 정도가 전부이다. 이 글에서 한흑구가 수필을 서정시에 가깝다고 밝힌 것은 유명한데, 이러한 수필 양식의 특성에 대한 규정은, 수필이 시나 소설과 같은 엄연한 문학의 한 갈래로 자리잡지 못하고 그에 미달하는 것으로 매도되고 있던 시기에 수필 양식을 정착시키는 데 큰 역할을 하였다.[3] 시적 산문이라는 것으로 수필의 문학적 성격을 명확하게 밝혔기 때문이다. 해방 이후에도 한흑구는 여러 편의 수필 논의를 이어간 중요한 이론가라 할 수 있다.

해방 이전에 시와 소설, 그리고 수필 등 여러 양식에 걸쳐 문학 창작을 해오던 그는 해방 이후 수필을 집중적으로 쓰면서 수필가로서 활동을 이어간다. 이러한 창작 반경의 제한은 의식적이었다고 할 수 있는데, 1960~70년대는 『수필문학』 같은 수필 전문지들이 발간되고 수필 문단이 자리잡던 시기로,

---

2) 한세광, 「수필문학론-ESSAY연구」, 『조선일보』, 1934.7.2.~7.5.

3) 당시 노자영의 수필이 큰 인기를 끌었는데, 이에 대한 문인들의 반응은 매우 비판적이었다. 이러한 오늘날까지도 이어지는 문단 내 수필이 갖는 지위의 불안정성과 관련되어 있다. 그러나 한흑구는 서정시와 견주어 수필의 예술성을 밝힘으로써 이러한 수필에 대한 인식과 논의의 빈곤을 돌파할 수 있는 가능성을 마련하였다. 당시 수필에 대한 문인들의 인식에 대해서는 오양호, 『한국 근대수필의 행방』, 소명출판, 2020 참조.

전문적인 수필가의 존재가 꼭 필요한 상황이었다.[4] "근간에 수필을 전문으로 실리고 연구하는 수필잡지들이 나오는 것은 환영할 만한 일"[5]이라고 하면서 캠벨을 인용하여 제2차 세계대전 이후로 사람들은 현실 타개를 지상 과제로 삼고 있는 만큼 현실을 있는 그대로 담아내는 수필이 중요한 장르가 되었음을 논하며 수필의 전문화 필요성을 역설하기도 하였다. 그리고 이 시기에 문학사적으로 큰 가치가 있는 두 권의 수필집을 차례로 상재함으로써 수필의 위상을 세우는 데도 중요한 역할을 하였다. 그만큼 한흑구는 한국 수필문학사의 상징적인 인물이라 할 수 있다.

따라서 한흑구의 수필 창작 연보는 그 자체로 수필의 역사와도 직결되어 있는 만큼 매우 중요하다. 그 작품목록은 한흑구 탄생 100주년 기념으로 발간된『한흑구 문학선집』의 편자 민충환에 의해 상세한 정리가 이루어졌다.『동해산문』과『인생산문』 두 권의 수필집의 수록작은 물론, 다른 글들도 거의 빠짐없이 이 선집판 연보에 수록되어 있다.

그러나 기존에 알려지지 않았거나 본격적인 연구의 대상이

4) 한흑구는 흐름회, 경북수필 등 포항과 경북 문단에서 활발하게 활동하였다. 이에 대해서는 이경재,『명작의 공간을 걷다』, 소명출판, 2020 참조.

5) 한흑구,「수필론」,『백민』, 1948.11, 민충환 편,『한흑구 문학선집』, 아시아, 2009, 527면.

되지 않았던 글들이 아직도 남아 있고, 이에 대한 정리가 더 필요하다. 특히 앞서 말한 바와 같이 수필 창작이 활발했던 1970년대의 작품이 상대적으로 정리가 덜 이루어졌다. 이 글에서는 1970년대 발표작을 중심으로 몇 편의 서지사항을 추가로 밝혔고, 아래에 표로 제시하였다. 목록에서 *표시가 된 글의 경우 기존에 글이 알려져 있었으나 수록처만 새롭게 밝힌 경우다. 이로써 한흑구의 1970년대 수필 창작기의 전모가 드러날 것으로 본다.

1959년	11월	현대문학*	새벽
1971년	9월	세대	이태리 포플라
1972년	11월	월간문학*	5월의 중앙선
1974년	10월	멋	근대의 기린아
1975년	3월	한국수필*	흙
1975년	6월	한국수필	구름이 뭉게뭉게
1975년	7월	한국문학*	흰 목련
1975년	11월	한국수필	직관력과 영감
1975년	10월	월간중앙	오십천을 찾아
1975년	11월	여성동아	소리
1976년	1월	수필문학	고요
1976년	1월	새생명	내가 만난 간호원들
1976년	3월	한국수필	봄소식
1976년	3월	수필문학	노년이 맞이하는 1년
1976년	6월	한국수필	어시장
1976년	7월	수필문학	'빼저리' 아저씨
1976년	8월	현대문학	연기

1976년	12월	한국수필	충무에 보내는 편지
1977년	1월	새생명	세상을 돌아가게 하는 건 오직 사랑
1977년	1월	엘레강스	아름다움
1977년	3월	신앙계	새봄의 기쁨
1977년	6월	수필춘추	나는 수필을 즐겨 쓴다
1977년	12월	한국수필	떡전 골목
1978년	11월	한국문학*	파도
1978년	11월	수필문학*	옥수수
1979년	8월	수필문학	나는 한 마리 갈매기요
1979년	10월	샘터	또 하나의 발견

이처럼 이 글에서는 1970년대를 중심으로 한흑구 수필의 텍스트 목록을 새롭게 정리하면서, 이 시기 한흑구 수필의 특징과 그 문학사적 의의를 검토하고자 하였다. 해방 이후 한흑구의 수필에 대해서는 그동안 자연애에 대한 논의가 많이 이루어졌는데, 이 글에서는 장소성의 문제에 주목하고자 한다. 산문집 제목 가운데『동해산문』이 있을 정도로 그의 수필은 해방 이후 그가 새롭게 정착한 남한의 여러 장소들과 밀접한 관련을 지니며, 새로 찾은 글들에서도「오십천을 찾아」,「어시장」,「떡전 골목」 등 인근의 지명과 관련된 글들이 많이 보이고 있다.

본고에서는 해방 이후 창작된 한흑구의 수필에 민족적 장소애가 나타나 있다고 본다. 장소애란 인문지리학에서 밝힌 장소에 대한 정서적 유대를 의미한다. 장소와 그곳에 머무르는 사람의 정서적 결합은 그의 정체성에도 영향을 미친다. 한흑구의 수필에 나타난 장소애는 민족적 정체성과 장소의 단단한 결부를 보여준다. 그러면서도 그의 장소애는 월남문학에 흔히 나타나는 노스탤지어의 양상을 띠지 않는다. 그의 해방 이전 수필이 고향 상실을 토로하고 있는 것과 달리, 해방 이후의 「보리」와 같은 수필에서는 자신이 고향에 가지 못하고 있음에도 불구하고 되찾은 땅에 대한 장소감의 충만을 드러내고 있다.

방민호는 월남문학의 중요한 특성을 고향 상실로 보고 그 정신사적 배경을 추적한 바 있는데, 이때 월남이란 "장소성 회복을 위한 '형언할 수 없는' 욕망을 야기하는 원천적 경험"이다.[6] 한흑구의 수필은 월남문학의 고향 상실에 대한 반응의 세 유형인 고향에 대한 향수, 현실에 대한 적응, 이상화된 고향 추구 가운데 어디에도 속하지 않는 새로운 유형이다. 이 글에서는 이러한 차이에 대해 더 논하고자 한다.[7]

---

6) 방민호, 「월남문학의 세 유형」, 『통일과평화』 7권 2호, 통일평화연구원, 2015, 165면.

7) 여기에는 월남문학에 주로 게재되어 있는 전쟁과 분단을 기점으로 하는 시간의식 대신 식민 통치 종식과 해방을 기점으로 하는 일종의 역사적 시간착오가 개입해 있다고 볼 수 있다. 다시 말해 한흑구에게는 한일합방과 8 15 해방이 더 장소 상실과 회복의 원천적 경험으로 자리 잡고 있는 것이다.

2. 수필 이식론을 넘어서

서론에서 언급한 바와 같이 한흑구의 수필론에는 큰 의미가 있다. 한국 수필문학 초창기에 수필 양식에 대한 논의를 남긴 이들 가운데 유일하게 그는 1934년에 쓴 「수필문학론」에서 수필의 가치와 역사적 필연성에 대해 강하게 주장하였다. 앞서 김광섭 역시 수필문학에 대해 이야기하였으나 그 위상을 세워야 한다는 당위론과 건전하게 발전하지 못하고 있다는 지적[8)]에 그치고 있는 데 비해, 한흑구의 이 글은 수필의 독자적인 가치를 분명하게 정립하고자 하였다.

> 에쎄이는 한 散文形式이다 그러나 그 文體에 잇서서 매우 情的이며 主題的인 것이 거의 抒情詩에 갓가웁다
>
> 그리고 內容에 있어서 一定한 規定이 업슴으로 어떠한 事物에 對하든지 作者의 觀照하는 바를 主觀的 立場에서 敍述한다 (중략) 에세이를 定義하는데는 세가지의 特徵을 列擧할수잇스니 1. 작자자신의 人格과 哲學이 出衆하야 그의 觀察力이 讀者를 指導할만 할 것 2. 이는 散文體일 것 3.은 무엇보다 藝術的 價値를 가질 것 等을 생각할 수 잇다

8) 김광섭, 「수필문학 소고」, 『문학』, 1934.1.

위 인용문에서와 같이 한흑구는 서정시와 같은 주제를 산문체로 구현한 것을 수필로 정의하면서 저자의 인격과 철학의 가치, 예술적 가치 등에서 수필의 가치를 찾고 있다.

또 이 글이 의미 있는 까닭은 서구 수필의 이식론을 극복하고 있다는 점이다. 영국의 에세이를 도입해야 한다는 김광섭의 수필론과 달리 한흑구는 동양에서 써온 수필이라는 말로 통칭하는 것이 적합하다고 보고 있다.[9] 또 최남선의 『시문독본』 등을 언급하고 있다.

『백민』에 수록한 「수필론」에서는 일정한 형식에 얽매이지는 않지만 "그 쓰는 사람의 깊고 치밀한 직관력과 높은 품격의 표현"이 특징이라는 한흑구 수필관의 핵심이 간결하게 제시되었다. 그리고 이 글에서부터는 알기 쉽게 쓸 것을 주장하기 시작하였다. 필자가 독자와 대화하듯이 써야 한다고 했다. "만일 우리가 독자들로 하여금 우리의 글을 계속해서 읽도록 하려면, 우리는 그들의 말로 이야기해야만 한다. 우리는 그들에게 알기 쉽게 해야 한다. 그리고 알기 쉽게 쓴다는 것은 거의 쓰기 힘든 글인 것이다."라는 캠벨의 말을 인용하여 이러한 독자와의

9) 오양호는 한흑구의 수필론이 김광섭의 그것과 크게 다르지 않은 박래품으로서의 에세이에 대한 이식론이라고 보고 있다. 그러나 한흑구의 수필론은 동양의 수필이라는 말로 근대 산문을 통칭해야 한다고 주장하고 있으며, 최남선에게서 근대 수필의 기원을 삼는 등 이식론으로만 규정하기 어려운 면이 있다.

대화가 바로 현대의 글쓰기에서 요구되는 것이라고 강조하였다.[10] 그러면서도 "수필도 말로써, 글로써, 표현되는 것인 만큼 하나의 예술적인 문학작품이 되어야 할 것이다"[11]라고 함으로써 예술성이라는 요건이 포기되어서는 안 된다고 강조하고 있다.

『월간문학』에 수록한 「수필의 형식과 정신」에서는 그동안 영문학자나 영미권의 작가들을 인용하며 수필론을 전개한 것과 달리 김광섭, 피천득, 김시헌의 수필론을 인용하면서 독자적인 수필론을 제시하였다. 또 "우리 한국문단에도 빛나고, 높은 품위의 수필문학이 세워져야 할 것"이라고 하였다.[12] 이러한 한국 수필에 대한 자부심은 흔히 수필을 이야기할 때 하는 말인 "붓이 가는 대로" 쓴다는 것을 "제멋대로 자유롭게" 쓴다는 것으로 이해해서는 안 되며 "하나의 예술적인 형식을 갖추어서 표현"해야 한다는 주장으로 이어졌다.[13] 또 시가 "작자의 주관적인 직

10) 한흑구, 앞의 글, 522~523면.

11) 한흑구, 앞의 글, 529면.

12) 한흑구, 「수필의 형식과 정신」, 『월간문학』, 1971. 3, 민충환 편, 『한흑구 문학선집』, 아시아, 2009, 535면.

13) 위의 글, 532면. 박양근에 따르면 "붓이 가는 대로"라는 표현은 김광섭의 것이다. 박양근, 「한흑구의 수필론과 수필세계」, 『수필학』 10, 한국수필학회, 2002, 152~153면 참조.

관력과 사색적인 인생철학"[14]이 담긴 것이라면 수필은 그러한 것이 담긴 산문에 해당한다고 하였다. 이전에 비해 더 까다롭게 예술적 형식과 철학적 내용을 요구하고 있는 것이다.

마지막 「나는 수필을 즐겨쓴다」에서는 수필의 예술성을 강조하되 그때의 미가 진과 통일된 미라고 하면서 예술적 형식과 철학적 내용의 균형과 조화를 말하고 있다. 이러한 긴장이 한흑구 수필의 미적 원리의 핵심을 이루고 있다.

> 人生의 三大要素라고 일컫는 眞, 善, 美 중에서 모든 藝術과 文學은 美의 부문에 속한다. 그러므로 우리는 아름다움을 創造할 수 있는 文章으로서 哲學的인 詩精神이 담긴 作品을 創作하는 工夫에 노력해 보기도 한다.
>
> 영국의 시인 킷츠는,
>
> "Beauty is truth; Truth is beauty."
>
> (美[아름다움]는 眞[참됨]이요, 眞은 美다.)
>
> 그는 이렇게 노래했다.
>
> 우리는 한篇의 수필을 쓸 때에도 먼저 진실한 태도(Mood)로서 서로 거짓과 과장이 없는 문장을 써야 하겠다.[15]

---

14) 위의 글, 533면.

15) 한흑구, 「나는 수필을 즐겨쓴다」, 『수필춘추』, 한국수필춘추동인회, 1977년 창간호, 9쪽.

궁극적으로 그의 수필문학론은 진(眞)과 미(美)의 결합인 "철학적인 시정신"으로 귀결된다. 이러한 한흑구의 수필론은 한국 근대문학사에 수필이라는 양식을 소개하고자 하였으며, 동양적인 '수필'의 명칭을 사용하고 서구와는 달리 비형식적이고 주관적인 연수필을 중심에 두었다. 또한 수필의 창작에 있어 처음에는 독자와의 소통을, 차차 수필 양식이 정착해 감에 따라서는 철학적인 깊이를 추구하고자 하였으며, 예술성은 필수적인 요건으로 제시하였다. 이처럼 한흑구는 근대문학의 서구 중심성에서 벗어나 독자적인 조선 수필의 구상을 마련하고 있었다. 그리고 독자적인 수필의 계보를 꾸리고 "전통과 광휘"를 얻고자 하였음을 알 수 있다. 그런 그에게 수필에서 다루는 자연이나 일상에 대한 경험과 사색의 장소는 매우 중요한 문제가 아닐 수 없었다. 한흑구의 수필은 그의 시와 마찬가지로 "민족의 자존심과 자리"를 지키기 위한 것이었음을 알 수 있다.[16)]

3. 장소의 연결과 중첩을 통한 소외의 극복

한흑구의 장소애는 하나의 장소에 대한 고착이나 반복적 회

16) 한명수, 앞의 글, 35면. 저자는 한흑구가 "민족과 고국을 걱정한 애국시인이요 우국시인이며, 우리 민족의 얼을 지킨 민족시인"이라고도 쓰고 있다(한명수, 앞의 글, 36면).

귀라는 정형화된 형태로 나타나지 않는다. 그의 장소에 대한 애착은 이동과 결부되어 나타났다. 장소의 경계에 갇히는 것이 아니라 장소에 대한 대안적인 상상력을 갖고 있었다는 점이다.

그의 이러한 상상력은 일제강점기 미국 체험과 그것을 다룬 문학을 통해 이미 형성되었다. 그의 아버지인 한승곤 목사가 독립운동에 연관되어 압박을 받아 1916년에 이미 미국에 들어왔으며, 한흑구가 1929년 2월 4일 미국에 왔을 무렵에는 미국 한인사회에서 3·1 만세 운동의 10주년 기념 행사를 준비 중이었다는 것도 기억할 만하다.[17] 이 시기에는 "그대여, 실연(失戀)하였거든/바다 밖으로 나오라"고 노래하였다. "그대여! 그대여! 바다를 건너는 것이 그대의 일이거든 다 같이 나무와 톱을 들어 배를 지어라!" 하고 노래하기도 했다.[18] 사랑하는 땅을 잃었다면 바다 밖으로 나와, 배를 만들어 바다를 건너가야 한다는 역설적인 표현에 땅에 대한 사랑이 드러난다. 이처럼 그는 이동을 배제하지 않는 장소의 상상력을 발전시켜 왔던 것이다. 이처럼 땅을 점령하고 징발하는 식민 질서에서의 벗어남을 꿈꾸면서도 그 땅에 대한 정착과 귀속 역시 거부하는 것은

---

17) 한명수, 「현전 한흑구 최초의 산문 「그대여 잠깐 섰거라」에 관하여」, 『영남문학』, (사)영남문학 예술인협회, 2018년 겨울호, 53~54쪽.

18) 위의 글, 53면. 이 글에서는 「조국」이라는 시의 일부분으로 이 구절을 소개하고 있다. 현대어 수정도 소개자의 것이다.

정신의 탈식민화의 가능성과 맞닿아 있다. 식민주의자들의 힘에 의해 자신과 장소의 관계를 결정하는 일 자체에 반대하는 사유이기 때문이다. 3·1운동 이후 대규모 평화 시위를 통해 드러난 조선 민중의 의지를 세계에 알리기 위한 지사들의 이동으로 조선인들의 활동 반경이 한 차례 변화하였듯이, 한흑구 역시 이러한 심상 지도의 변화를 겪었다. 그가 단 3년 머물렀던 시카고에 대해서도 계속해서 언급하는 것을 보면, 자신의 뿌리인 고향에 대한 애착만이 아니라, 더 넓은 차원에서의 장소애가 엿보인다.

1970년대에도 한흑구에게 서로 다른 장소들에 대한 장소애를 확장해 나가는 태도가 나타난다. 이 푸 투안은 인간이 고향에 대해 갖는 애착, 그리고 정체성과의 결부에 대해 설명한 바 있다. 한흑구의 수필 역시 이러한 장소에 대한 강력한 정서적 유대를 특징으로 한다는 점에서는 이러한 관점에 부합한다. 그러나 그의 수필은 그것만으로는 설명할 수 없다. 만일 그렇다고 하면 이산을 경험한 그의 수필에서는 이전에 결합했던 원초적인 장소로부터의 분리와 소외를 겪는 자아의 이미지가 두드러졌을 것이다. 그러나 그의 수필은 그러한 고향 상실의 입장에서만 이야기되는 것이 아니다. 미국에서 돌아와서도 평양에 계속 머무르지 못하고 시골로 소개를 하였고, 이후 월남하여 부산을 거쳐 포항에 정착하였다. 하지만 계속해서 고향과 유리된 삶을 살았음에도 이러한 장소들 간의 연결과 중첩의 상상력이 오히려 두드러지게 나타난다는 것이 그의 수필의 특징이다.

한흑구 수필에서 나타난 장소들의 중첩은 장소의 특성에 기반한 그 장소에 대한 강력한 애정이 있기에 가능한 것이다. 예컨대 그는 조선일보에 쓴 「공업도시」에서 자신에게 중요한 장소들, 자신의 고향인 평양과 자신이 몇 년 간 머물렀던 시카고를 '공업도시', 그리고 새롭게 정착한 포항을 '공업도시'라는 공통점으로 겹쳐놓는다.

> 이상하게도 나는 공업도시에서 살게 된 팔자를 타고난 모양이다.
>
> 나는 평양에서 태어났다. 20대엔 공업도시인 시카고에서 살게 되었고, 6·25 중에 고적한 포항 바닷가에서 살려고 했더니, 공장은 또 다시 나를 쫓아왔다. 영일만 위에 아침 해를 맞이하면서, 종철의 굴뚝에서 용광로의 불길이 빨갛게 뿜어나오는 것을 흥미있게 바라보았다.

같은 시기의 글 가운데 「고요」와 같은 수필도 주목된다. 이 글에서 한흑구는 포항에서 새로운 집으로 이주했을 때 그곳의 고요를 낯설어하면서 평양의 소리, 그리고 시카고의 소리, 자신이 살던 포항 중심가의 소리들을 차례로 떠올리고 있다. 이 시기 수필에서 두드러지게 나타나는 것은 이처럼 하나의 장소에 고착된 것이 아니라 비슷한 심상들이 겹쳐지면서 중층적으로 표현되는 장소애이다. 「고요」에서는 이러한 세 곳의 풍경과 소리들을 겹쳐놓고, 그때 평양에서 공장을 운영하던 사람들이 월남하여 공장을 하고 있는 것으로 안다는 사연까지 덧붙인다. 공장의 소리라는 것을 매개로 하여 서로 다른 장소들은 연결될 수 있는 것이다.

> 나는 騷音의 公害가 무엇인지 알지도 못했던 一九三0년대에 세계에서 소음이 제일 많기로 유명했던 공업의 도시 시카고에 가서 삼년을 살았던 일이 있었다.
>
> 젊은 시절이어서 그랬었던지, 강철로 세운 高架鐵道의 벼락을 치는 듯 요란하게 지나다니는 기차 소리에도 아무 지장이 없었고, 오히려 그것이 文明의 行進曲이요, 生命의 약동하는 소리인 것같이 우렁차게만 들렸다.
>
> (중략)
>
> 내가 자라난 고향도 공업도시인 평양이다.
>
> 내가 소학 시절이었던 때에도 평양에는 한국 사람이 운영하는 공장만도 수천 개였고, 양말 공장과 메리야스 공장의 기계소리가 밤을 새워가며 고요를 깨뜨리고 약동하였다.
>
> 지금 이들 공장주들은 월남 피란민으로서 부산, 대구, 서울 등

지에서 새로이 공장들을 경영하고 있는 줄 안다.

내가 살고 있는 포항은 하나의 작은 어항이었으나, 종합제철이 창립됨에 따라서 일약 공업도시로 알려지게 되었다.

종합제철이 생긴 이후 五년에 인구가 칠만에서 십육만으로 불어났다.

공장이 생기면 여러 가지의 공해로 말미암아 살기가 어려울 것으로 사람들은 염려를 하였으나 아직까지 아무런 피해도 없는 것이 이상할 정도다.

(중략)

나는 약 일년 전에 포항 중심가에서 二킬로 남쪽인 竹島 二洞으로 집을 옮겨 와서 제철쪽이 二킬로 더 가까워졌다. 작은 도시이지만 중심가에 있을 때에는 기차 소리, 자동차 소리, 사이렌 소리, 그물공장, 장공장, 목공장 등에서 시끄러울 만한 소리를 들으면서 살아왔다.

그러던 것이 벌판과 같은 변두리에 옮겨 와서는 오히려 소리가 그리워질 정도로 고요 속에서 소리를 들으려고 애를 쓰고 있다.

이처럼 한흑구의 수필에서는 자신의 경험을 통해 그것과 연관된 장소들을 서로 연결시키면서 그러한 연결 속에서 자기 정체성의 연속도 같이 표현한다. 「석류」나 「옥수수」 등에서는 석류 한 개나 옥수수 몇 자루처럼 시장에서 사온 작은 것이 과거와 현재를 매개하는 매개물이 된다. 「석류」에서는 자신의 책상에 석류가 놓여 있는 현재의 장면이 어린 시절 자신이 기다리던 석류가 자기 방에 놓여 있던 과거의 장면으로 이어지는 영화적 기법처럼 과거와 현재를, 그리고 그때 살던 곳과 지금 살고 있는 곳을 자연스럽게 연결한다. 「옥수수」에서는 아내가 시장에서 사온 옥수수를 보고 평양 근방에서 전문으로 기르는 농가가 많았다는 사실을 떠올리면서 그때 걷던 옥수수가 우거진 길을 소환하기도 한다.

나는 어린 시절부터 옥수수를 퍽이나 좋아했다.

키가 2미터 이상이나 자라난 옥수수밭이 길 양쪽에 서 있는 좁은 길로 혼자서 지나갈 때에는 혹시 무서운 짐승이나 뛰어나올 것 같아서 머리털이 오싹 일어서는 것 같았다.

무엇보다 옥수수의 이파리들은 야자수의 이파리처럼 길게 뻗어 나무의 양쪽이 늘어져서 춤을 추는 모양을 하고 있는 것이 좋았다. 그러나 바람이 세차게 부는 날에는 병사들이 칼을 빼들고 열을 지어서 몰려나오는 것 같은 무서움도 주었다.

키가 큰 옥수수나무들이 강한 비바람에 줄기가 휘어서 절을 하는 모양을 하였다가도, 향일성(向日性)이 강한 탓으로 다시 태양을 향하여 고개를 곧바로 쳐들었다.

(중략)

야자나무 수풀과 같이 우거져 서 있던 옥수수나무들의 긴 이파리들이 너울너울 팔들을 벌리고 춤을 출 때면, 손가락을 벌린 듯이 높이 피어난 옥수수꽃의 꼭대기로 수많은 풍뎅이들이 소리를 내며 날아다녔다.

서늘한 바람과 함께 옥수수의 시원한 그늘 속에 뚫린 길을 혼자서 20리를 즐거운 마음으로 걸어다니던 어린 시절이 아름다운 풍경화와 같이 머릿속에 떠오른다.

「오십천을 찾아」에서도 포항에서 동해변으로 가면서 해변 언덕 위 콩밭이나 팥밭에 수수나 옥수수를 간작하거나 밭둑에 밀작(密作)해 놓은 것을 보면서 이북에서 보던 것을 여기서 처음 보았다고 썼었다. 해변가에 바람이 불어 방풍림처럼 바람을 막을 수 있는 키 큰 수수와 옥수수를 밭 주변에 심은 것이다. 이런 풍경이 이북과 포항을 연결해 준다. 이처럼 어떠한 매개물을 통하여 과거와 현재를 잇고 과거와 현재의 장소를 연결한다. 이로써 고향을 감각적으로 환기하고 잠시나마 고향으로부터의 분리로 인한 소외감에서 벗어난다.

이처럼 한흑구는 지금 없는 것에 대한 회상과 그 상실의 확인이 아니라 지금 눈 앞에 있는 것을 매개로 한 다른 장소로의 전환을 통해 자기 삶의 연속성을 회복하고 있다. 따라서 그것은 일반적인 노스탤지어와는 거리가 멀다. 그의 수필은 하나의 고착된 장소에 대한 협소한 애정을 나타내는 것이 아니라 이동, 중첩, 그리고 연결을 특징으로 하는 장소애를 보여주고 있다. 이를 통해 상투적이거나 감상적인 고향 표현에서 벗어나 신선하고 현대적인 장소 감각을 드러내고 있다.

4. 환유와 자아 확장을 통한 민족적 장소애의 표현

앞 장에서 이미 살핀 것처럼, 한흑구의 수필에서 장소 그 자체만이 중요했다면 해방 이후의 수필들은 고향에 대한 상실감으로 가득했을 것이다. 그러나 그의 월남 이후의 작품들, 예컨대 그중 가장 유명한 「보리」와 같은 수필도 고향의 땅을 떠나온 슬픔보다 조국의 땅을 되찾았다는 고양감으로 가득 차 있었음을 우리는 잘 알고 있다. 시간이 더 많이 지난 후에 집필한 「노년이 만나는 일년」에도 비록 지금은 고향과 유리되어 있지만 조국을 되찾은 기쁨 속에 살고 있으며 이를 더 마음껏 느낄 날을 기다리고 있다는 내용이 등장하기도 한다. 즉 월남과 이향(離鄕)이 바로 소외감으로 귀결된 것은 아니었다.

> 七十이 다 되어가는 나는 젊어서 나의 집과 땅과 재산과 고향마저 잃어버리고, 타향에서 늘 향수와 서러움 속에서 살고 있지

만, 나는 잃었던 나의 조국을 찾은 기쁨과 행복 속에서 더 오래 살고 싶은 희망에 차 있는 것이다. 어서 남북이 통일이 되고, 나의 고향으로 돌아가서 젊은날에 뛰어놀던 나의 모란봉 꼭대기에 입을 맞추는 기쁨에 감격하고 싶은 것이다.

나는 아직까지 소외감을 느껴보지 못한다. 자기 스스로가 소외감을 느끼는 것은 하나의 자학행동이요, 자기의 명분을 잃어버리는 일이다.

(중략)

나는 작년에도 뜰안에 있는 화단의 빈 자리에마다 상치와 쑥갓을 심었다. 뾰족뾰족한 새파란 움들이 머리를 쳐들고 나오는 생명의 기쁨도 볼 만하지만, 매일같이 그 색을 더 푸르게 하고 자라나는 생기있는 모양에 그윽한 창작의 기쁨을 느낄 수도 있기 때문이다. 다른 화초들이 자라나기 전에 공지에 심어놓으면 깨끗하고 향긋한 상치쌈을 즐길 수도 있기 때문이다.

이처럼 의식적으로 소외감에서 벗어나고자 하는 생각과, 여전히 조국을 되찾은 기쁨 속에 머무르려는 생각이, 그에게 타향인 포항을 또 다른 장소애의 대상일 수 있도록 하였다. 한흑구에게 고향만이 중요한 장소였던 것이다. 그것은 땅이 곧 조국으로 치환되는 환유적 상상력에 의해 가능했다. 위의 글에서 한흑구가 말하고 있듯이, 인간이 애착을 갖는 장소에는 집,

땅, 고향, 조국 등의 여러 차원이 있다. 그리고 한흑구의 수필에서 땅은, 그것이 아무리 좁은 공지일지라도, 자주 조국이라는 차원을 환유하는 것으로 나타난다. 이러한 환유를 통하여 그는 조국을 되찾았다는 기쁨 속에 오래 지낼 수가 있다. 그것이 그의 수필에 장소 상실이 표현되지 않는 이유다.

또 장소애라는 차원에서 내용을 분석하고자 하면, 한흑구 수필의 배경에만 주목하게 된다. 그러나 중요한 것은 그 안에 그려진 묘사의 대상들이 배경과 맺고 있는 관계다. 가령 땅 위에서 자라는 나무, 꽃 등은 땅에 강력하게 귀속되어 있을 뿐 아니라, 스스로의 창조력으로 자신이 속해 있는 땅, 그리고 자신을 둘러싼 자연에 풍부한 영향을 미치고 있다. 마치 보리가 땅을 푸른색으로 넘실거리게 하는 것과도 같다. 이처럼 한흑구의 수필에 표현된 장소애는 그 장소와 능동적으로 결합하는 주체의 창조력을 나타내고 있다. 여기에는 자신의 힘으로 그 장소의 의미를 변화시키는 창조적 자아의 이미지가 두드러진다.

현재 찾아볼 수 있는 글들 가운데 거의 마지막 작품인 「나는 한 마리 갈매기요」에도 소외감 없이 자신의 장소애를 드러내기 위한 작가의 전략이 숨어 있다. 1929년 2월, 부산을 떠나 일본 요코하마 항에서 미국을 향해 가던 한흑구는 자신을 방랑하는 갈매기와 동일시하며 자신의 필명을 지은 바 있다.[19] 그러나 해방 이후의 갈매기는 한 곳에 정주하는 새의 이미지로 변화한다.[20]

「동해산문」에서도 한흑구는 다음과 같이 갈매기를 방랑자로 그리고 있었다. "그러기에 너는 바다의 왕자도 아니고, 더구나 시신이 될 수는 없다. 너의 흰 날개, 너의 긴 날개는 춤을 추는 무희(舞姬)같이 멋지게 훨훨 날리지만, 너는 한낱 슬픈 방랑자인 것이다." 그러나 「나는 한 마리 갈매기요」에는 같은 대목을 변주하면서 더 이상은 방랑자가 아니라는 것을 강조한다.

> 그러나 나는 바다의 왕자도 아니요, 방랑자도 아니요, 더구나 시신이 될 수도 없습니다.
>
> 나의 울음을 한 번 들어본 사람은, 나의 울음이 갓난애의 젖을 달라는 시끄러운 소리라고 하고, 나를 방랑객이라고 하지만, 우리는 조상 때부터 추운 캄차카 반도에서 살다가 물이 맑

---

19) 한명수, 「한 편의 친일문장도 남기지 않은 한흑구, 그는 민족시인이다」, 『영남문학』, (사)영남문학예술인협회, 2019년 겨울호, 34면.

20) 음은 「제비」의 일절이다. "집을 멀리 떠나서 살고 있는 사람들은 서리 내린 아침, 잠자리마냥, 또다시 깊은 노스탤지어에 사로잡히고 만다. 사람도 철새처럼 집을 찾아다니며 살아야 하나? 사람은 자기가 난 곳을 '집'이라고 하고, '고향'이라고 하지만, 자기가 죽는 곳은 집이 아니고 무엇일까? 집과 고향은 자기가 난, 단 하나의 곳이기 때문에 죽을 때까지도 그리워하는 것일까? 코끼리도, 범도 다 제 굴로 돌아가서 죽는다는 이야기도 있다는 것을 우리는 잘 알고 있다." 한흑구, 「제비」, 민충환 편, 『한흑구 문학선집』, 아시아, 2009, 386면.

고, 아침 해가 선명하고, 고운 동해변에 정착지를 마련하고, 철새의 운명을 면하고 살아온다고 해요.

제비나 다른 철새들은 철을 좇아서 덥고 아늑한 곳만 찾아서 떠돌이 생활을 즐기지만, 우리 갈매기들은 동해, 남해, 또한 서해에 정착해서 고운 섬들의 사이나, 조용한 만곡이나, 작은 포구에서 마음을 놓고 한가하게 살고 있어요.

과거와 달리 갈매기에게 제비와 같은 철새가 아니라 한곳에 머물러 살아가는 텃새의 이미지를 부여한다. 이것은 자아 이미지의 변화라 할 수 있다. 그러나 여기에서 주목할 만한 것은 자아 확장의 양상이다. 자신이 방랑 생활을 마친 것이 아니라, 조상 대대로 평화를 찾아 "고운 동해변"에 머물러 왔다는 식으로 상상을 덧붙임으로써 민족의 내러티브를 만들어내고 있는 것이다. 이처럼 자기를 확장하고 먼 과거로 소급한다. 방랑의 기억을 지우고 한 곳에 정착하는 새에 자신은 물론 민족의 이미지를 투사한다.

나는 정든 내 고향을 떠날 수가 없어요.

나는 철새들과 같이 헤매이고 싶지 않아요.

나는 수 많은 바위섬들과 함께 빛나는 동해에서 영원히 살아갈래요.

그는 「나의 필명의 유래」에서도 "우리가 조국의 광복을 찾은 뒤에, 검은 갈매기들이 사라호 태풍에 밀리어서 동해에까지 날아와 살게 되었다."고 쓴 바 있다. 민족의 차원에서 방랑과 정착의 서사를 만들어내고 있는 것이다. 이와 같은 자아 이미지의 민족 정체성 차원으로의 확장은 이주의 현실과의 화해를 가능하게 한다. 자연히 그는 포항을 "정든 내 고향"이라고 부르면서 본래의 고향으로부터의 이탈을 효과적으로 극복한다. 그리고 이러한 표현을 통해 한흑구는 낭만적인 시인의 방랑의식보다 현실적인 생활인의 정착 감정으로 옮겨가고 있으며, 방랑과 정착이라는 상이한 경로들이 만나는 자신의 삶을 표상하며 또 긍정하는 존재로 갈매기에 동일시하는 것이다. 「보리」에 땅과의 일체감과 "이 땅에서 영원히 사라지지 않을" 민족에 대한 애착이 표현되어 있다고 할 때,[21] 「나는 한 마리 갈매기요」에도 맑고 작고 고운 동해변에 자리를 잡은 조상 이후 이곳에 살아온다는 민족 지리학의 표현을 통해 새로운 땅에 대한 장소애와 민족적 삶의 연속성을 환기할 수 있다.

또한 이 글은 갈매기의 시선에서 주변 바다에 공해가 나타나고 있음을 그리면서 고향 상실의 의미를 당대의 보편적인 것으로 확장하고 있다. 이 시기 한흑구의 글들은 생태주의의 선구

---

21) 「보리」에 대한 이러한 해석은 김시헌, 「유화와 같은 수필」, 범우사, 1975 참조.

로 주목받았는데, 이 글에도 역시 그러한 면모가 드러나는 것이다. 이경재는 한흑구의 수필에 나타나는, 모든 생명체들이 유기적 관계를 맺고 존재한다는 "우주적 규모의 형이상학"에 대해 지적한 바 있는데, 이러한 생태주의 담론이 활발하게 전개된 것이 1990년대임을 생각할 때 한흑구의 사상은 선구적인 면모를 보인다.[22] 이것은 생활과 유리된 관념적인 사상이 아니다. 한흑구 수필의 상징체계에서 장소애의 여러 차원들을 서로 연결된 것으로 묶어주는 것이 바로 그것들을 환유하는 땅인 만큼, 이러한 땅에 대한 애정에서 발원한 사유라고 할 수 있다. 고향 상실을 주관적 감상으로 이끌고 가는 것이 아니라, 현대인들이 땅이라는 고향과 멀어지고 있다는 보편적인 의미로 심화하고 있는 것이 바로 그의 수필의 철학적 깊이를 만들어낸다.

5. 결론

이상화의 시 「빼앗긴 들에도 봄은 오는가」는 민족적 장소애의 문학적 표현으로서 대표적인 예다. 그러나 해방 이후에는 이러한 상징체계가 계속해서 작동하는 경우를 찾아보기 어렵다. 하물며 수십 년이 지난 1970년대에 이러한 표현을 구사하고 있

22) 이경재, 『명작의 공간을 걷다』, 소명출판, 2020, 264~266면.

는 한흑구의 수필들은 "민족시인"[23]이라는 칭호에 걸맞은 "시적 산문"의 구현이라 할 수 있다.

수필 양식의 첫 도입부터 수필 창작의 전문화에 이르기까지 한국 수필사에서 큰 역할을 도맡아 했던 한흑구는 1970년대에 이르기까지 "예술적 형식과 철학적 깊이"를 지닌 수필들을 쉬지 않고 발표한다. 이 수필들에서 해방 이전에 주로 시에 담아냈던 민족적 장소애를 다루면서, 본래의 고향과 중첩되고 연결되는 장소 이미지를 통해 제2의 고향인 포항의 장소성을 구체화하는 한편, 해방 이후 고향의 회복과 평화로운 정주를 경험하는 민족적 자아에 의해 일제강점기 문학에 나타난 민족적 장소애의 '이후'를 보여주고 있다.

---

23) 한명수, 앞의 글, 35면.

참고문헌

기본 자료

『백민』『세대』『수필문학』『수필춘추』『월간문학』『한국수필』『현대문학』

민충환 편, 『한흑구문학선집』, 아시아, 2009.

민충환 편, 『한흑구문학선집 Ⅱ』, 아르코, 2012.

단행본 및 학술논문

김시헌, 「유화와 같은 수필」, 『보리』, 범우사, 1975.

박양근, 「한흑구의 수필론과 수필세계」, 『수필학』 10, 한국수필학회, 2002.

방민호, 「월남문학의 세 유형」, 『통일과평화』 7권 2호, 통일평화연구원, 2015.

송명희, 「이상화 시의 장소와 장소 상실」, 『한국시학연구』 23, 2008.

오양호, 『한국 근대수필의 행방』, 소명출판, 2020.

이경재, 『명작의 공간을 걷다』, 소명출판, 2020.

이 푸 투안, 『공간과 장소』, 윤영호 김미선 역, 사이, 2020.

에드워드 랠프, 김덕현 김현주 심승희 공역, 『장소와 장소상실』, 논형, 2005.

한명수, 「현전 한흑구 최초의 산문 「그대여 잠깐 섰거라」에 관하여」, 『영남문학』, (사)영남문학 예술인협회, 2018년 겨울호.

——, 「한 편의 친일문장도 남기지 않은 한흑구, 그는 민족시인이다」, 『영남문학』, (사)영남문학예술인협회, 2019년 겨울호.

인터넷 게시 사전류에 나타난 한흑구의 이력에 관하여

한명수 (문학평론가, 시인)

1

인터넷에는 일상생활에 필요한 정보뿐만 아니라, 연구와 학술에 필요한 정보들도 많이 제공되고 있고, 우리는 인터넷 정보를 수용하는 데 익숙하다. 그런 정보들 가운데에는 오류도 있고, 오류를 모른 채 사용하고, 그것을 다시 인용하는 일이 반복되어 그 잘못된 사실이 하나의 정설처럼 굳어져 우리에게 수용되는 일도 있다.

한흑구의 이력에 관한 것도 마찬가지이다. 인터넷 포털 사이트에서 검색되는 그의 이력에 관한 정보가 잘못된 것들이 있는데, 많은 이들이 이런 사실을 모른 채 그것을 반복 인용하기도 한다. 그 가운데 개인이 알고 있는 바를 개인 블로그나 카페 등에 올렸다면, 후일 그것이 잘못된 정보임을 알았을 때 비교적 수정이 어렵지 않지만, 규모가 큰 백과사전류, 특히 종이책으로 인쇄한 적이 있는 것을 포털 사이트에 제공하여 공유하는 경우, 오류가 발견되어도 수정하여 재탑재하기까지는 비용 문제뿐만 아니라 시간적인 문제와 재집필을 위한 방법과 자료 검증 등과 같은 여러 가지 어려움이 있다.[1] 물론 여건이 나아지면 조금씩 그 수정의 속도도 빨라질 것이고, 많은 연구 결과가 반영되기에 정보의 정확도도 높아질 것이지만, 그렇게 되기까지는 또 많은 시간이 지나야 하고, 그 과정에서 오류의 반복 재생이 계속 이루어진다면, 한흑구에 관한 잘못된 정보는 더욱 고착될 수도 있을 것이다.

이에, 필자는 인터넷 포털 사이트에서 쉽게 만날 수 있는 사전인 『한국민족문화대백과』, 『국어국문학자료사전』, 『한국현대문학대사전』, 『다음백과』, 『두산백과 두피디아』, 『위키백과』 등에서 한흑구의 이력에 관한 오류들을 살펴보고, 이를 수정하는 데 필요한 내용을 제공하되 사전에서 오류가 있는 부분들만 제시하고, 그 부분들에 대한 자료를 제시하여 향후 한흑구의 이력을 정립하는 데 도움이 되고자 한다.

1) 『위키백과』는 누구든지 인터넷 사이트에 접속해서 자신이 직접 지식과 정보를 올리기도 하고, 이미 등록된 지식과 정보를 수정 보완할 수 있는 형식을 띠고 있어 종이책으로 제작된 다른 사전들과는 수정 보완이 비교적 쉽다고 하겠다.

2

위에서 말한 사전들에서 발견되는 오류들이 반복 재생되는 데에는 처음 사전류에 기재된 내용에 오류가 있어 이를 확인하지 않거나 이를 확인하지 못한 경우들이기 때문에 이 글에서 이를 확인하고자 집필된 연도 순서대로 나열하지만, 『다음백과』, 『두산백과 두피디아』, 『위키백과』는 그것을 알 수 없어 편의상 가나다 순으로 나열하였다.

2.1. 『한국민족문화대백과』와 『국어국문학자료사전』[2)]

2.1.1. 1928년 숭인상업학교(崇仁商業學校)를 졸업하고 : 숭인상업학교는 숭인학교(崇仁學校)의 후신으로 1931년 정식으로 인가를 얻었다. 한흑구에 관한 기록들을 보면, 한흑구가 '숭덕보통학교 졸업', '숭인상업학교 졸업'한 것으로 표기된 것이 있다. 누군가가 기록한 그 기록에 대한 검증 없이 인용이 반복되면서, 한흑구의 이 기록은 고착되는 분위기이다. 한흑구에 대한 이 기록은 '숭덕학교 졸업'과 '숭인학교 졸업'이 정확한 것이다. 이는 한흑구가 1930년 미주 흥사단원에 가입하면

2) 『국어국문학자료사전』의 내용은 『한민족문화대백과』에 기록된 내용과 비교해볼 때, 한자 표기를 괄호 안에 넣은 것과 '포항 수산초급대학'을 '포항수산대학'으로 표기하는 등의 차이만 있을 뿐 전체적으로 대동소이하여 하나로 분류하였다.

서 단우 기록을 작성할 때, 본인이 직접 '숭덕학교 졸업'과 '숭인학교 졸업'이라고 하였고, 실제로 그러한 사실에 근거를 둔다. 숭덕학교(崇德學校)는 1894년 평양의 관후리에 처음 설립되었고, 1908년 보통과 4년과 고등보통과 2년의 학제를 갖추고 고등과 교육을 시작하였다. 이후 1914년 고등보통과는 4년제로 학제가 개편되었다. 이후 1922년 숭덕학교는 고등보통과를 '숭인학교'라는 이름으로 분립하고 5년제 학제로 개편한 후, 총독부에 설립허가원을 제출하였지만, 허가받지 못하였다. 그 후 비교적 설립 허가가 쉬운 상업학교 설립 인가를 신청하여 1931년 1월 각종실업학교로 인가를 얻고, '숭인상업학교'가 되었으며, 1935년 제1회 졸업생을 배출하였다.[3] 그러므로 한흑구가 숭인상업학교를 졸업하였다면 1935년 이후의 일이어야 하는데, 이 역시 맞지 않는 일이다. 결론적으로 '1928년 숭인상업학교를 졸업하고'라는 표현은 '1928년 숭인학교를 졸업하고'로 수정되어야 한다. 한흑구의 이력에서 '숭덕보통학교 졸업'은 '숭덕학교 보통과'의 오류이며, '숭인상업학교 졸업'은 '숭인학교 졸업'의 오류이다.

2.1.2. 홍콩에서 발간되던 《대한민보 大韓民報》에 시와 평론

3)『기독교대백과사전』, 서울: 기독교문사, 1983, 883.

을 발표하였다. : 이 기록도 별 검증 없이 자주 인용된다. 결론적으로 말하면 이 기록은 삭제하거나 더 정확한 지면을 확인한 다음 수정되어야 한다. 《대한민보》는 대한협회에서 1909년 6월 2일에 창간, 1910년 8월 18일까지 펴낸 일간신문이다. 한흑구가 1909년생임을 생각해볼 때, 《대한민보》에 시와 평론을 발표하였다는 것은 그가 태어나자마자 시와 평론을 발표하였다는 뜻인데, 이것은 누가 보아도 수긍하기 어려운 내용이다.

2.1.3. **미국에 유학할 때 동인지에 영시를 쓰고** : 한흑구는 미국의 노스 파크(North Park) 대학의 영문과에서 공부하였고, 조선에 있을 때부터 시인이 되고자 마음을 먹었다는 사실은 이미 알려진 일이다. 그는 이미 조선에서 시를 쓰고 발표하였으며, 미국 유학 시절에도 그러했다. 그러므로 그가 시인으로서 또한 영문학도로서 그가 다니던 대학의 시인클럽에 가입하게 되는 것은 당연한 일일지도 모른다. 《신한민보》의 기사 '한셰광 씨 시인구락부에 취천'이라는 제목으로 한흑구가 노스파크대학 안의 시인클럽에 추천받아 가입하고, 1930년에 클럽 시집도 발간한다는 내용을 보면 다음과 같다. "당지 노스 파크대학에서 영문학을 공부하는 한세광 씨는 그 학교 안에 있는 시인구락부의 부원으로 추천을 받았는데 그 시인구락부는

약 20명의 학생으로써 조직되었고 금년에는 시집까지 발행하며 한군의 시도 여러 편이 돌아가게 된다고 하더라 시카고 통신"(현대어 필자).[4] 이때 발표한 시가 영시인지 아니면 한글시인지는 알 수 없지만, 그가 영문학도로서 영시 창작에 주력한 사실 등으로 미루어, '미국에 유학할 때 동인지에 영시를 쓰고'는 '미국 유학시절 노스파크대학 시인클럽에서 발간한 시집에 시를 발표하고'로 기록하는 것이 맞다.

2.1.4. 1939년 흥사단사건에 연루되어 피검된 일을 계기로 글을 발표하지 않았다. : 이때의 '흥사단사건'은 1937년 6월부터 1938년 3월에 걸쳐 일제가 수양동우회에 관련된 181명의 지식인을 검거한 수양동우회사건을 말한다. 그해 6월 28일에는 안창호를 비롯한 평양지회 관계자들이 체포되었고, 이어 선천지회(1937. 11)와 안악지회(1938. 3) 관계자들이 체포되었다. 이때 한흑구는 부친 한승곤과 함께 체포되었다. 이 같은 사실은 일제가 작성한 「경종경고비(京鐘警高秘)」 제7735호(1937. 10. 28.)의 '동우회 사건 검거에 관한 건'(평양과 선천 지방 관계자 명단) 자료를 통하여 그가 체포 및 기소된 사실을 확인할 수 있다. 이 사건에서 최종적으로 재판에 넘겨진 사람은

4) 《신한민보》 1930년 5월 15일 자.

41명으로, 한흑구는 그 명단에 없다. 체포 후 재판에 넘길 사람을 선별하는 동안 한흑구는 구류되었고, 그 후 풀려났지만, 일제의 핍박이 거세지자 평양의 집과 재산을 정리하여 평양 근처의 시골(평안남도 강서군 성태면 연곡리)로 들어갔다. 이 사건 직후에도 한흑구는 〈시건설〉이나 〈시인춘추〉 등에 시를 발표하거나 〈사해공론〉, 〈개벽〉 등 여러 매체에 글을 발표해왔다. 다만, 〈시건설〉 제8집(1940. 6.)에 시 '동면'을 발표한 후 현재까지 한흑구의 창작시가 발견되지 않은 점은 사실이다. 그러나 '1939년 흥사단사건에 연루되어 피검된 일을 계기로 글을 발표하지 않았다.'라는 것은 사실과 다르다.

2.1.5. 1958년부터 포항 수산초급대학(국어국문학자료사전 : 포항수산대학(浦項水産大學))의 교수로 재직하다가 : 여기서 말하는 포항 수산초급대학과 포항수산대학은 현재의 포항대학교를 말한다. 포항대학교의 학교법인에서 제공하는 연혁에 따르면, 이 대학교는 1954년에 정부로부터 정식 대학 인가를 받았고, 개교 당시의 학교명은 포항수산초급대학이다. 이후 한흑구가 퇴임할 때까지 학교명이 1970년에 포항수산전문학교로, 1971년에 포항실업전문학교, 1979년 포항실업전문대학으로 바뀌었다. 한흑구가 1974년 퇴임할 당시의 학교명은 포항실업전문학교였다.

2.2.『한국현대문학대사전』

2.2.1. 1935년 미국 쳄플대학 신문학과를 수료했다. : 한흑구는 1929년 2월 미국에 도착하여 시카고 루이스 학원(Lewis Intitute)에 입학을 한 후, 이듬해 노스파크대학(North Park College) 영문학과에 입학한다. 이후 1932년 템플대학교(Temple University) 신문학과에서 공부하다가 1933년 서던 캘리포니아대학교(University of Southern California · 남가주대학교)로 전학 갔지만,[5] 곧 어머니가 위독하다는 전보를 받고 귀국을 준비하면서 미국의 친구들에게 주는 마지막 글임을 암시하며 《신한민보》에 '흑구시집편초'를 연재한다. 이후 1934년 3월 조선을 향해 출발한다. 또한 그 아래 행에 '1934년『태평양』을 창간…'을 기록해두었는데, 1934년 평양에서 잡지를 만들었는데, 1935년에 미국에 있는 대학을 수료하였는다는 것도 모순이다. 그러므로 '1935년 미국 쳄플대학 신문학과를 수료했다.'라는 것은 오류이다. 연도와 학교명 모두 잘못되었다.

2.2.2. 1934년『태평양』을 창간 · 주재하였으며, 문예지『백광』의 편집국장을 역임했다. : 이 기록에서 한흑구가 1934년

5)《신한민보》1929년 2월 7일 자; 1932년 12월 8일 자; 1933년 9월 28일 자 참조.

에 '『태평양』을 창간 · 주재하였'다는 것은 오류이다. 한흑구가 1934년에 창간에 참여한 잡지는 《태평양》이 아닌 《대평양(大平壤)》이며, 편집 겸 발행인은 전영택(田榮澤)이고 한흑구는 주간(主幹)이었다. 정확히 말하면, 1934년 《대평양(大平壤)》 창간에 참여하고, 주간을 맡았다. 《백광(白光)》의 경우는 1937년 1월 1일자로 창간되었다. 평양의 교육사업가 백선행(白善行 1849~1933)을 기리는 기념사업으로 발행되었는데, 한흑구가 참여하였다. 편집 겸 발행인은 전영택(田榮澤)이고, 백선행의 양손(養孫)인 안일성(安日成)이 주간을 맡았고, 한흑구는 그와 함께 실무를 담당했다. 《대평양》과 《백광》 모두 전영택이 편집 겸 발행인이 되었고, 한흑구의 경우 《대평양》에서는 주간으로서의 직책이 분명하기에 '주간'이라는 이름으로 글을 쓰기도 하였지만, 《백광》의 경우는 그렇지 않았다.

2.2.3. 일제 말기 사상범으로 1년 동안 투옥된 일이 있다. : 이는 1937년에 시작된 수양동우회사건으로 한흑구가 체포된 사실을 두고 말한 것으로 보인다. 이와 관련된 내용은 2.1.4.항을 참조하면 된다.

2.2.4. 1931년 『동광』에 시 「밤 전차 안에서」를 발표하면서 문필활동을 시작했다. : 한흑구는 미국으로 유학 떠나기 전

1925년에 고향의 문학 소년들과 '혜성(彗星)' 문학 동인 활동을 하였고, 1926년에는 《진생(眞生)》에 시를 발표하고, 서울의 보성전문학교 시절이었던 1928년에는 《동아일보》에 수필을 발표하는 등 이미 창작 활동을 하였다. 미국 시카고에서 시와 산문들을 다수 발표하였는데, 1929년에 그가 발표한 여러 편의 시 중 〈7월 4일〉[6]이라는 작품이 미주 평론가 이정두의 호평을 받는다. 이를 두고 한흑구는 자기가 정식으로 '시인'이 되었다고 생각했다. 한흑구는 1929년에 〈시 쓰는 사람〉이라는 제목으로 한 편의 시를 적었고, 작품 끝에 '1929'라는 숫자는 적어 두었다. 이를 그가 미국을 떠나오기 전 미주 친구들에게 공개하는 '흑구시집편초'에 발표하였다. 이 시에서 그는 "님이여, 나는 시를 쓰는 사람이 되었노라!"라고 분명하게 밝히고 있다. '문필 활동의 시작'이라는 측면에서 본다면, 1929년 8월 이전에 이미 《진생》, 《동아일보》, 《신한민보》 등에 작품을 발표하였기에 이미 문필 활동을 시작하였고, 〈거룩한 새벽하늘〉과 〈밤거리〉(《진생》 1926. 6.)가 현재로서는 최초의 작품이 된다. 그러므로 '1931년 『동광』에 시 「밤 전차 안에서」를 발표하면서 문필활동을 시작했다.'라는 것은 수정되어야 한다.

6) 《신한민보》 1929년 8월 1일자.

2.3. 『다음백과』

2.3.1. 1911년 '105인 사건'에 연루돼 미국으로 망명한 아버지 한승곤의 영향으로 : 이 표현은 모호하다. 1911년이라는 것이 105인 사건이 있었던 해인지, 아니면 한흑구의 아버지 한승곤 목사가 미국으로 망명한 해인지 분명하지 않다. 그런 모호함이 있지만, 이 기록은 잘못되었다. 한승곤은 미국에 가기 전에 1907년 평양신학교에 입학하여 1912년에 제5회로 졸업하고, 1913년에 목사안수를 받고 산정현교회 제1대 담임목사로 활동하고 있었다. 이미 알고 있다시피 105인 사건은 일본이 데라우치 총독의 암살 미수사건을 조작하여 독립운동가 105명을 체포한 일을 말한다. 1910년경 신민회와 기독교인들을 중심으로 독립운동이 번져가는 것을 막기 위해 일본이 사건을 조작하였고, 1911년 9월부터 1913년 10월까지 윤치호를 비롯하여 600여 명을 검거하였다. 위에서 '105인 사건에 연루돼 미국으로 망명'이라는 표현은 105인 사건에 직접 관련된 인물로 생각되는, 즉 직접 체포가 되었거나 재판에 넘겨지는 일과 연관되어 망명을 선택하게 된 것으로 생각될 수 있는데, 한승곤은 그 105인 사건 검거자 명단에는 없다. 산정현교회에서 3년 정도 목회 활동을 한 그는 1916년 3월 산정현교회를 사임하고, 중국으로 떠나 5월 16일 중국 선편으로 샌프란시스코 도착하였고, 22일에 이민국 검사를 마치고 입국하였

다.[7] "'105인 사건'에 연루돼 미국으로 망명한 아버지"라는 표현은 한흑구가 자기의 수필 「파인과 최정희」에 "105인 사건 때 상해로 망명하셨던 아버님"[8]라는 표현에서 최초의 기록자가 정리하면서 '105인 사건에 연루돼'로 기록한 것은 아닌지 의문이 든다.

2.3.2. 미국 유학시절부터 홍콩에서 발간되는 〈대한민보 大韓民報〉와 : 한흑구의 이력에 관해 《대한민보》와 관련한 내용은 2.1.2.항을 참조하면 된다. 다만 '미국 유학시절부터'라는 내용으로 보아 뒤의 《대한민보》는 《신한민보》의 오기(誤記)가 아닐까 생각한다. 이 신문에 작품 발표한 것을 문학작품 활동의 시작점으로 잡는다면 이와 관련해서는 2.2.4.항을 참조하면 된다.

2.3.3. 1939년 흥사단 사건으로 1년간 투옥되었으며 : 이는 1937년에 시작된 수양동우회사건으로 한흑구가 체포된 사실을 두고 말한 것으로 보인다. 이와 관련된 내용은 2.1.4.항을 참조하면 된다.

---

7) 길선주, 「평양산정현교회사기」, 길진경 편, 『영계 길선주 목사 유고 선집』, 제1집, 서울: 대한기독교서회, 1968, 93.; 《신한민보》 1916년 5월 25일 자.

8) 한흑구, 『인생산문』, 서울: 일지사, 1974, 146.

2.3.4. 1958-74년까지 포항수산대학 교수로 있었다. : 2.1.5.항을 참조하면 된다.

2.4.『두산백과 두피디아』

2.4.1. 1935년 미국 템플대학교 신문학과를 수료하였다. : 2.2.1.항을 참조하면 된다.

2.4.2. 1931년 **《동광(東光)》 지에 단편소설 《황혼의 비가(悲歌)》를 발표하면서 문단에 데뷔** : 데뷔(début)라는 말은 '일정한 활동 분야에 처음으로 등장함'을 의미하는데, '작품 활동의 시작'이라는 말과 같은 뜻으로 사용된다면 2.2.4.항을 참조하면 된다. 그러나 이 기록에서 '문단에 데뷔'라는 말이 '작품 활동의 시작'이라는 말과 같은 뜻으로 기록하였는지는 알 수 없다.

2.4.3. 1958년부터 1974년까지 포항수산대학 교수로 재직하였다. : 2.1.5항을 참조하면 된다.

2.5.『위기백과』[9]

2.5.1. 1928년에 숭인상업학교(崇仁商業學校)를 졸업하고 : 2.1.1.항을 참조하면 된다.

2.5.2. 1930년《우라키》에 '쉬카고 한세광'이라는 이름으로 <그러한 봄은 또 왔는가>라는 시를, 이후 홍콩에서 발간되던《대한민보》에 시와 평론을 다수 발표하며 문학 활동을 시작 : 한흑구의 문학 활동 시작을 기록한 것인데, 이와 관련해서는 2.1.2.항, 2.2.4.항, 2.4.2.항을 참조하면 된다. 다만, '1930년《우라키》에 '쉬카고 한세광'이라는 이름으로 <그러한 봄은 또 왔는가>라는 시를 '이라는 표현으로 보아 이를 한흑구가 문학 활동으로 한 기점으로 삼으려는 것으로 보인다.《우라키》(제4호, 1930. 6.)에 한흑구가 발표한 시는 그가 같은 제목으로 이미《신한민보》1929년 5월 2일 자에 발표한 것을 재수록한 것이다. 그러므로《우라키》에 시를 발표한 것을 문학 활동의 기점으로 삼는 것은 무리가 있다.

---

9) https://ko.wikipedia.org/wiki/%ED%95%9C%ED%9D%91%EA%B5%AC 2022년 6월 27일 다운로드. 위키백과의 끝부분에 "본 문서에는 지식을만드는지식에서 CC-BY-SA 3.0으로 배포한 책 소개 글 중 '초판본 한흑구 시선'의 소개 글을 기초로 작성된 내용이 포함되어 있습니다."라는 안내가 있다.

2.5.3. 1934년에 모친이 위독해 귀국했는데, 이때 모친이 별세한다. 종합지 《대평양(大平壤)》(1934)과 문예지 《백광(白光)》을 창간 주재했으며, 동인지에 영시를 쓰고 : 한흑구는 2.2.1.항에서 말한 것처럼 어머니의 위독한 소식을 듣고 1934년에 귀국하지만, 한흑구의 모친 박승복 여사는 1935년 12월 12일에 별세한다. 그러므로 '이때 모친이 별세'는 한흑구가 귀국한 직후 바로 별세한 것으로 오인하기 쉽다. 한흑구는 어머니를 추모하면서 쓴 시 〈가신 어머님〉을 《신인문학》 제13호(1936. 3.)에 발표하였는데, 이 시에서 분명히 밝히고 있다. '종합지 《대평양(大平壤)》(1934)과 문예지 《백광(白光)》을 창간 주재'에 관한 기록은 2.2.2.항을 참조하면 된다. '동인지에 영시를 쓰고'와 관련 기록은 2.1.3.항을 참조하면 된다.

2.5.4. 1939년 흥사단 사건에 연루되어 1년 동안 투옥되었다. 이를 계기로 글을 거의 발표하지 않았으며, : 2.1.4.항을 참조하면 된다.

3

인터넷 게시 사전류에 나타난 한흑구의 이력을 주제로 간략하게 살펴보았다. 주된 문제는 그가 조선과 미국에서 수학한

학교 관련, 처음 작품 활동 시기와 지면 관련, 그의 부친 망명과 도미 관련, 흥사단(수양동우회) 사건 관련, 그가 귀국 후 참여한 잡지 관련, 그리고 포항에서 교수 생활을 한 것 등이다. 그가 교수 생활을 한 것 외에는 모두 일제강점기 때의 이력에 관한 것으로 매체마다 조금씩 차이가 있다. 이는 그 작성 시기를 고려할 때, 자료 수집과 검증의 한계에서 비롯된 것으로 보인다. 일제강점기 때의 한흑구 이력에 관해서는 사전에 드러난 것 외에도 많이 있지만, 향후 연구 결과에 따라 조금씩 정립될 것으로 본다.